U0097321

古典詩歌研究彙刊

第七輯

龔鵬程 主編

第 10 冊

宋初詩風體派發展之研究（下）

劉 明 宗 著

國家圖書館出版品預行編目資料

宋初詩風體派發展之研究（下）／劉明宗 著－－初版－－台北
縣永和市：花木蘭文化出版社，2010〔民99〕

目 4+164 面；17×24 公分

（古典詩歌研究彙刊 第七輯；第 10 冊）

ISBN 978-986-254-125-8（精裝）

1. 宋詩 2. 唐詩 3. 詩評

820.9105   99001741

ISBN - 978-986-2541-25-8

9 789862 541258

古典詩歌研究彙刊
第七輯 第 十 冊   ISBN：978-986-254-125-8

宋初詩風體派發展之研究（下）

作 者 劉明宗
主 編 龔鵬程
總 編 輯 杜潔祥
出 版 花木蘭文化出版社
發 行 所 花木蘭文化出版社
發 行 人 高小娟
聯 絡 地 址 台北縣永和市中正路五九五號七樓之三
            電話：02-2923-1455／傳眞：02-2923-1452
網 址 http://www.huamulan.tw 信箱 sut81518@ms59.hinet.net
印 刷 普羅文化出版廣告事業
初 版 2010 年 3 月
定 價 第七輯 20 冊（精裝）新台幣 28,000 元

宋初詩風體派發展之研究（下）

劉明宗 著

第六章 《西崑酬唱集》與崑體之形成

第一節 西崑酬唱集編纂緣起

　　繼白體之後，執宋初詩壇牛耳者為西崑詩派。此詩派之特色在組織華麗、鍛鍊精警與用典繁富；而其所以稱為「崑體」，主要是以《西崑酬唱集》之編纂而得名。歐陽脩《六一詩話》云：

> 蓋自楊、劉唱和，《西崑集》行，後進學者爭效之，風雅一變，謂之「崑體」。

此點明在《西崑酬唱集》風行後，才有「崑體」之名。田況《儒林公議》亦云：

> 楊億在兩禁，變文章之體，劉筠、錢惟演輩皆從而效之，時號楊、劉。三公以新詩更相屬和，極一時之麗。億復編敘之，題曰《西崑酬唱集》，當時佻薄者謂之西崑體。（卷上）

田氏之言「西崑體」，分從文章、新詩來談，故西崑體似又包括他們所作之四六駢文而言。如歐陽脩〈記舊本韓文後〉即云：「是時天下學者，楊、劉之作號為時文，能者以取科第，擅聲名，以誇榮當世。」（《歐陽脩全集》卷三「居士外集二」）《雲麓漫抄》卷八亦云：「本朝之文循五代之舊，多駢儷之詞，楊文公始為西崑體。」依二氏所言，「西崑體」應是包括四六駢文。惟本文以詩歌研究為探討範圍，故將

駢文排除。

　　宋代經太祖、太宗之休養生息，社會經濟日趨繁榮，加上重文興學、尊崇士人，故形成蓬勃之文風。太宗朝尤銳心文史，宋代四部大書之三（《太平御覽》、《太平廣記》、《文苑英華》）在其任內編纂；真宗繼位後，亦紹其志業，於景德德二年（1005）命楊億等人編纂長達一千卷之大書，擬名《歷代君臣事跡》。此書直至大中祥符六年（1013）才完成，定名《冊府元龜》。真宗於編書期間，雖政務繁冗，亦常中夕披閱，條其舛誤。每觀一書，即有題詠，並令近臣賡和；而參加編修之文士學者聚集於皇宮藏書祕閣，編纂之餘，亦常作詩唱酬。而後，楊億將這唱和詩編集成冊，命名為《西崑酬唱集》。他在〈序〉中說明成書之緣由：

> 余景德中忝佐修書之任，得接群公之遊，時今紫微錢君希聖、祕閣劉君子儀並負懿文，尤精雅道，雕章麗句，膾炙人口。得以游其牆藩而咨其模楷，二君成人之美，不我遐棄，博約誘掖，實之同聲。因以歷覽遺編，研味前作，挹其芳潤，發於希慕，更迭唱和，互相切劘。而予以固陋之姿，參酬繼之末，入蘭遊霧，雖獲益以居多；觀海學山，欲知量而中止。既恨其不至，又犯乎不韙。雖榮於託驥，亦媿乎續貂。間然於茲，顏厚而已。凡五七言律詩二百有五十章，其屬而和者計十有五人，析為二卷。取玉山策府之名，命之曰《西崑酬唱集》云爾。

可見楊億等人之唱酬，乃是在「歷覽遺編，研味前作」之後，有得於中，且希望能將自己的學識表現出來，故常挹取編纂《歷代君臣事跡》所見舊籍之「芳潤」，互相切磋，更迭相和。其目的乃是「希慕」詩歌之「雕章麗句，膾炙人口」。由其自序可知：《西崑酬唱集》是編纂《歷代君臣事跡》之副產品。而所以取「西崑」之名，據楊億之序是因彼等正在編書，身於藏書府庫，故以所處工作環境名書；《穆天子傳》云：「天子升于昆侖之丘，至于群玉之山，先王之所謂冊府。」郭璞注：「即《山海經》云群玉山，西王母所住者。言往古帝王以為

藏書冊之府，所謂藏之名山者也。」；沈約〈和謝宣城詩〉有句云：「牽拙謬東汜，浮惰及西崑」，李善作注時曰：「西崑，謂崦嵫，日之所入也。」（《增補六臣註文選》卷三十）關於楊億爲何以「西崑」名書，鄭再時有特別的見解：

> 據李善注，西崑爲崦嵫山，則其非藏書之玉山也明矣。豈有大年不知，而誤爲一哉？蓋大年仕不得志，屢中於讒，集中每以三閭東陽自況，此亦取二人之意以名集，乃故迷離紆回其詞，以避忌者之謗爾。後世以西崑之名始於溫、李者，固爲失之，其遂以爲即玉山冊府者，亦不免爲大年所欺也。（《西崑酬唱集箋注》頁299）

案《西崑酬唱集》中之詩人眾多，雖非所有集中作者均參預編纂《歷代君臣事跡》，然絕大多數正是因編纂工作而在一起唱和者。如按鄭氏之說，以「西崑」名集是爲避謗，且以「三閭」、「東陽」二人之意以名集，則楊億之自序當屬「欺人」之言，證之當時處境，似尚不足以令其如此惶懼，故鄭說存疑，以尊重楊之自序爲當。而題名爲「酬唱集」即明顯道出其詩歌的性質，主要乃是唱和酬答，並無任何社會使命之牽絆。

至於《西崑酬唱集》編纂的時間，鄭氏《箋注》〔註1〕以爲編於大中祥符六年（1013），其理由是：楊億知制誥在咸平四年，召爲翰林學士在景德三年，加戶部郎中在大中祥符元年。是集迄於大中祥符六年，故「此序當作於歸陽翟以後，蓋仍係前官爾。」（《箋注》，頁297）而徐志嘯〈王禹偁反對過西崑派嗎——與霍松林同志商榷〉一文則認爲是最早可能編在大中祥符元年（1008）。因爲按《宋史·楊億傳》載楊億於咸平中拜左司諫、知制誥，景德三年爲翰林學士。大中祥符初，加兵部員外郎、戶部郎中。此結銜有戶部郎中，故序文當是楊億祥符初年所作。另《西崑酬唱集》編於祥符初年之證據，據曾

〔註1〕指鄭再時《西崑酬唱集箋注》，下文所述若再引此書時，僅以《箋注》表示。

棗莊《論西崑體》頁一三認為尚包括：一、眞宗祥符二年正月曾下詔書禁文體浮艷，此乃爲《西崑酬唱集》而發，故《西崑酬唱集》的編纂祇能在這以前。二、祥符詔書的起因是王嗣宗的上言、王欽若的「密奏」，上言、密奏到正式下詔，當有一段時間，更祇能在大中祥符元年。〔註2〕三、楊億編《西崑酬唱集》與編《武夷新集》很可能是同時進行的，或是按統一的計劃先編成《武夷新集》，接著再編《西崑酬唱集》。因爲《武夷新集》所收爲咸平元年（998）至景德四年（1007）間的作品，《武夷新集·序》即作於景德四年十月，故《西崑酬唱集》的編訂，比較可能的情況乃是完成於大中祥符元年。

第二節　西崑酬唱集之作品與作家

　　有關《西崑酬唱集》之作者與作品數量，按常理來說，只要核對原書作品及參照楊億之〈序〉即可明曉，應無可議之處才是。然以今日所見集中詩篇及所知作者姓氏，與楊億之序兩相對照，則有些許出入，而且楊億有些語意晦澀難解，故憑添後人疑猜。

　　上節已逐錄楊億自序，其序中明言編錄之詩「凡五七言律詩二百有五十章，其屬而和者十有五人」；今再引述諸家之說，以見其中分歧所在。《四庫全書總目·總集類》載：

　　　　《西崑酬唱集》二卷，……凡億及劉筠、錢惟演、李宗諤、
　　　　陳越、李維、劉騭、刁衎、任隨、張詠、錢惟濟、丁謂、
　　　　舒雅、晁迥、崔遵度、薛映、劉秉十七人之詩；而億序乃
　　　　稱「屬而和者十有五人」，豈以錢、劉為主，而億與李宗諤
　　　　以下為十五人歟？詩皆近體，上卷凡一百二十三首，下卷
　　　　凡一百二十五首，而億序稱「二百有五十首」，不知何時佚
　　　　二首也。（卷一八六〈西崑酬唱集提要〉）

〔註2〕曾氏此項推論，證據稍嫌薄弱，因當時真宗下詔乃針對〈宣曲二
　　　十二韻〉一詩，而非針對整部《西崑酬唱集》，且詩歌完成至編纂
　　　成集應有一段時日，故不宜以此作爲酬唱集完成於大中祥符元年
　　　之證據。

《四庫全書簡明目錄》卷十九亦云：

> 《西崑酬唱集》二卷，宋楊億編。所錄億及劉筠等十七人
> 之詩。

鄭氏《箋注》在論作品數時云：

> 明本作二百四十七章，今從朱本（宗案：指二百五十章）。
> 時案：晁公武《郡齋讀書志》、陳振孫《書錄解題》、王應
> 麟《玉海》、錢曾《讀書敏求記》及王士禎〈跋〉，皆作「二
> 百四十七章」，今實數為二百五十章。（頁298）

於論作者數時則云：

> 明本首列唱和詩人姓氏共為十八人。其「元闕」，余已辨與
> 「張秉」為一人，詳年譜中。今細求此序意，似億謂己與
> 錢、劉三人外，又屬而和者十五人。若如此，則與十八人
> 之數符合矣。余為此說，似涉首鼠伐倆，然古本殘闕，是
> 非難定，豈可以一己之見，妄肆武斷？（頁299）

由以上敘述，大致可歸納出二個不同的問題：

一、集中詩篇有「二百四十七章」、「二百四十八章」與「二百五十章」之不同

案《四庫全書總目》所言《西崑酬唱集》有二百四十八篇，所據版本為「編修汪如藻家藏本」，但未知屬於何人刊行，抑或自行抄錄者。今查四庫全書本之《西崑酬唱集》，下卷為一百二十七首，非如紀昀所云「一百二十五首」，故其所謂「不知何時佚二首」，實為計算錯誤所致。而《郡齋讀書志・總集類》、《直齋書錄解題・總集類》及王應麟《玉海・藝文總集・文章類》均言唱和詩凡「二百四十七章」，與今本二百五十章顯有誤差，未知三書是何版本？〔註3〕據鄭氏《箋注》《總目》統計：

〔註3〕今傳《西崑酬唱集》較重要的版本，據曾棗莊《論西崑體》云：
1. 明嘉靖高郵張綖玩珠堂刻本。
2. 清初徐乾學得明本於毛奇齡處，加以摹刊。
3. 清康熙年間蘇州朱俊升又加以摹刊（四庫全書本、浦城叢書本、粵雅堂叢書本、邵武徐氏叢書初刊本、叢書集成初編本皆沿此本）。
4. 清馮班鈔本（藏北京圖書館，後經葉萬、何煌先後校過，學界公

得「詩注上之上」近體詩六十首、「詩注上之下」近體詩六十三首、「詩注下之上」與「詩注下之下」各得近體詩六十三首和六十四首，總計二百有五十首，其中楊億七十六首、劉筠七十二首、錢惟演五十四首，三人合計二百零一首，占全集之五分之四。今存各種版本之《西崑酬唱集》詩的首數實際相同，計爲二百五十首。黃永年〈西崑酬唱集作者人數及篇章數〉云：「或楊億撰序時止有此數（指二百四十七章），後又增添三首，而序文未及改易，或此三首出後人附益，非楊億原集所有。以二百五十爲整數，二百四十七爲零奇，書零奇爲整數則有之矣，絕無竄整數成奇零者也。」（《論西崑體》，頁 34 引）案此說無證據佐驗，乃屬猜臆之詞。若爲以整數稱之，如「詩三百」之類，或有可能；倘稱爲序之後增益三首，則不見後人記載，此說甚見牽強。

二、集中作者數有「十七人」、「十八人」之不同說法

有關《西崑酬唱集》中之詩人數量，最大的問題是：（一）「屬而和者十有五人」包不包括楊億？（二）「元闕」者身分之認定。

《四庫全書總目・西崑酬唱集提要》認爲所謂「和者十五人」，是「以錢、劉爲主，而億與李宗諤以下爲十五人」，其中未論及有關「元闕」者之問題，而遂以爲《西崑酬唱集》之作者含楊億爲十七人。前引黃氏〈西崑酬唱集作者人數及篇章數〉則云：「十五人者，據周、王注本及玩珠本（即明本），依次爲翰林學士李宗諤、著作佐郎直史館陳越……左司諫直史館崔遵度、右諫議大夫薛映及名『秉』而姓氏職銜脫去者，計十四人；又上卷〈代意〉次劉筠後有闕名者一人，爲十五人。」（《論西崑體》，頁 38 引）其意「和者十五人」，乃包括名「秉」

認此本文字較勝）。

5. 單刻本還有壹는堂本、留香室本（均沿出朱本）。案今廣文版前錄朱俊升之序，後錄《讀書敏求記》、祖之望〈題後〉及南海伍崇曜〈跋〉，似屬此版本。

6. 清康熙中周楨、王圖煒合注本（1985 年上海古籍出版社影印出版）。

7. 王仲犖《西崑酬唱集注》（1980 年中華書局出版）。

8. 鄭再時《西崑酬唱集箋注》（1986 年齊魯書社據作者稿本影印出版）。

而姓氏職銜脫去者和「元闕」之闕名詩人在內，但未包括楊億，以此而言，則此酬唱集中之詩人應有十八人。此與紀氏之說稍有出入。案鄭氏《箋注》對此問題曾提出自己看法，以為：「嘉靖本詩人姓氏有元闕一名，即卷上〈代意〉詩第七首所署之『元闕』也；朱本無詩人姓氏，而於〈代意〉詩第七首署名處，祇留一長形墨丁，疑此元闕別為一人，共十八人。則於楊、劉、錢之外，屬而和者十五人之數相符矣」（頁40）。準此，則鄭氏之意，似為贊同「和者十五人」不包含楊億，故其詩人數應為十八人，前引鄭氏《箋注》頁299之說已有此意，然其書頁八十〈西崑唱和詩人姓氏〉之缺姓名「秉」者後之案語則云：「末之秉，朱本於〈清風〉及〈戊申年七夕〉和詩，皆加姓作劉秉，今考為張秉，又與前之元闕當是一人，蓋以楊億序考之，錢、劉為倡者，自億至秉，除元闕一名，始正得屬而和者十五人耳。」以此觀之，又將楊億與李宗諤等人同屬「和者」之列，其數亦只十七人，而鄭氏之矛盾於焉產生。要解決此項疑點，似乎應從「元闕」之闕名詩人著手，其數亦只十七人，而鄭氏之矛盾於焉產生。要解決此項疑點，似乎應從「元闕」之闕名詩人著手，方能釐清「和者十五人」到底有無包含楊億，而《西崑酬唱集》之唱和詩人為十七、十八之數亦可一併明瞭。

　　現今考探《西崑酬唱集》作者較詳盡者為鄭氏《箋注》，此書有〈西崑唱和詩人年譜〉一章，詳述詩人生平事蹟。其論名「秉」之脫姓詩人為「張秉」而非朱本所云之「劉秉」，且將「元闕」之詩人亦認定為「張秉」，其理由是：

> （明本）〈清風〉和詩第六人，〈戊申年七夕〉和詩第四人皆祇題一「秉」字，佚其姓與官；王士禎《居易錄》詳載此集詩人姓名，亦同，可證明以前各本皆如此。朱本〈清風〉、〈戊申年七夕〉和詩，則加劉姓于秉字之上。祝本本出朱本，復多更張，不足據。此後各刻本更沿朱本、祝本之謬，益不可究詰矣。劉秉，各書無其人。厲鶚《宋詩紀事》云：「官左諫議大夫、樞密直學士。」不知何據。晁說之《清風軒記》作張秉，張秉《宋史》有傳。說之為（晁）

迴之裔孫，所記當不謬。今以張秉之出處，與集內之詩及
唱和諸人離合之跡證之，無不相合。如：一、秉初與薛映
同為制置茶鹽副使，至祥符二年復同校《文苑英華》。又景
德二年與李宗諤同監修樂器，李宗諤、薛映皆集內唱和之
人，所謂聲應氣求者是也。二、集中秉凡和三題，〈代意〉
一首、〈清風〉一首、〈戊申年七夕〉五首，〈代意〉作於景
德二、三年間，是時即秉與李宗諤判寺修樂器時，故宗諤
有和詩，秉亦有和詩；此時薛映以諫議大夫出知杭州，故
無映和。〈戊申年七夕〉為大中祥符元年，〈清風〉同作於
斯時，時映已入知通進銀臺司兼門下封駁事，故有映和，
亦有秉和，且秉詩皆與映詩相次，此又一證。三、秉傳言
其家貧，又以艸制遭謫，至應試東封路服勤辭學經明行修
舉人，則其一官落拓可知。集內有句曰：「世間縱有支機石，
誰是成都賣卜人。堪傷乞巧年年事，未識君王已白頭。」
詞意感慨，恰合其身世，亦一證也。（頁 87、88）

鄭氏之說可謂考證詳盡而可信，故知「元闕」之闕名詩人應為「張秉」，
而《西崑酬唱集》中之詩人總數實為十七人，所謂「和者十五人」即
應包含楊億本人在內，此蓋楊氏尊崇錢、劉二人，而置自身於「和者」
之列，亦見其謙沖之志也。

　　至於鄭氏所疑「似億謂己與錢、劉三人外，又屬而和者十五人」
者，乃因鄭氏審慎之態度所致，其自解有此矛盾之原因道：「余為此
說，似涉首鼠伎倆，然古本殘闕，是非難定，豈可以一己之見，妄肆
武斷？」（頁 299）此種精神態度，值得稱道；然並不害其所證《西
崑酬唱集》之作者為十七人之結果，故宜辨明之。

第三節　西崑酬唱集之主要內容

一、唱酬贈答

　　由於社會風尚的影響及詩歌語言發展純熟化的結果，唱和詩風在

宋初詩壇一直盛行不衰,由朝廷至民間,由高宦顯貴至山林隱逸,眾人無不創作唱酬詩什。楊億輯錄眾人於編修《歷代君臣事跡》餘暇所作詩篇,而名以《西崑酬唱集》,可知其為酬和詩歌之總集。就宋初唱和詩歌之發展而觀,《西崑酬唱集》奠立在白體與晚唐體的唱和基礎上,對前輩詩人的唱和詩作繼承、學習與變革、發展,故可說《西崑酬唱集》是宋初唱和詩風極度發展的產物。

《西崑酬唱集》既以「酬唱」名集,集中當然全是唱和之作;但若以為既是唱和,無非是歌詠朝廷故事及點綴昇平之作,或以為全是無病呻吟之作,則或恐以偏概全,而與事實有所出入,值得商榷。如游國恩等編《中國文學史》即批評《西崑酬唱集》乃「以楊億為首的十幾個御用文人典型的點綴昇平的詩歌總集」(頁 679),實際上,楊億等人之作雖為唱酬之作,內容卻多憂讒畏譏、規諷真宗之作,故以為「御用文人典型」,只能指其職務為編修官而言,論及內容則適與事實相反;謂其「點綴昇平」,則就詩文表現所呈顯題意立論,而未究及當時國家社會及詩人所處環境,尤其是未聯繫到楊億的遭遇情形便遽加評論,則與〈始皇〉、〈漢武〉、〈宣曲〉之創作初衷有所悖離矣。故論《西崑酬唱集》,就其創作形式而言,可以說其皆為唱酬之作;若以內容而論,則大致可分為四類,即:表達友儕相互思念及勸飲、餞行之類的唱酬贈送之作;吟詠花鳥竹石之詠物詩;借歷史故事以發抒己見或用以規諷君王之詠史詩;以及最為人稱道、且最能見出詩人真性情之感時抒懷之詩。

《西崑酬唱集》中唱酬贈送詩中作品,多為楊億首唱,而錢、劉二人或以同題詩唱和或另行創作詩篇應和。此類詩篇,多能表現詩人間之深厚友誼。如楊億有〈休沐端居有懷希聖少卿學士〉詩,除錢惟演本人有答詩外,餘如劉筠、陳越、李維亦有詩賡和,內容雖多用典,但無非是表達假日相互思念之情;楊、劉、錢三人之〈寄靈仙觀舒職方學士〉是對久別之好友舒雅之思念,而舒雅〈答內翰學士〉中云:「清貴無過近侍臣,多情猶憶舊交親」、〈答錢少卿〉云:「蓬萊閣下

舊鄰居，偶別俄驚四載餘」（卷下），均見其為好友唱和關懷之詞；而
當友人失意時，詩人亦會彼此關懷、鼓勵，如錢惟演〈與客啓明〉即
傷周啓明之失意〔註4〕，故為歎「帝右豈無楊得意，漢宮須薦長卿才」
（卷下）；又如劉筠之〈送客不及〉詩：

> 青門祖帳曙煙微，片席乘流鳥共飛。
> 曲岸馬嘶風嫋嫋，短亭人散柳依依。
> 灞陵目斷猶回望，楚水魂銷為送歸。
> 祇是河梁傳怨曲，洛塵千古化征衣。（卷下）

首聯寫清晨即啓程之行色匆匆，次聯寫送者雖極力赴約，但無奈心餘
力絀，到得短亭，宴席已散，人已遠去，故只能目視友人歸去處遠眺，
並作歌寄情，表達自己的惆悵。鄭氏《箋注》以為：「以此首之意求
之，必為億作，編集時恐為讒人藉口，故怳忽作者之名與」（頁552），
若以此法推求，則有寓意之詩，恐將盡歸楊億所作，故不必定為楊億
詩。而以詩之內容言，此與〈勸石集賢飲〉、〈許洞歸吳中〉均屬餞別、
送行之詩，這些詩篇皆由楊億首唱，而劉筠、錢惟演等人分別賡和，
即是所謂唱酬贈送之作。

二、詠　物

　　詠物詩為中國歷來詩歌之大宗，《西崑酬唱集》中詠物之作亦不
少。莫礪鋒在〈西崑詩派〉一文中道：「《西崑酬唱集》是楊億等人在
編書餘暇的唱和之作。詩人的身份是政治地位很高的館閣之士，環境
是皇家圖書館，當時所從事的工作是編一部大型的史料性類書。他們
既接觸不到民間疾苦等社會現實，心中又沒有什麼牢騷不平。在這種
狀態下，他們的作品當然既不會是針砭時弊的感時撫事，也不會是不

〔註4〕《宋史，隱逸傳》曰：「周啓明，字昭回，其先金陵人，後占籍處州。
　　　初以書謁翰林學士楊億，億攜以示同列，大見歎賞，自是知名，四
　　　舉進士皆第一。景德中，舉賢良方正科。既召，會東封泰山，言者
　　　謂此科本因災異訪直言，非太平事，遂報罷。於是歸教子弟百餘人，
　　　不復有仕進意，里人稱為處士。」按此，則錢惟演等人此篇當是作
　　　於景德年間，周啓明賦歸鄉里時之作。

平而鳴的述志詠懷。……詠史、詠物就成了他們的主要題材」（頁52），
今暫且勿論莫氏對《西崑酬唱集》中內容所作之剖析，但就集中詩題
而言，確有不少詠物之作，如〈禁中庭樹〉、〈槿花〉、〈館中新蟬〉、〈鶴〉、
〈赤日〉、〈荷花〉、〈再賦〉、〈再賦七言〉、〈又贈一絕〉、〈梨〉、〈淚〉、
〈樞密王左丞宅新菊〉、〈柳絮〉、〈霜月〉、〈櫻桃〉、〈螢〉等計十六題，
五十七首，佔《西崑酬唱集》二百五十首之五分之一以上。

　　詠物之作，一般較易流於就物詠物，詩篇雖有工拙之分，但若缺
乏靈魂和情味，必定一樣枯燥瑣碎，如錢惟演爲倡首之〈梨〉，其詩
寫道：

> 紫花青蔕壓枝繁，秋實離離出上蘭。
> 東海圓珪無奈碧，謙州甜雪不勝寒。
> 已憂仙珮懸珠重，更恐金刀切玉難。
> 自與相如解痟渴，何須瓊蕊作朝餐。（卷下）

文字雖華美典雅，但卻從梨之花容果實尋求典故，故予人典故堆砌之
感，也較難引起讀者之興趣。《中國古代文學詞典》編者在爲「西崑
體」釋義時，即如此說道：

> 西崑體以描寫內廷侍臣優游生活爲主，或詠宮廷故事，或
> 詠男女愛情，或詠官僚生活，而以詠物爲多。內容單薄、
> 感情虛假，堆砌典故。鋪陳辭藻，有如獺祭，詩味不濃。（第
> 一卷、頁357）

由此可見：在一般人心目中，西崑體詩似乎均與「內容單薄」、「堆砌
典故」、「鋪陳辭藻」等脫離不了干係，而其中詠物詩多，亦爲造成此
等印象之重要因素之一。

　　《西崑酬唱集》中亦有託物寄興之詩，如楊億之〈禁中庭樹〉描
寫柏樹：「歲寒徒自許，蜀柳笑孤貞」（卷上），明顯可見詩人性格之
展現，故可視作自我寫照；劉筠之寫〈槿花〉則云：

> 紫霧函燈熒，彤霞逼綺寮。吳宮何薄命，楚夢不終朝。
> 半被曾羞問，鄰牆卻悔招。莫移風雨怨，更囑鵲爲橋。
> （卷上）

此詩除首聯寫槿花之顏色形貌外，頷聯起即將槿花化作有情之物，而寫其遭遇，語雖似寫男女之情，實用以譬喻君臣之遇合。如此擬人化之寫法，頓覺萬物亦有生命和其情緒，讓人讀之能隨之歡忻憂戚，進而爲其憐惜。歐陽脩《六一詩話》曾謂劉筠之「風來玉宇烏先轉，露下金莖鶴未知」（卷上〈館中新蟬〉）聯，「雖用故事，何害爲佳句？」其意正指劉筠此詩能寄寓託興，將一己憂戚藉形象之事物予以具象化，而非徒然在詩歌中堆疊故事，大玩文字遊戲。又如〈鶴〉詩，劉筠之唱爲：

> 碧樹陰濃釦砌平，華亭歸夢曉頻驚。
> 仙經若未標奇相，琴操何因寄恨聲。
> 養氣自憐難善勝，全身卻許雁能鳴。
> 芝田玉水春雲伴，可得乘軒是所榮。（卷上）

鄭氏《箋注》謂：「次句言鶴本江海仙禽，今乃見羈於禁中，失其天眞，故頻驚思歸之夢。奇相、恨聲、養氣、全身，皆有寄託」（頁384）。依鄭氏之意，劉筠此詩寫鶴之相與眾禽大異，故能爲「羽族之宗長，仙人之騏驥」；又誇鶴之養氣功夫，如《列子‧黃帝》篇所云鬥雞訓練之故事，以喻己之德全；「全身」則引《莊子‧山木》之典說明自己聲音之高亢能鳴，以譬己個性之正直，處處言鶴，處處寫自己，故頗獲鄭氏稱道。楊億同題之作云：

> 悵望青田碧草齊，帝鄉歸路阻丹梯。
> 露濃漢苑宵猶警，雪滿梁園晝乍迷。
> 瑞世鸞皇徒自許，繞枝烏鵲未成棲。
> 終年已結雲羅恨，忍送西樓曉月低。（同上）

此詩雖多用典，然單從字面看，即可體會詩人有意用世，而壯志難酬之悲苦。詩中所言「悵望」、「徒自許」，乃因於往帝鄉之路受阻，終致想依枝棲息之烏鵲徒然繞枝，未能成棲，其悵惘之情涌現字裏行間，故鄭氏《箋注》謂楊億此詩「蓋通首自喻」（頁385），洵有道理。此詩和者尚有張詠、任隨、錢惟演等人，《箋注》謂張詠之作「亦自抒懷抱」，可見眾人於此詩題，頗多生發，非僅描摹物象之形態體貌

也。曾棗莊《論西崑體》即以為：「劉筠諸人的〈鶴〉詩是《西崑集》中較成功的詠物詩，其長處就在于既不離鶴，而又能不太膠著于鶴的典故，善于由禁中鶴生發開去，直抒胸臆。」（頁 122）能夠「直抒胸臆」，便是楊、劉諸人詠物詩所以為後人稱道所在。然此類託物申意之詩，在《西崑酬唱集》中實不多見，故以整體成績而觀，集中詠物詩之價值並不高。

　　王夫之云：「把定一題、一人、一事、一物，于其上求形模，求比似，求詞采，求故實，如鈍斧子劈櫟柞，皮屑紛霏，何嘗動得一絲紋理？以意為主，勢次之；勢者，意中之神理也。」（《薑齋詩話》卷下）此正解詩歌之不能僵滯於事物之形態，徒求其擬似；亦不可專求詞藻之華麗典雅，或搬弄典故以炫才學，重要的是能將事物「神理」傳達出來，表現作者創作之本「意」，如此創作方有其意義。除上舉〈鶴〉詩及〈館中新蟬〉諸作外，劉筠之〈柳絮〉亦堪為別具懷抱之作。其詩云：

> 半減依依學轉蓬，斑騅無奈恣西東。
> 平沙千里經春雪，廣陌三條盡日風。
> 北斗地高連蟻蠓，甘泉樹密蔽青蔥。
> 漢家舊苑眠應足，豈覺黃金萬縷空。（卷下）

此詩若純以詠物詩觀之，當然可理解為替宮柳傳神，也可解成為幽居深宮之佳人感歎身世。然能連繫詩人當時的思想與境遇，便可明瞭詩中意象實有所寄寓。據《宋史・本傳》載，劉筠於咸平五年（1002）入校太清樓書，擢為第一，至以祕閣校理預修《冊府元龜》已多歷歲月，年紀也已近四十，但他秉性剛正，後來因不滿丁謂等人之作為而遭外放，曾有「奸人用事，安可一日居此」之壯語。由此可知，〈柳絮〉詩中所寫眠足而起、不知韶華已逝之宮柳形象，應是久居宮「轉蓬」與「恣西東」，將筆宕開至廣陌鄉城；頸聯又由「廣陌三條」引至北斗城、甘泉樹，似乎與首聯愈離愈遠；然而尾聯以人柳、黃金柳[註5]二典，將所有拋離之線索，全部收歸一個「空」字，既與首聯

―――――――――――――――

〔註5〕鄭氏《箋注》引《三輔舊事》曰：「漢苑中有柳，狀如人形，號曰人

相應，又翻出一層新意，此詩可謂能立意得勢。

　　西崑諸家之詠物詩，頗有得於李商隱。從題材上看，《西崑酬唱集》中之詠物詩多屬自然界與日常生活中一些細小纖柔之事物，如動物中之蟬、鶴、螢，植物中之庭樹、梨、槿花、荷花、柳絮、櫻桃，自然現象之赤日、夜意、秋月、夕陽、霜月、清風，日常生活中之淚等。而其中亦有借詠物以寄慨個人身世境遇者，如〈鶴〉、〈館中新蟬〉之類是；亦有借詠物以寄寓人生感慨者，如〈柳絮〉詩即其例。而在內容方面，西崑詩人亦常以較悲傷之眼光、心態去體察、感受事物，從而賦予對象物較濃厚的哀傷色彩，如寫槿花，即道：「吳宮何薄命，楚夢不終朝」（劉筠）；寫荷花，便云：「淚有鮫人見，魂須宋玉招」（錢惟演）；寫夕陽，竟謂：「伍胥嗟路遠，潘子念行程。更有蕪城恨，城空逼夜寒」（劉筠），詩人們並非從物的形態、品性著筆，而從自己的才情命運與賦詠之物結合，成為詩人思想、心態之化身，此與李商隱之喜將自己身世境遇、特殊人生經驗及精神意緒投注於所詠對象，如出一轍。此種現象，正如王國維所謂：「以我觀物，故物皆著我之色彩。」（《人間詞話》）

　　但諸家之寫物，在藝術成就上則遠不及義山。義山詩多能超越人生感慨，而表現某種感情境界，此種境界較之人生感慨，其內涵更為虛泛，是一種在切身境遇和人生體驗基礎上之進一步昇華；而西崑詩人則有泥於物象之體貌或品性之跡。以同題〈霜月〉為例，義山詩曰：「初聞征雁已無蟬，百尺樓南水接天。青女素娥俱耐冷，月中霜裏鬥嬋娟。」（《李商隱詩歌集解》，頁 1629）劉筠詩云：「霜曉月仍殘，桐疏鳳更單。已傷春寂寂，還踏夜漫漫。凍合仙槎路，薰餘侍史蘭。那知苟奉倩，體薄不勝寒。」（卷下）同寫霜月之寒冷淒清，義山詩著重抒寫由景物所引起之感受與想像，善從虛處傳神，遂使無生命之

柳，一日三眠三起。」又李白〈宮中行樂詞〉云：「柳色黃金嫩，梨花白雪香」。是知此以人柳與黃金柳閉鎖於高城禁苑，比喻年華已去詩人之傷痛。

霜月成爲超凡脫俗、於幽冷環境中愈富魅力之精神美之象徵；而劉筠之詩則著重在對秋夜霜華月色作靜止之刻劃描繪，所謂「破」與「不破」，其間差距實不可以道里計。

三、詠 史

《西崑酬唱集》詩，宗法李商隱，詞采華艷，精工穩切，誠如紀昀所言：「要其取材博贍，煉詞精整，非學有根柢，亦不能鎔鑄變化，自名一家，固亦未可輕詆。」〔註6〕除辭采之精麗外，《西崑酬唱集》中有幾首詠史之作，也頗爲後世欣賞。如〈始皇〉、〈漢武〉、〈南朝〉、〈明皇〉、〈成都〉、〈舊將〉等均屬之。這些詩多爲借古諷今之作，且都由楊億唱首，而諸人繼和。

所謂詠史詩，是指「直接以古人古事之有關材料發端來歌詠」〔註7〕且不受時間地點限制的詩篇。《西崑酬唱集》中之詠史詩，以楊億之〈漢武〉爲代表。其詩云：

> 蓬萊銀闕浪漫漫，弱水回風欲到難。
> 光照竹宮勞夜拜，露溥金掌費朝餐。
> 力通青海求龍種，死諱文成食馬肝。
> 待詔先生齒編貝，那教索米向長安。（卷上）

宋眞宗咸平、景德年間，知樞密院事王欽若等慫恿眞宗崇信符瑞，京師四裔紛紛附會天象，虛呈祥瑞。至大中祥符元年遂有「天書」降臨；四年，眞宗因而東封泰山，這便引起有識之士的不安與不滿。於是，楊億、劉筠等人便以〈漢武〉爲題，通過詠歎雄才大略而偏偏「尤敬鬼神之祠」（《史記·封禪書》）之漢武帝故事，借古喻今，以示微諷。首聯寫武帝求仙海上虛妄，「弱水回風欲到難」，便形容蓬萊等仙山四周環海，難以到達之情形；頷聯寫武帝祈求長生之徒勞。一「勞」一「費」暗寓譏諷，點明這些舉動均屬徒勞無功，頗有春秋筆法「一字

〔註6〕見《四庫全書總目·西崑酬唱集提要》。
〔註7〕張天健語，見《唐詩答客問》，頁 552。

褒貶」之致；頸聯寫武帝開邊求馬，迷信方士而不知醒悟。案《史記‧封禪書》載：武帝迷信方士少翁，封他為文成將軍，然其術久不驗，少翁乃以帛書飯牛，詐言牛腹中有奇異，武帝殺牛後得其書，識其為少翁手書，知其詐，於是便將少翁殺死。後武帝又寵信欒大，欒惟恐如少翁之下場，武帝乃託言「文成食馬肝死耳」，以讓欒大放心，盡言其方術。此一典故將武帝明知受騙卻不思悔改、自欺欺人之心態，透過一個「諱」字將其刻劃得入木三分。而真宗偽造之黃帛天書與少翁行騙之帛書亦相巧合，更具諷刺意味。〔註 8〕尾聯詩人用東方朔故事，諷刺真宗不惜糜費一切，用於迷信窮兵，而將才幹之士壓抑不用，置於閑散之地，如此反襯，的確強而有力。方回評此詩曰：「此詩有說譏武帝求僊徒費心力，用兵不勝其驕，而於人才之地不加意也」；而紀昀對此詩亦甚讚揚，以為「便欲直逼義山」（均見《瀛奎律髓刊誤》卷三），至於《古今詩話》則已有「義山不能過」〔註 9〕之譽了，足見西崑諸作雖多唱和、詠物，然更值得注意者便是諷喻時政之詠史詩。

陸游《渭南文集》卷三十一〈跋西崑酬唱集〉云：

> 祥符中，嘗下詔禁文體浮艷，議者謂是時館中作〈宣曲〉詩，〈宣曲〉見《東方朔傳》，其詩盛傳都下，而劉、楊方幸，或謂頗指宮掖，又二妃皆蜀人，詩中有「取酒臨邛遠」之句，
> 賴天子愛才士，皆置而不問，獨下詔諷切而已，不然亦殆矣。

陸跋謂真宗於祥符中「嘗下詔禁文體浮艷，議者謂是時館中作〈宣曲〉詩」，此事頗堪玩味。案《宋史‧真宗紀》二載大中祥符二年正月詔

〔註 8〕案此詩第五句，錢仲聯氏以為譏真宗對國內少數民族用兵。錢氏認為北宋雖是積弱之國，且有澶淵之盟，但在咸平二年，環慶路兵也曾侵襲焚燒蕃落二百餘帳；六年，助六谷羌酋擊李繼遷；六月，隴山西蕃部貢馬于宋，助攻李德明；八月，西蕃二十五族附宋；景德三年，德明貢于宋。故其意，「第五句並非泛說」。依楊億詩意，既以〈漢武〉為題歌詠，當以其曾經發生之歷史故事為諷諭背景，而以詩人所處時代之史實為諷諭對象，故錢氏之說亦可參考。錢氏之說，見《百家唐宋詩新話》，頁 481。

〔註 9〕見《苕溪漁隱叢話前集》卷二十二引，《南浦詩話》卷二同。

曰：「讀非聖之書及屬詞浮靡者，皆嚴譴之。已鏤版文集，令轉運司看詳，可錄者奏。」（卷七）宋初極力推行文教，嚴誡「非聖之書及屬詞浮靡者」，當然可視爲廓清文教蕪靡以歸於淳正之手段，然若云詞涉浮華，必加朝典；或「已鏤版文集，令轉運司看詳」，則所需之人力、精神是何等浩繁，其眞正原因何在？李燾《續資治通鑑長編》卷七一云：

> 御史中丞王嗣宗言：「翰林學士楊億、知制誥錢惟演、秘閣校理劉筠唱和〈宣曲詩〉，述前代掖庭事，詞涉浮靡。」上曰：「詞臣，學者宗師也，安可不戒其流宕？」乃下詔諷勵學者，自今有詞屬浮艷、不遵典式者，當加嚴譴。其雕印文集，令轉運使擇部內官看詳，以可者錄奏。

將此卷記載與眞宗大中祥符二年詔相對照，便可發覺此詔乃是針對楊億等人所作〈宣曲〉而來。然而以〈宣曲〉「述前代掖庭事，詞涉浮靡」，便需下詔警誡，則問題似乎非比尋常，故李燾在《長編》此卷文後引江休復《嘉祐雜志》云：

> 上在南衙，嘗詔散樂伶丁香畫承恩幸，楊、劉在禁林作〈宣曲詩〉，王欽若密奏，以爲寓諷，遂著令戒僻文字。

如此便可知道，原來楊億等人所作〈宣曲〉詩，非僅「述前代掖庭事，詞涉浮靡」而已，最主要的還在「寓諷」，是以遭到「嚴譴」。準此而觀，則〈宣曲〉詩雖爲詠史，但實寓諷寄，今將楊億之詩迻錄於後，以明其詳：

> 宣曲更衣寵，高堂薦枕榮。十洲銀闕峻，三閣玉梯橫。
> 鸞扇裁紈製，羊車插竹迎。南樓看馬舞，北埭聽雞鳴。
> 綵縷知延壽，靈符爲避兵。粟眉長占額，蠆髮俯侵纓。
> 蓮的沈寒水，芝房照畫楹。麝臍熏翠被，鹿爪試銀箏。
> 秦鳳來何晚，燕蘭夢未成。絲囊晨露濕，椒壁夜寒輕。
> 綺段餘霞散，瑤林密雪晴。流風祕舞罷，初日靚妝明。
> 雷響金車度，梅殘玉管清。銀環添舊恨，瓊樹怯新聲。
> 洛緩迷芝館，星妃滯斗城。七絲紐綠綺，六著鬥明瓊。

慣聽端明漏，愁聞上苑鶯。虛廊偏響屧，近署鎮嚴更。
剗襪心長苦，投籤夢亦驚。雲波誰託意，璧月久含情。
海闊桃難熟，天高桂漸生。消魂璧臺路，千古樂池平。
　（卷上）

此詩從首句以子夫因更衣得漢武帝臨幸起，歷寫宮掖歡樂荒唐，江休
復明指此詩乃針對眞宗畫幸丁香之事而發；但劉筠和詩有「取酒臨邛
遠，吞聲息國亡」之句，故陸游以爲此詩乃指陳眞宗寵幸劉、楊二妃。
以江（1005～1060）、陸（1125～1210）二人生卒年代言，江氏距祥
符下詔時間較近，故較可信；然不論如何，〈宣曲〉詩之諷喻顯而易
見，亦證《西崑酬唱集》之詩未必「歌功頌德，流連光景」。

　　詩集中諸人之詠〈明皇〉，方回以爲楊億詩能寫出唐明皇侈靡奢
縱之態，並謂其「河朔叛臣驚舞馬，渭橋遺老識眞龍」（卷上）詩句
爲「詩話所稱」（《瀛奎律髓》卷三）；劉筠之詩「可爲後世人主之戒」
（同上）。許總則謂楊億、錢惟演之詩所詠雖爲玄宗因寵楊妃而幾招
亡國之史實，「然此詩作于景德年間，其時宋眞宗過于寵幸劉妃，沉
迷女色，朝中頗有議論，楊億等人作爲朝中高官，自不能不有感於此」
（《宋詩史》，頁 83），而以爲此詩有所譏刺；詠〈始皇〉，劉筠之「從
臣善頌徒虛美，不奈盧生識國亡」（卷上），方回稱道「絕妙」，蓋「亡
秦者胡也，此譏已預播矣」（《瀛奎律髓》卷三）。方氏亦深體天下事
每出於智之所不能料，有天下者往往知懲前代之失，至於矯枉過正，
則其禍必伏於人之所不能見，故對於錢惟演之能道出「不將寸土封諸
子，劉項由來是匹夫」的議論，大稱「尤妙」（同上），故知《西崑酬
唱集》中之詠史詩多含諷喻之意。

　　錢鍾書《談藝錄》四曾云：「與其說『古詩即史』，毋寧說『古史
即詩』。」其意在告訴吾人：詩歌乃藝術創造而非史實記錄。借古諷
今之作祇是取歷史與現實之相似，並非取歷史與現實完全吻合者，故
〈宣曲〉、〈漢武〉、〈明皇〉、〈始皇〉諸作可見與當代事實類似之情景，
證諸楊億等人之思想與遭遇，亦可見其詠史詩中諷諭程度之濃厚了。

西崑諸人既以義山詩爲圭臬，其詠史諸詩亦多尊奉義山「成由勤儉破由奢」﹝註10﹞之精神，對歷史故事加以評論，或寄寓個人情懷。以題材而論，如〈南朝〉、〈宋玉〉乃學義山之同題作品姑且勿論，他如〈漢武〉、〈明皇〉、〈始皇〉諸篇亦無不由此立意；而以〈舊將〉之消沉與〈公子〉之浪費相對照，正是對義山「莫恃金湯忽太平」﹝註11﹞精神之承紹；楊億之〈成都〉明說：「張載勒銘堪作戒，莫矜函谷一丸封」（卷上），即是針對執政者及帝王不恤國事之警戒。故以整體而觀，西崑詩人之詠史詩，亦是對義山詩模擬之另一證明。

四、感時抒懷

《西崑酬唱集》中最成功的作品爲感時抒懷之作。鄭再時〈西崑酬唱集箋注自序〉評此集云：

> 此集大年唱餘人和者十九，主賓判然。夫大年者，十一歲應童子試，即抱清忠之志。景德間契丹侵澶，朝廷皇懼無措，大年獨與寇萊公力主北伐。及劉后之立，眞宗欲得大年艸制，使丁謂諭旨，謂且以「不憂不富貴」相勉，大年竟不承詔，眞宗不豫。恐女后秉國、奸人亂政，密與萊公表請太子監國，幾罹於禍。當時若王旦、寇準、張詠輩，皆深相器重。徒以鯁直之故，屢犯主顏，又遭王欽若、陳彭年等譖訴得行，鬱鬱不得申其志。然志終不可閟，發而爲詩，即此集是，非『情動於中而形於言』邪？集中若〈受詔修書〉之顯然，固無論；他如〈代意〉、〈禁中鶴〉、前後〈無題〉、〈直夜〉、〈懷舊居〉、〈因人話建溪舊居〉、〈屬疾〉等題，隨處可見其感慨寄託。而晁迥〈清風〉之慰勉有加，劉筠〈宋玉〉詩『曾傷積毀』一聯（指『曾傷積毀亡師道，祇托微詞蕩主心』二句），尤不啻爲全集注腳。非『言之不足而嗟歎之，永歌之』邪？至〈漢武〉、〈明皇〉，深刺封（東封泰山）祀（西祀汾陰）之繆，非『主文而譎諫』邪？（《箋

﹝註10﹞：《李商隱詩歌集解》，頁347，〈詠史〉（歷覽前賢）詩。
﹝註11﹞同上註書，頁1386，〈覽古〉詩。

注》，頁 15、16）

鄭氏以爲：浮華之詞只是《西崑酬唱集》的形式，託諷微詞以蕩滌眞宗之心，才是此集主旨。故不辭辛勤，爲此集作箋注，「以明其辭」，「以顯其意」。而于元芳之序《箋注》謂：「吾觀西崑之善者，固已長諷曲諭，足繼風騷矣；下者或堆積叢雜，而羌無意緒，昔人譏之是也」（頁 10），此亦以西崑之集中有諷諭存焉。王昭範序《箋注》亦云：

> 《西崑酬唱集》成於楊文公。文公詩源於玉谿生，玉谿寄興深微，長於諷諭。……文公早達，蒙兩朝之知遇，其遭逢若與玉谿異者；然內阨於嬖倖，外擠於僉壬，坎壈侘傺，辛困於時。況眞宗既盟契丹，侈心漸啓，天書封禪，尤玷清明。文公愴懷身世，繫心君國，欲言難言，時時寄託，或援古以刺今，或因物而興感。同社諸人，咸懷斯旨。其詩之微眇難識，固無殊玉谿，而謂可以空言解之乎？（同上，頁 11、12）

王氏之評西崑，稱揚備至，竟謂之「時時寄託」，此說値得商榷；案楊億自序西崑之作云，諸人創作動機和方式乃「歷覽遺編，研味前作，挹其芳潤，發於希慕，更迭唱和，互相切劘」，其中並不見深微大義、奧旨寄寓之目的，王氏之說，似深化了西崑諸作意旨；然就本節之前所論，集中詩歌「援古以刺今」、「因物而興感」實有其事，此固與其時眞宗之荒侈及楊億等人之遭遇有關。以楊億、劉筠等人之忠正鯁直，自不容眼見君國之淪沉而無動於衷。惟內有奸佞譖讒，外受小人排擠，故其抑鬱憂憤、拳拳忠愛，不得不藉詩歌發抒。孟子云：「頌其詩，讀其書，不知其人可乎？是以論其世也，是尚友也。」（《孟子·萬章下》）欲解西崑之詩，自當觀察其所處時代，並了解詩人生平思想及其境遇，方能如實體貼作者心靈，而不可徒作字面臆解，否則如何會其「興觀群怨」之旨。

楊億〈受詔修書述懷感事三十韻〉爲《西崑酬唱集》首篇，其後半之感事書懷似揭櫫詩人編纂詩集時之意旨：

> 撫己慚鳴玉，歸田憶荷鋤。池籠養魚鳥，章服裹猿狙。

　　園府愁尸祿，天閣媿弊裾。虛名同鄭璞，散質類莊樗。
　　國士誰知我，鄰家或侮予。放懷齊指馬，屏息度義舒。
　　寡婦疑憂緯，三公亦灌蔬。危心惟穀觫，直道忍邅除。
　　往聖容巢許，先儒美宵蓬。晨趨歎勞止，夕惕念歸歟。
　　秦痔疏杯酒，顏瓢賴斗儲。如諧曲肱臥，猶可直鉤漁。
　　矯矯歸銜印，翩翩隼畫旗。一麾終遂志，阮籍去騎驢。
　　　（卷上）

案此詩前半所敘及詩人於景德二年（1005）受詔與資政殿學士王欽若
同修《歷代君臣事跡》之事。詩人以三十二歲之齡，便受命與王欽若
總此文化工程，卻有歸田荷鋤之思，如非矯情做作，必有其難言苦衷。
身居知制誥之清高職務，卻有池中魚、籠中鳥之束縛感，有猿狙穿裏
禮服之不自在感，其因何在？「園府」以下四句，似乎為我們提供了
答案。然詩人真是自慚尸位素餐、徒具虛名且大而無用嗎？徐度《卻
掃編》云：「大年初入館，年甚少，以啓謝執政曰：『朝無絳、灌，不
妨賈誼之少年；坐有鄒、枚，未害相如之末至。』」（卷上）以此自信
自負，當不至如上所言之謙虛，故當是別有他因使詩人作荷鋤歸田之
打算。「國士」句起，詩人漸將心情放開，盡情擄發自己之不滿與委
屈。「國士誰知我」，即指沒人了解自己。詩人自幼即嶄露頭角，且寫
作當時身居館職，竟然語出無人知我之怨聲，與下句用孔子被鄰家輕
侮之典合看，似乎詩人亦曾受到不少屈辱。其後以「放懷齊指馬，屏
息度義舒」二句來說明當時世間已無是非可言，而自己之處境堪慮，
故鎮日徬徨，連大氣都不敢出。然詩人心繫君國安危，就如《左傳》
所云：「嫠不恤其緯，而憂宗周之隕」（昭公二十四年）的心情，無時
不為國運操危慮患，而「三公亦灌蔬」句卻充滿無力之感，只好學於
陵子之隱居保命。〔註12〕「危心惟穀觫」言此心常懷危懼，「直道忍

〔註12〕《漢書・鄒陽傳》載鄒陽獄中上書云：「於陵子仲，辭三公為人灌園。」
　　　　劉向《列女傳・賢明》亦載：「楚王聞於陵子終賢，欲以為相，使使
　　　　者持金百鎰往聘迎之。於陵子終曰：『僕有箕帚之妾，請入與計之。』
　　　　即入謂其妻曰：『楚王欲以我為相，遣使者持金來。今日為相，明日

籧篨」更披露心中之痛。《論語・微子》云：「直道而事人，焉往而不三黜」，可見直道而行本是儒者所應爲，而那些巧言諂佞之舉則爲正直之士所不能容忍。直道而行，容易遭忌惹禍，詩人非是不知，但除非自己同流合污，否則只能逃離此種煩囂、隱遁山林，方能避免禍端。故其下「往聖」二句，即在稱美唐堯能夠容納巢父、許由這樣的隱士，孔子也稱道甯武子、蘧伯玉之有道則仕、無道則去，以作爲詩人歸隱之典範。而「晨趨」二句乃詩人感歎趨朝之辛勞與政事之可怕，故益爲加深歸鄉之念。「秦痔」其下數句，則爲歸田之後的想望，亦可看出詩人尋求質樸祥和生活之心境。詩人所以會有如此感慨，除之前所敍王欽若對詩人之讒毀外，其在〈送倚序〉中亦云：「我以不肖之質，中人之才，黃屋過聽，擢司雅誥，敢不摩揣鉛鈍，勵精夙夜，期有以潤色帝載，與三代同氣。奈何力不逮心，位過其量，歲祀逾久，官謗囂然。不能上封自劾，嘆被引退，乃猶束帶就列，俯首取容，碌碌于薦紳間，亦顏之厚矣。」（《武夷新集》卷七）由此便可瞭解詩人思欲歸鄉之心境及其原因了。

　　〈代意二首〉，爲楊億首唱，李宗諤、丁謂、刁衎、劉騭各和一首，劉筠和二首。鄭氏《箋注》云：「代意者，情鬱於中，積不得發，託男女之離合，以寄幽怨之思，亦書情、去婦之類耳。」（頁 343）是知此題乃抒懷之作，今錄楊億詩於後：

　　　蘭夢前事悔成占，欲羨歸飛拂畫簷。
　　　錦瑟驚絃愁別鶴，星機促杼怨新縑。
　　　舞腰罷試收紈袖，博齒慵開委玉奩。
　　　幾夕離魂自無寐，楚天雲斷見涼蟾。（〈代意二首〉之一）

結駟連騎，食方丈於前，可乎？』妻曰：『夫子織屨以爲食，非與物無治也。左琴右書，樂亦在其中矣！夫結駟連騎，所安不過容膝；食方丈於前，甘不過一肉。今以容膝之安、一肉之味，而懷楚國之憂，其可乎？亂世多害，妾恐先生之不保命也。』於是子終出謝使者，而不許也。遂相與逃，而爲人灌園。」以此而觀，詩人或亦認爲時勢對其不利，故有此歎。

此就詩面文字觀乃寫一離婦之悲哀。中國古代常以男女比擬君臣，此自屈原以來即已如此。此詩題爲代意，實爲自抒己意。詩人有難言之際，而又不能已於言，故用比興手法寫出。屈原云：「初既與予成言兮，后悔遁而有他」（《離騷》），楊億之遭遇與此有些類似。據歐陽脩《歸田錄》載：「眞宗好文，初待大年眷顧無比，晚年恩禮漸衰。」楊億於此寺期判史館，奉命和王欽若等同修《歷代君臣事跡》，然「億素薄其人，欽若銜之，屢抉其失」（《宋史·楊億傳》），而「陳彭年方以文史售進，忌億名出其右，相與毀訾」（同上）。《歸田錄》又載：「楊文公億以文章擅天下，然性特剛勁寡合，有惡之者，以事譖之。大年在學士院，忽夜召見于一小閣，深在禁中。既見，賜茶，從容顧問，久之，出文稿數篋以示大年，云：『卿識朕書跡乎？皆朕自起草，未嘗命臣下代作也。』大年惶恐不知所對，頓首再拜而出。乃知必爲人所譖矣。」從楊億之遭遇看，此〈代意〉詩是有其時代因素存在。李宗諤之和詩云：「抒情空擬四愁詩」，劉騭和詩亦謂：「年少情多豈易禁」，楊億之〈代意〉應有如是之含義。

　　《西崑酬唱集》中有〈無題〉詩多首，分別爲卷上之〈無題三首〉（楊億、劉筠、錢惟演各三首）、卷下之〈無題〉（楊億、錢惟演各一首）及〈無題二首〉（楊億、劉筠各二首），以上〈無題〉詩皆以楊億爲唱首。案義山詩中亦多有以〈無題〉名詩者，最爲後世費解，然情韻深長與華麗典雅爲其特徵。楊億之〈無題〉詩多以比興寄意，詩旨含蓄。如其〈無題三首〉之一云：

　　　曲池波暖蕙風輕，頭白鴛鴦占綠萍。
　　　縷斷歌雲成夢雨，斗迴笑電作嗔霆。
　　　湘蘭自古傳幽怨，秦鳳何年入杳冥。
　　　不待萱蘇蠲薄怒，閒階鬥雀有遺翎。

詩從和諧景象寫起，首聯之清淡平和，可以代表君臣之相得；頷聯則從男女歡樂之後，隨起勃谿之鉅大變化著筆，寫君王對佳人或臣子感情之急遽轉變，由信任而猜忌、由疼愛而憎厭，其間關係之親密與否，

全由君王一人決定。頸聯便由頷聯引發，傳遞出佳人（或臣子）之幽
怨心聲，或歎自己冤屈無法辯白，或暗喻自己不知何時已被疏遠。而
尾聯則自嘲不待對方消除微怒，而自己已看清局勢，早在閒階鬥雀，
自尋解脫了。錢惟演之同時和詩有云：「誤語成疑意已傷，春山低歛
眉翠長」，劉筠之和詩亦云：「簾聲燭影浪多疑，仙轂何能爲解迷」，
此二詩或可解釋楊億所云「縷斷歌雲成夢雨，斗迴笑電作嗔霆」之疑
惑，原來一切都是「誤語成疑」所釀成。以此觀之，則楊億之〈無題
三首〉應是有感而作。《宋史・楊億傳》載其「性耿介，尚名節」（卷
三百五），其詩中亦常以「賈誼」自比，希望能當一名直臣，故身居
朝列，卻頗爲人怨忌，甚至「屢抉其失」，「相與毀訕」（同上）。此種
性格與處境，表現在其詩歌創作中，除了對國事之關懷憂慮之外，對
於個人之前程尤其充滿憂讒畏譏、徬徨失路之感。其〈因人話建溪舊
居〉有云：「露畹荒涼迷草帶，雨墻陰濕長苔衣。終年已結南枝戀，
更羨高鴻避弋飛」（卷下）、〈偶懷〉有云：「年光侵葆髮，春恨寄雲袍。
燕重銜泥遠，鴻驚避弋高。平生林壑志，誤佩呂虔刀」（卷下），其中
透露詩人所戀所懷，亦顯示其憂懼之情，故「高鴻避弋飛」與「鴻驚
避弋高」之語一再出現。他如〈即目〉詩，由眼前之雨翻池荷情景，
聯想到「峰奇雲待族，蹊暗李無言」，以致詩人「愁詠」，而歸結於「一
麈今已廢，猶戀漢庭恩」（卷下），其消極之思想，無非是憂懼之心的
延伸發展。

　　劉筠爲知制誥時，楊億爲試選人，其個性亦同楊億般「臨事明達，
而治尚簡嚴」〔註13〕，其在《西崑酬唱集》中之作品，亦時時流露對
國事之憂慮及個人前途之危機感。如和〈受詔修書述懷三十韻〉中云：

　　　　見彈曾求炙，臨川復羨魚。孰云貂可續，自愧鴉難如。……

　　　　蝸舍遊從寡，鶉衣禮貌疏。寸陰嗟荏苒，十駕敢躊躇。（卷上）

劉筠時爲大理評事祕閣校理，詩中不但沒有感念皇恩之欣幸，反而流

〔註13〕《宋史》卷三百五〈劉筠傳〉。

露出一股孤寂與憂患感。再觀其〈偶懷〉：「不才甘客難，多病豈句休。……養拙寧無地，千波一葉舟」（卷下），其中不僅憂慮甚深，且已有退官歸隱之意。其〈偶作〉詩也云：「殺青和墨度流年，飽食無功鬢颯然。……招隱詩成誰擊節，願傾家釀載漁船」（卷下），其中所表現隱退之心明顯可見，這些並非突然，是詩人長久累積對朝政、前途之不滿所發。至於西崑另一重要詩人錢惟演，則因身爲吳越錢氏後裔，入宋之後更無安全感，故其危懼之心較之崑體諸家或有過之；然因其身分特殊，故不能不戒愼恐懼，在詩歌方面即較少吐露自己之內心感受，惟「目眩花成果，心驚蟻鬥牛。幽冰那浣熱，洛笛更生愁」（卷下〈屬疾〉）之詩句，多少亦反映其身處朝中之危機感，而「素髮自憐同騎省，一竿何日釣秋鱸」（卷下〈直夜〉）之感慨，當時應非無病呻吟。

西崑諸家多爲學識淵博，深受儒家思想洗禮之愛國詩人，大多數詩人都表現出熱衷仕進、爲國爲民盡忠效力之胸懷，故對於時局國事均深加關注。而眞宗之表現與朝政之多紊，均令詩人有懷抱不遇、長才難施之感，甚且因小人之排擠、邪佞之毀譖，更讓詩人們有憂讒畏譏、亟思隱退之危機感，故表現在詩作中，即多感時抒懷之作。也可以說，此類作品是《西崑酬唱集》中最成功、最具詩人感情心性之代表作。

第四節　西崑體與義山詩之關係

一、對義山詩之承襲

宋初崑體詩人宗主義山，後世多無疑問。如宋劉攽《中山詩話》云：

> 祥符、天禧中，楊大年、錢文僖、晏元獻、劉子儀以文章立朝，爲詩皆宗尚李義山，號西崑體。後進多竊義山語句。賜宴，優人有爲義山者，衣服敗散，告人曰：「我爲諸館職揉捼至此。」聞者懽笑。……元獻〈王文通〉詩曰：「甘泉

> 柳苑秋風急，卻爲流螢下詔書。」子儀畫義山像，寫其詩
> 句列左右，貴重之如此。

此爲較早聯繫崑體與義山詩關係之記載，以「撏撦」描寫崑體詩人對
義山詩之崇敬與摹擬，十分傳神。而晏殊、劉筠之寫義山事蹟、畫其
肖像，其貴重之情，亦不難想見。劉克莊以爲義山詩典雅華麗，故「楊
劉諸人師李義山可也」，但不必「又師唐彥謙」，蓋「唐詩雖雕琢對偶，
然求如『一坏』『三尺』之聯，惜不多見」（《後村詩話》卷二），此正
說明崑體詩人主要學習對象是義山詩。葉夢得《石林詩話》亦曰：

> 唐人學老杜，惟商隱一人而已，雖未盡造其妙，然精密華
> 麗，亦自得其髣髴。故國初錢文僖與楊大年、劉中山，皆
> 傾心師尊，以爲過老杜。

此指出錢、劉、楊諸人所師義山者，在其詞藻之「精密華麗」方面，此
固崑體詩人之審美觀點較偏向華美之詩風所致，故楊億序《西崑酬唱集》
即點明眾人之作重「雕章麗句」，以求「膾炙人口」。而葛立方之《韻語
陽秋》則將楊億諸人學義山詩之過程敘述得較詳細，其卷二云：

> 咸平、景德中，錢惟演、劉筠首變詩格。而楊文公與王鼎、
> 王綽號江東三虎，詩格與錢、劉亦絕相類，謂之西崑體。
> 大率效李義山之爲，豐富藻麗，不作枯瘠語。故楊文公在
> 至道中得義山詩百餘篇，至於愛慕而不能釋手。公嘗論義
> 山詩，以謂包蘊密緻，演繹平暢，味無窮而炙愈出，鑽彌
> 堅而酌不竭，使學者少窺其一斑，若滌腸而洗骨，是知文
> 公之詩有得於義山者多矣。

胡仔《苕溪漁隱叢話》曰：

> 祥符、天禧之間，楊文公、劉中山、錢思公專喜李義山，
> 故崑體之作，翕然一變。

宋人言西崑詩人，雖多取楊億三人，然崑體詩之代表實亦以此三人最
具代表性，故諸詩評家屢屢言及，且三人詩風接近，又同宗義山詩，
是以多并言之。但宋人之筆記多從二者之傳承關係著眼，較少直接批
評其學習結果；自元代以下諸家，則多涉評指。如元方回《瀛奎律髓》

評梅聖俞〈和永叔中秋月夜會不見月酬王舍人〉詩云：

> 宋初詩人惟學白體及晚唐，楊大年一變而學李義山，謂之
> 崑體，有《西崑酬唱集》行於世。其組織故事有絕佳者，
> 有形完而味淺者，尚以流麗對偶，豈肯如此淡淨委蛇，而
> 無一語不近人情邪？（卷二二）

方氏之意，楊億等西崑體詩人學義山，有注重組織故事者，有模擬形
式格律者，但均以「流麗對偶」之辭采出之，而無法如梅詩之平淨淡
遠。明人以下，批評則趨嚴峻，如明王世貞《藝苑卮言》即謂：

> 義山浪子，薄有才藻，遂工儷對。宋人慕之，號為西崑。
> 楊、劉輩竭力馳騁，僅爾窺藩。（卷四）

王氏論詩推崇漢、魏，故其評義山詩，格已不高，唯稱其「工儷
對」；至謂楊、劉，則雖戮力學習義山，亦僅得「窺藩」，連登堂尚未能，
遑論入室，而其鄙夷崑體詩作心態明顯可知。鄭氏《箋注》引清馮武
《二馮先生評閱才調集》凡例曰：

> 楊大年名意，錢文僖名惟演，晏元獻名殊，劉子儀名筠諸
> 公，為西崑體，推尚溫助教庭筠、李玉谿商隱、段太常成
> 式。（頁67）

此所引者謂宋初西崑體詩人所學不僅義山，亦推尚溫庭筠、段常式
也。而郎廷槐之《師友詩傳錄》則謂崑體詩人所學，亦不僅溫、李、
段三家，尚包括皮日休、陸龜蒙等人。其文云：

> 詩自李、杜以來，大家名家，指不勝屈。毋論貞元、元和，
> 即晚唐溫、李、皮、陸輩，各有至處，自成一家。宋人楊
> 文公、錢思公、晏元獻、胡文恭皆宗之。（第二二條）

案晚唐諸家，皮、陸二人與許渾、韓偓、唐彥謙諸人詩風皆近溫、李，
故詩評家通常將他們歸為典綺一類。此處郎氏謂楊、劉諸人宗溫、李、
皮、陸，實以學習商隱為主，餘者兼好之而已。何焯《義門讀書記》
則謂：

> 馮定遠謂熟觀義山詩，自見江西之病。余謂熟觀義山詩，
> 兼悟西崑之失。西崑祇是雕飾字句，無論義山之高情遠識；

即文從字順，猶有閒也。

何氏意謂西崑詩人祇學義山之「雕飾字句」，而未能搆及其「高情遠識」，縱使能文從字順，在藝術成就及詩歌內涵方面，到底仍有差距，因此他表示熟觀義山詩，不僅可見江西之病，亦可「兼悟西崑之失」，足見西崑學義山詩之一面，並擴大及深化在詞采雕琢方面的技巧，因此為人所詬病。沈德潛《說詩晬語》亦云：

　　宋初臺閣體倡和多宗義山，名西崑體。

沈氏雖未明言臺閣詩人為誰，但以西崑名體者，在宋初即是指楊億諸人。翁方綱之《石洲詩話》則說得較清楚：

　　西崑酬唱諸公，皆以楊、錢、劉三公為之倡，其刻畫玉溪
　　可謂極工。（卷三）

翁氏不但說明楊億、劉筠、錢惟演為西崑酬唱之主要提倡者，而且也指出他們學習義山詩非常工致肖侔。姚鼐《五七言今體詩鈔·序目》進一步說：

　　西崑諸公之儗玉谿，但學其隸事耳，殊滯於句下，都成死
　　句。其餘宋初諸賢，亦皆域於許渾、韋莊輩境內。

此亦言崑體詩人不能靈活學習義山精髓，而盡在典故上打轉，且因注重雕琢章句，故常困於為求形式之典雅、聲律之和諧，而刻意為文造情，情韻自然欠佳，故嚴羽批評他們創作「殊滯於句下」，「都成死句」，此皆不善學義山詩之結果。

　　西崑諸人為詩極力摹擬義山，然所得幾為惡評。蓋其專力於辭采之雕琢，而缺乏全面之發展提昇，尤其內容無益於世道，更為人指訾。唯後世評論家亦有單從辭采、格調稱揚崑體者。如劉攽《中山詩話》雖譏西崑後進「多竊義山語句」，然亦云：

　　大年〈漢武〉詩曰：「力通青海求龍種，死諱文成食馬肝。
　　待詔先生齒編貝，忍令索米向長安。」義山不能過也。

此在說明，楊億詩之精工整鍊亦有義山所不能及者。而清梁章鉅《南浦詩話》引胡應麟《詩藪》曰：

　　自李商隱、唐彥謙諸詩作祖，宋初楊大年、錢惟演、劉子

儀羣翕然宗事，號西崑體，人多訾其僻澀；然諸人材力富
健，格調雄整，視義山不啻過之，惟丰韻不及耳。（卷二）

胡氏從材力、格調著眼，以爲西崑諸人雖學義山詩，但他們在這兩方
面的表現超過義山，或許是胡氏較喜歡崑體詩多用典故、以才學爲詩
所形成的典雅華麗詩風，故作是評。然不管學習效果如何，似乎無人
反對西崑體詩與義山詩之承襲關係。

江少虞《宋朝事實類苑》卷三十四中，有一段楊億提倡西崑體的
詳細自述，對於深入了解西崑諸家與義山詩之淵源，甚有幫助，值得
研究者注目。茲迻錄於次，以供參考：

公嘗言：至道中，偶得玉溪生詩百餘篇，意甚愛之，而未
得其深趣。咸平、景德間，因演綸之暇，遍尋前代名公詩
集，觀富于才調，兼極雅麗，包蘊密致，演繹平暢，味無
窮而久愈出，鑽彌堅而酌不竭，曲盡萬態之變，精索推言
之要，使學者少窺其一斑，略得其餘光，若滌腸而換骨矣。
由是孜孜求訪，凡得五七言長短韻歌行雜言共五百八十二
首。唐末浙右多得其本，故錢鄧師若水未嘗留意掇拾，才
得四百餘首。錢君舉〈賈誼〉兩句云：「可憐夜半虛前席，
不問蒼生問鬼神」，錢云：「其措意如此，後人何以企及？」
余聞其所言，遂愛其詩彌篤，乃專輯綴。鹿門先生唐彥謙
慕玉溪，得其清峭感愴，蓋聖人之一體也。然警之之句亦
多。予數年類集，後求得薛延珪所作序，凡得百八十二篇。
世俗見予愛慕二君詩，夸傳于書林文苑，淺拙之徒，相非
者甚眾。噫！大聲不入於俚耳，豈足論哉！

此段文字，據陳尚君之研究，以爲「據文意、行文格式，參以他書，
可確定出自《楊文公談苑》」〔註14〕，乃楊億弟子黃鑒搜集楊億言論
編集而成。陳氏以爲此段敘述提供了許多不見于他書之史實，其分析
詳細，頗有可取，今抄錄於後，以提供後來者參考：

一、楊億提倡學李商隱詩，現一般認爲以《西崑酬唱集》爲標志。

〔註14〕見《百家唐宋詩新話》，頁 840。

今知始于至道年間，在西崑酬唱前十多年。同時亦與錢若水的嗜愛提倡有關。

二、楊億為學李詩，曾化了極大氣力搜輯、整理李商隱及其後繼者唐彥謙的詩集，這在他書中記載皆未詳。

三、楊億學李詩的著眼點，在于李詩辭采雅麗而富于才調，措意深邃而能出以平暢，善于變化而餘味無窮，這比《西崑酬唱集・序》中所述，要具體得多。《韻語陽秋》卷二曾節引這一小節文字，但未說明出處。

四、記述了楊億倡作崑體後社會上的反應：在盛傳文苑的同時，也受到了「淺拙之徒」的眾多非議。這段話可與《六一詩話》「先生老輩患其多用故事，至于語僻難曉」相參讀。反對者應主要是指習慣按白體、晚唐體風格作詩的人們。「大聲不入于俚耳，豈足論哉！」可以看到楊億對反對者的態度。

據上論述，崑體詩人宗主義山詩殊無疑義。然學習成效如何，則各家有仁智之見，需視其審美觀點及其立場而作適切之理會。

二、「西崑體」與「義山詩」之辨

以楊億、劉筠、錢惟演等為主之宋初詩人，學習義山詩辭采之典麗、典故之繁富及對仗之工切，而形成不同於白體及晚唐體格調之詩風。楊億將眾人於編修《歷代君臣事跡》期間的倡和詩作，取「玉山策府」之義，編成《西崑酬唱集》。此集詩歌以楊、劉、錢三人為主，計約二百首，占全集之五分之四。而且入集之詩，風格大體一致，曾主盟真宗朝詩壇約三四十年，在當時頗為學子所效，故稱此風格流派之詩為「西崑體」。

「西崑體」詩風從學義山詩而來，但並不等於義山詩。因有《西崑酬唱集》之編纂，方有「西崑體」之名；但後世卻有將「西崑體」與義山詩混為一談者。宋釋惠洪之《冷齋夜話》首肇其端，其卷四有云：

詩到李義山，謂之文章一厄，以其用事僻澀，時稱西崑體。

案此處之「時」，應指李商隱同時或稍後，但據今所知唐人著述中並無稱義山詩爲「西崑體」者，故其稱謂之錯誤顯然可見。案惠洪之《冷齋夜話》約作于徽宗崇寧、大觀（1102～1110）年間〔註15〕，約四十年後成書之胡仔《苕溪漁隱叢話‧前集》曾收錄惠洪此說，此書卷二二自此條後，所收詩話條目悉爲評論義山詩者，而題則冠以「西崑體」，當亦受《冷齋夜話》影響，同誤義山詩爲「西崑體」者。繼惠洪之後，復誤義山詩爲「西崑體」者，則當推百餘年之後的嚴羽《滄浪詩話》（此書約成於理宗紹定元年前）。其〈詩體〉中，二度提到「西崑體」，其一曰：

> 以人而論，則有：蘇李體、曹劉體、……李長吉體、李商隱體。

其於「李商隱體」下自注曰：「即西崑體也」；其二曰：

> 又有所謂：選體、柏梁體、玉臺體、西崑體、香奩體、宮體。

其在「西崑體」下又注云：「即李商隱體，然兼溫庭筠及本朝楊劉諸公而名之也。」以此觀之，「西崑體」不僅可以代表「李商隱體」，且「兼溫庭筠」及宋初「楊劉諸公而名之」。若僅就溯源而論，說「西崑體」即李商隱體、溫庭筠體尚不妨其事實；若就內容、體式、風格而言「李商隱體」即「西崑體」，則是倒本爲末之說法。可見其產生之謬誤與惠洪相同。

自金元而下，誤將義山詩稱爲「西崑體」者亦屢見不鮮。首爲金代著名詩人元好問，其《中州集》卷二曰：

> 劉汲《西嵒集》屏山注，爲作序，中云：「李義山喜用僻事、下奇字，晚唐人多效之，號西崑體。殊無雅典渾厚之氣，反詈杜少陵爲村夫子，此可笑者二也」。

案屏山，乃指金人李純甫，弘州人，承安年進士，官至尚書右司都事。

〔註15〕 本段各本詩話之成書年限考訂，均參考上海辭書版《宋詩鑒賞辭典》附錄〈詩人年表〉所載，以下不再贅述。

依其序文所稱，晚唐人多效義山詩「喜用僻事」、「下奇字」，此即爲「西崑體」，誠爲一項錯誤；而將「反置杜少陵爲村夫子」用以指責晚唐效義山詩者，此亦值得商榷。蓋「西崑」之成體派，乃緣《西崑酬唱集》而來，時已入宋，晚唐尚未有此稱名。〔註16〕另外，據劉攽《中山詩話》所云：「楊大年不喜杜工部詩，謂爲村夫子。」此乃杜甫被稱爲「村夫子」之最早出處，李純甫誤將罪名冠於晚唐效義山詩者，或爲一時之不察。元好問之《論詩絕句》又云：

> 望帝春心託杜鵑，佳人錦瑟怨華年。
>
> 詩家總愛西崑好，獨恨無人作鄭箋。（三十首之十二）

元氏此詩首句乃用義山〈錦瑟〉詩成句，次句也是化用李詩前二句而成，故此處之「西崑」無疑是指義山詩。〔註17〕距元好問不久之辛文房在編《唐才子傳》時，亦道：

> 商隱文自成一格，後學者重之，謂「西崑體」也。（卷七）

此則以李商隱之文爲「西崑體」，可見金元之世，對「西崑體」之體認似乎特別混淆。

時至清世，舛誤依舊。如吳喬在爲自編《西崑發微》作序時即云：

> 義山於唐人中，辭意最爲飄渺。…今於本集中，抽取〈無題〉詩十六篇爲上卷；與令狐二世及當時往還者爲中卷；
>
> 疑似之詩爲下卷。詳說其意，即命名曰《西崑發微》。

就此觀之，吳氏乃以「西崑」爲義山詩者。郎廷槐之《師友詩傳錄》中，亦對「西崑」之含義界定不明。其書第八則載：

〔註16〕如曾棗莊《論西崑體》，頁41，即引李純甫之說，但未明出處，亦未辯明李氏所笑「西崑體」二事，究竟何指。

〔註17〕案王禮卿《遺山論詩詮證》以爲「西崑」一辭兼含義山及楊劉諸家，其言云：「此章爲其合論見源流之例，故以西崑一辭，包義山及楊劉，其界義與嚴說同。」又認爲：元遺山此章，論詩用事過多致成隱晦，始於義山而極於西崑，故舉義山〈錫瑟〉爲例，合論義山及西崑門派，以示晦澀之例。而謂「遺山有其系統之體例，欲明隱晦一派之本末，非用此辭不備，義有所在，非沿誤之比也」，若此，則遺山之舉義山乃爲求體例之一貫，而非同他家之誤也。王氏說見其書，頁86、87。

> 問：「七律三唐、宋、元體格，何以分優劣？」阮亭答：「唐人七言律，以李東川、王右丞爲正宗，⋯⋯宋初學『西崑』，於唐卻近。歐、蘇、豫章始變『西崑』，去唐卻遠。」歷友答：「七言近體，則斷乎以盛唐十四家爲正宗，再羽翼之以錢、劉足矣。『西崑』吾無取焉。宋、元而下，姑舍是。」

以此而觀，阮亭、歷友所答之「西崑」，亦是指義山之詩或兼指溫庭筠之詩無疑，否則不用說「宋初學『西崑』」及「羽翼之以錢、劉」之語。

以上所述，爲將義山詩誤稱「西崑」或「西崑體」之例。事實上，李商隱、溫庭筠等人之詩文風格，在唐代已有「三十六體」之稱；但因宋初西崑體詩人宗李商隱，而又有誤以義山詩爲「西崑體」者，故又有「崑體三十六」之提法。清人馮武在〈西崑體酬唱集序〉中論述宋代各詩體時，曾分論「西崑三十六」和「西崑體」云：

> 有以李玉溪爲宗，而佐之以溫飛卿、曹唐、羅鄴，若錢思公、楊大年諸公一以細潤清麗爲貴，謂之「西崑體」。要皆自宋人分之，而唐無是說焉。元和、太和之代，李義山傑起中原，與太原溫庭筠、南郡段成式皆以格韻清拔、才藻優裕爲「西崑三十六」，以三人俱行十六也。「西崑」者，取「玉山策府」之意云爾。趙宋之錢、楊、劉諸君子競效其體，互相酬唱，悉反江西之舊，製爲文錦之章，錄成一集，名曰《西崑酬唱》。不隔一朝，遽爾湮沒。（《箋注》頁 29）

馮武此序，漏洞百出。首見之「西崑體」尚稱正確，釋「西崑」之由來亦是；然謂溫、李、段之詩爲「西崑三十六」，則馮氏之前未曾有也，且其明顯將後起詩派之稱呼冠於學習對象，此意義實有不同，未可削足適履也。又其敘楊、劉諸公競效溫、李詩，「悉反江西之舊」，又將時代倒置矣。如此舛陋，毋怪會理不清「西崑」與義山詩之關係。《四庫全書總目·西崑酬唱集提要》則駁斥馮氏此說云：

> 考唐書但有「三十六體」之說，無「西崑」字。億序是集，稱「取玉山策府之名，題曰《西崑酬唱集》」，則「三十六」

與「西崑」各爲一事，武乃合而一之，誤矣。(卷一八六)

是知「三十六體」與「西崑體」詩風雖相近，時代卻有不同，不可混而爲一也。

對「西崑體」之敘述，最早者當爲歐陽脩之《六一詩話》，其文云：

> 陳舍人從易，當時文方盛之際，獨以醇儒古學見稱，其詩
> 多類白樂天。蓋自楊、劉唱，《西崑集》行，後學者爭效之，
> 風雅一變，謂「西崑體」。

此處所述「西崑體」，明指後學爭效《西崑酬唱集》之詩風，因此形成所謂之「西崑體」，而其後之《中山詩話》亦認爲楊、劉諸人「爲詩皆宗尙李義山」，所以後世號其詩風爲「西崑體」，此皆見解不誤者。然自宋惠洪誤將義山詩稱爲「西崑體」以來，至明末尙無見辯駁者。至清初詩人，始對西崑詩家加以重視和肯定，至此有關「崑體」之舛誤方受到注意。錢曾《讀書敏求記‧西崑集跋》即駁斥嚴羽之說云：

> 西崑之名創自楊、劉諸君及吾遠祖思公，大年序之甚
> 明。……今云即商隱體而兼庭筠，是統溫、李先西崑矣。
> 且「及」之云者，楊、劉反似西崑繼起之人。疑誤後學，
> 似是實非。(卷四)

錢氏之說甚是，對「西崑」之名體有正本清源之功。另外，翁方綱《石洲詩話》卷七也駁元好問《論詩絕句三十首》中所云：

> 宋初楊大年、錢惟演諸人館閣之作，曰《西崑酬唱集》，其
> 詩效溫、李體，故曰西崑。西崑者，宋初翰院也，是宋初館
> 閣效溫、李體，乃有「西崑」之目，而晚唐溫、李時，初無
> 「西崑」之目也。遺山習沿此稱之誤，不知始於何時耳。

翁氏亦道出是宋初館閣效溫、李之體，乃有「西崑」之目，在晚唐不應有「西崑」之名也。沈德潛之《說詩晬語》亦云：

> 宋初臺閣倡和，多宗義山，名西崑體。(卷下)

案沈氏於「名西崑體」下自注：「以義山爲『崑體』者非是」，可見其與翁氏均能清楚辨明義山詩與「西崑體」之差異。

　　宋初之西崑體詩人醉心於學習義山詩，且有生搬硬套之習，故致「撏撦」之譏，但他們在詩歌形式和技巧方面，亦能發揮義山詩之某些特長，如辭采華麗、對仗工切、用典繁富等，可以說：崑體詩在藝術技巧的錘煉功夫有時是相當精湛的，而此與義山詩亦可說是一脈相傳的。源於宋初臺閣諸人唱酬之作以「西崑」名集，且奉義山詩為學習圭臬，故後世多有誤稱義山詩為「崑體」者，吾人在閱讀時宜將之辨明，以免造成張冠李戴之誤。

第五節　西崑體形成之原因

　　一種風氣之形成有其主客觀因素，必須內外在條件相互配合，方能畢竟其功。上節已經論述，西崑詩派之形成，乃在《西崑酬唱集》編成之後，受到時人之喜愛，因而競相學習，形成一股風潮，此即歐陽脩所稱「自西崑集出，時人爭效之，詩作一變」（《六一詩話》）。那此種風氣起於何時？又緣何種因素促成？值得吾人細思。

一、西崑體詩風形成之時間

　　今人曾棗莊以為：西崑體詩風「至遲在《西崑酬唱集》輯集之前」「就已存在」。其理由有三：其一、《西崑酬唱集》編纂于大中祥符元年（1008），而所收諸人唱和詩始於景德二年（1005），故其推論「至遲在輯集之前三年這種詩風已經存在」。其二、楊億的《武夷新集》編於景德四年（1007），自序云：「因取十年來詩筆，條次為二十編，目之曰《武夷新集》。」從景德四年上溯十年為咸平元年（998），曾氏以為其所收詩文確實也起於此年。《武夷新集》收詩五卷，詩風雖未必盡如《西崑酬唱集》中的詩風，但不少詩大體相似。故曾氏認為「至遲在《西崑酬唱集》輯集前十年，這種詩風就已存在」。其三、曾氏根據《韻語陽秋》卷上所云：「楊文公在至道中（995～997）得義山詩百餘篇，至于愛慕而不能釋手。」而謂「在《西崑酬唱集》輯集前十餘年，在太宗朝末年，楊億已對李商隱詩愛不釋手」，更因此

而得出「西崑體詩文風格的存在，比《西崑酬唱集》的輯集，要早十多年，祇是在輯集之後此風更盛而已」之結論。〔註18〕

　　案：曾氏認爲西崑體詩風在《西崑酬唱集》輯集之前就已存在之說，大致可以接受；但以其證據推論而得之結果卻值得商榷，因爲僅憑楊億《武夷新集》之成書年代及楊億對義山詩之喜愛，便斷定西崑詩文風格的存在比《西崑酬唱集》的輯集，要早十多年，此似乎太過武斷。蓋《武夷新集》的內容和詩風，既未必盡如《西崑酬唱集》中的詩風，縱使不少詩「大體相似」，然而是否相似者即爲唱和詩，亦未詳述，即以之斷定在《西崑酬唱集》輯集之前十年已有此詩風，乃屬妄測。雖然一種詩風之形成，並非一朝一日之功，但卻不可據此而妄加推斷；更何況楊億對義山詩喜愛是一回事，實際之模倣創作是一回事，而影響當世、形成風氣又是另一回事，實不宜混爲一談，除非能舉出實際例證說明其間的相關，否則不可作如此判斷。田況《儒林公議》曾云：

> 楊億在兩禁，變文章之體，劉筠、錢惟演輩皆從而效之，時號楊、劉。三公以新詩更相屬和，極一時之麗。億復編敘之，題曰《西崑酬唱集》，當時佻薄者謂之「西崑體」。（卷下）

以此而觀，西崑詩風之形成，應以楊億在兩禁之時算起較爲恰當。考楊億於太宗雍熙元年（984），以神童被召，授秘書省正字，時年十一，此爲其初至京城，但並未正式參與政事。其眞正作官是在淳化三年（998），此年他曾獻〈二京賦〉，太宗賞識其才，而詔改光祿丞，賜進士及第。眞宗咸平三年（1000）秋，楊億由處州任所被召還朝，參與修纂《續通典》，之後不到半年便被擢知制誥，此時方得眞正展開其在兩禁的活動。自咸平三年至大中祥符元年《西崑酬唱集》編成，爲時亦不過八年。必以《武夷新集》所收詩篇初始計算，則與曾氏書自引梁章鉅之跋：「崑體，特文公之一格，《武夷新集》具在，未嘗盡如西崑」及自道：「西崑體以『豐富藻麗』爲特徵，但《西崑酬唱集》

〔註18〕以上曾氏看法見《論西崑體》，頁43。

中詩非一格，除以『豐富藻麗』為主外，還有『清峭感愴』一格。而《武夷新集》中的五卷詩，也是兩種風格並存，而且以後一種風格為主，堪稱富麗濃艷者極少」〔註19〕

二、西崑體形成之因素

西崑體之形成，大體可以從外緣和內因兩方面來探討。外緣方面包括有社會的繁榮安定、崑體詩人的文壇地位、崑體詩歌的藝術成就；內因方面，主要是指詩歌本身的發展。今就此論之：

（一）、社會的繁榮安定與國君的有意提倡

宋初結束晚唐五代長期分裂割據之局面後，太祖、太宗決定養民生息，提倡文教，《宋史·太祖本紀》三載：太祖「務農興學，慎罰薄斂，與世休息，迄于丕平」（卷三）；《太宗本紀》二則謂太宗：「以慈儉為寶，服澣濯之衣，毀奇巧之器，卻女樂之獻，悟畋遊之非。絕遠物，抑符瑞，憫農事，考治功」（《宋史》卷五），因此百姓獲得較穩定的生活環境，農業、手工業等也得到相當的發展，社會呈現一片繁榮的景象。

因宋代君王有意提倡詩賦，且常在宮庭賞花賜宴，上下彼此唱和，形成風氣。《古今詩話》載：「太祖嘗顧近侍曰：『五代干戈之際，猶有詩人，今太平日久，豈無之也。』」可見自太祖始，即非常注意文治。《石林燕語》卷八亦云：「太宗當天下無事，留意藝文，而琴棋亦皆造極品。時從臣應制賦詩，皆用險韻，往往不能成篇。」太宗既好賦詩，亦愛讀書。王夫之《宋論》卷二載：「太宗曰：『朕無他好，惟喜讀書』。」《庚溪詩話》卷上亦謂真宗「聽斷之暇，惟務觀書；每觀一書畢，即有篇詠，命近臣賡和」，「可謂好文之主也」。太宗、真宗都獎勵歌詩之作，自己也好為吟詠，但所喜所作，大都側重於形式典麗。太宗時期，正值國家統一，氣象開張，需要典雅富麗的詩文來

〔註19〕曾氏說及其引文見《論西崑體》，頁197。

歌頌當代的偉業，粉飾昇平；而貴幸重臣則需要歌頌廟堂雄謨以鞏固恩遇，安享榮華；因此君臣唱和，謳歌盛世，便成一時風尚。眞宗生長於宮廷，本身不具備太宗的才略，所喜好之詩歌更是著重於形式上的工麗。〔註20〕尤其在景德初年與契丹訂立「瀛淵之盟」並達成和議後，君臣逸樂之風更盛，臺閣體詩文便乘勢發展，《儒林公議》卷下引張詠〈與楊億書〉稱：楊、劉諸人「大率負絕世之才，遇好文之主，跡繫中禁，聲馳四方」，此即西崑體詩形成的社會背景。

范仲淹在天聖四年所寫〈唐異詩序〉中曾說：

> 五代以還，斯文大剝，悲哀爲主，風流不歸。皇朝龍興，頌聲來復，大雅君子，當撫心于三代。然九州之廣，庠序未振；四始之奧，講議蓋寡。其或不知而作，影響前輩。因人之尚，忘己之實，吟詠性情，而不顧其分；風賦比興，而不觀其時；故有非窮途而悲，非亂世而怨。華車有寒苦之述，白社爲驕奢之語。學步不艱，效顰則多，以至靡靡增華，惽惽相濫。(《范文正公全集》卷六)

文中主旨雖在指陳仁宗天聖初期之士風，但亦道出當時社會學習崑體詩之規模及其弊端。此與歐陽脩所云：「自楊、劉唱和，《西崑集》行，後進學者爭效之，風雅一變，謂之『崑體』，由是唐賢諸詩集幾廢而不行」(《六一詩話》)的情形是一致的。崑體詩之所以能夠風靡，當時國泰民安的環境功不可沒，因爲唯有國家富康，民生豐裕，始能產生艷麗之文章，雍和之雅音，方可能造成「靡靡增華，惽惽相濫」的詩風。畢沅《續資治通鑑》卷二七載：「大中祥符元年二月戊戌，帝語輔臣曰：『京師士庶漸事奢侈，衣服器玩多鎔金爲飾，工人煉金爲箔，其徒日繁，計所費歲不下十萬兩，浸以成風，良可戒也』。」由此可見當時社會生活之豐足，故蘇舜欽〈石曼卿詩集序〉亦云：「國家祥符中，民風豫而泰，操筆之士率以藻麗爲勝。」(《蘇舜欽集》卷

〔註20〕參見常紹溫〈北宋詩風士風與政治——淺談時君好尚舉士措施及黨爭黨禁的影響〉，收入陳樂素主編《宋元文史研究》，頁 104～152。

十三）清陳僅《竹林答問》謂：「西崑體雖以辭勝，然佩玉冠紳，溫文而筆，自有開國文明氣象。」〔註21〕此即顯示當時社會的安定與藻麗風氣的形成有莫大的關係。

（二）、崑體詩人的文壇地位崇高

自《西崑酬唱集》編成之後，能夠迅速造成轟動，而使「風雅一變」的原因，除了社會風氣因經濟繁榮所帶來的迎向藻麗趨勢外，崑體詩人當時的文壇地位，亦使此新興詩風備受時人矚目。

崑體詩的主要詩人爲楊、劉、錢三人，他們當時或知制誥，或直秘閣，居於清貴之地，而且都負「秀傑之才，故能振起風流，動人觀慕」。〔註22〕楊億在眞宗朝之文學地位頗受推崇，如《續資治通鑑長編》卷八五載：

> （大中祥符八年八月）庚寅，知汝州祕書監楊億言，部內秋稼甚盛，粟一本至四十穗，麻一本至九百角。上覽其章，謂輔臣曰：「億之詞筆冠映當世，後學皆慕之。」王旦曰：「如劉筠、宋綬、晏殊輩相繼屬文，有正元、元和風格者，自億始也。」

此正贊揚楊億在眞宗朝文學地位之高，而宋祁之〈石少師行狀〉亦推崇其與西崑體詩人在宋初對宋詩的貢獻，其文云：「（石中立）與虢略楊億、中山劉筠、潁川陳越、成紀李宗諤相厚善。楊工文章，彩縟閎肆，匯類古今，氣象魁然，如貞元、元和，以此倡天下而爲師。」（《宋景文公集》卷一〇七）宋氏以爲楊億諸人使宋詩趨於興盛發達，故以唐詩最發達之「貞元、元和」相比。

楊億以其政治和文學上之地位，在當時獲得許多朝臣和知識份子之歡迎，尤其相與往來者多達官顯貴，故彼此唱和，一時蔚爲風氣。蘇轍在〈汝州楊石公詩石記〉一文中指出：

> 公以文學鑒裁獨步成平、祥符間，事業比唐燕、許無愧，

〔註21〕秦寰明〈西崑體的盛衰與宋初詩風的演進〉，頁59引。
〔註22〕見曾毅著《中國文學史》，頁72。

所與交游皆賢公相，一時名士多出其門。(《樂城後集》卷二一)
將楊億之文學事業以唐之燕國公張說和小許公蘇頲相比，可見其當時
名望。而當時共同編纂《歷代君臣事跡》者，如李宗諤、晁迴均爲翰
林學士，張詠、丁謂同任樞密直學士，李維、劉騭分別爲戶部和工部
員外郎直集賢院，刁衎爲駕部員外郎直祕閣，任隨爲太常丞直集賢
院，崔遵度任左司諫直史館，薛映除右諫議大夫，陳越乃著作佐郎直
史館，只有錢惟濟時任恩州刺史，可見眾人無不是詩名傾重一時之達
官，故楊、劉等人在政治和文學上均居於有利優勢，而有很強之號召
力，一時館閣文人從之若流，而成就有宋文學之新紀元。

（三）、駢儷文體盛行

宋初詩風在眞宗之世既已漸傾華麗，而西崑諸公官居館閣，其制
作文章，必以宏麗典雅爲要。尤其身兼知制誥之職，特須留心辭采之
典雅諧韻，故驪儷之文特盛於兩禁。洪邁《容齋三筆》卷八謂：「四
六駢儷，于文章家爲至淺；然上自朝廷命令詔策，下而縉紳之間箋書
祝疏，無所不用，則屬詞比事，固宜警策精切，使人讀之激昂，諷味
不厭，乃爲得體。」楊億之詩學李商隱，文亦習其《樊南四六》，皆
語言華麗，行文流暢，與詩風相近，故相得益彰。宋祝穆《新編四六
寶苑群公妙語》即云：

> 本朝以劉筠、楊大年爲體，必謹四字六字格律，故曰四六，
> 然其弊類徘。(卷一)

梁昆《宋詩派別論》中亦云：

> 觀西崑諸公，或位秘書，或直史館，或官翰林，或仕集賢，
> 耳目所接，心手所造，浸以成習，當然不自意以對偶諧律
> 用事麗字移之於詩；況居官清要，體處禁闥，品物之見，
> 悉極瑰寶，又何怪有體裁縟麗之西崑詩乎？

事實上，宋初文壇喜歡《文選》的風氣，對於促成崑體詩風亦有直接
的推助之功。《文選》乃六朝典麗文章之結集，以精使事、好對偶、
講聲律、鍊麗字著稱。宋初文士愛好《文選》，而西崑諸人亦身當其

時，又加上義山詩亦好用事、好對偶、好近體、好麗字，故形成西崑體詩乃是自然。《老學菴筆記》云：

> 國初尚《文選》，當時文士專意此書，故草必稱王孫，梅必
> 稱驛使，月必稱望舒，山水必稱清暉，至慶曆以後，惡其
> 陳腐，諸作者始一洗之；方其盛時，士子至謂之「《文選》
> 爛，秀才半」。

足見《文選》在宋初風靡的情形，緣此之故，便助了文壇華麗詩風的流行，而崑體詩人之創作「雕章麗句」詩篇，自然易受歡迎。

前述宋眞宗曾於大中祥符二年下詔，指斥當時文風「屬辭多弊，侈靡滋甚，浮艷相高，忘祖述之大猷，競雕刻之小巧」；並且告誡若「有辭涉浮華，玷於名教者，必加朝典，庶復古風」〔註23〕，此詔乃針對楊億、劉筠等「唱和宣曲詩，述前代掖庭事，辭多浮艷」而發，亦可見出崑體詩在當時所造成之影響。有些學者認爲，眞宗此次詔令禁浮艷之辭，事實上卻爲西崑體打響了更大之知名度〔註24〕，因時人多以爲楊億等人之作，乃在規諷眞宗之封禪迷信與對後宮劉、楊諸妃之寵愛不當，致有以「辭多浮艷」之名禁西崑諸詩之舉，然而此詔卻使崑體詩更爲眾人好奇，因而更加流傳。唯由此亦可見眞宗朝詩文風尚已漸趨靡麗，縱有詔令禁止，亦有不能阻遏之勢。

（四）、崑體詩有較高之藝術成就

崑體詩在經過宋初數十年的詩文發展基礎上，汲取前人的創作經驗，而汰除往昔之蕪鄙之氣，故能獲致當時較高之評價，而爲學者所爭相效仿。或有人以爲崑體詩「以漁獵掇拾爲博，以儷花鬥果爲工」，但亦不否認其時「嫣然華美」。〔註25〕西崑諸人本是以「新詩更相屬和」（《儒林公議》），故較注重如何革除前人之瑣屑與淺俗詩風，而其

〔註23〕本段引文並見石介《徂徠石先生全集》卷十九〈祥符詔書記〉。
〔註24〕如曾棗莊《論西崑體》頁 8 即云：「祥符令不但沒有起到倡導古文的作用，反而成了《西崑酬唱集》的宣傳廣告。」
〔註25〕同註 21。

詩學李商隱便是此種心態之表現。

由於楊、劉諸人的唱和之作，具有「組織工致」與「鍛煉新警」等特點，與白體唱和詩相較，當然要膾炙人口得多，故而在當時產生很大的影響。歐陽脩《六一詩話》有三處提到此點：「蓋自楊劉唱和，《西崑集》行，後進學者爭效之，風雅一變，謂『西崑體』，由是唐賢諸詩集幾廢而不行。」「楊大年與錢劉數公唱和，自《西崑集》出，時人爭效之，詩體一變。」「是時天下學者，楊劉之作，號爲『時文』，能者以取科第，擅名聲，以夸榮當世。」可見時人已開始在創作和欣賞中追求詩歌之形式美，而西崑體詩人之作品正好符合他們之審美趣味，是以「楊劉風采，聳動天下」（《後村詩話》前集），絕非偶然。田況《儒林公議》卷上雖鄙薄崑體詩「頗傷于雕摘」，卻肯定他們對改變宋初以來之淺瑣詩風的貢獻，故其稱道：「五代以來蕪鄙之氣，由茲盡矣」；方岳〈跋陳平仲詩〉亦云：「本朝詩自楊、劉爲一節，崑體也。四瑚八璉，爛然皆珍」〔註26〕，可見西崑詩講究辭采之丰贍華美。

北宋詩文革新之領袖人物歐陽脩，就曾反駁時俗指責楊、劉諸人「多用故事」、「語僻難曉」之說，其言云：

> 先生老輩患其多用故事，至於語僻難曉，殊不知自是學者之弊。如子儀〈新蟬〉云：「風來玉宇烏先轉，露下金莖鶴未知。」雖用故事，何害爲佳句也。又如「峭帆橫渡官橋柳，疊鼓驚飛海岸鷗。」其不用故事，又豈不佳乎？蓋其雄文博學，筆力有餘，故無施而不可，非如前世號詩人者，區區於風雲草木之類，爲許洞所困者也。（《六一詩話》）

可見楊億等人效法義山詩之深沉含蓄、詞采精美，在藝術上是勝過宋初詩文的。整部《西崑酬唱集》中，大體皆爲堆砌故實、雕琢字句之作，此種典麗華艷詩風較淺近之白體詩藝術成就自然爲高，故能符合當時社會之需求，而成爲受歡迎之效法對象。

〔註26〕見郭預衡主編之《中國古代文學史長編》（宋遼金卷），頁 55 引。

（五）詩歌本身的發展

宋初白體唱和詩大行於世，流風所及，甚至連一些武人鄙夫也附庸風雅，此固可視爲詩歌之普及，然而因其淺易，故詩風漸趨庸俗及鄙俚。白體詩雖有王禹偁大力創作較富現實風格之詩篇，但當其逝世之後即後繼無人。而以楊億爲代表，講求藻飾、多用故事的西崑體在此時出現，一方面固然是宋初唱和詩發展到登峰造極的產物；另一方面，也可視作乃對白體淺俚詩風的有意改革。《蔡寬夫詩話》即云：

> 宋初沿襲五代之餘，士大夫皆宗白樂天詩，故王黃州主盟一時。祥符、天禧之間，楊文公、劉中山、錢思公專喜李義山，故崑體之作，翕然一變。

而《儒林公議》載楊億等人「變文章之體」，可知楊億等人或有「以變革詩風爲己任」〔註27〕之懷抱。

從詩歌審美追求的發展來看，人類對於事物的追求時常在變，尤其是審美觀點常受時間、經驗之影響而改變。如清賀裳《載酒園詩話》便云：

> 余觀此種句法（指宋初晚唐體詩風），體意輕淺，亦猶蕉衫葛履，可以御暑，而非履霜具也。後乃一變爲楊、劉，正如久處蕭寺孤村，又羡玉樓金屋，勢必然也。

賀氏所言之「勢」，即指人們審美追求的轉變。曾棗莊在探討崑體詩盛行之原因時，曾道：「宋初白體風行，士子讀膩了白體詩，突然讀到富有朦朧美的《西崑集》，難怪要爭相效法西崑體詩了。」（《論西崑體》，頁330）此說雖然失之簡略，然以世人喜好的風格轉變來說，倒是滿符合事實的。

西崑詩之形成，或有以爲楊億等人之出現，適逢宋初詩壇青黃不接之際，因宋眞宗時，白體詩人徐鉉、李昉相繼去世，晚唐體詩人魏野、林逋等僅在眞宗祥符間顯名一時，自咸平迄天聖初詩人寥寥無幾，故宋祁之《宋景文筆記》云：「天聖初元以來，縉紳間爲詩者益

〔註27〕蕭瑞峰語，見氏撰〈重評《西崑酬唱集》中的楊億詩〉，頁72。

少，唯故丞相晏公殊、錢公惟演、翰林劉公筠數人而已。」（卷上）
如宋氏所云，似乎楊億等西崑體詩人之出現，正塡補了詩壇的眞空，
而得以稱霸宋初詩壇。其實因變本爲詩歌生生不息的活力泉源，傳統
詩歌中變革精神的發展，正是宋詩的重要特色。葉燮《原詩》謂，中
國文學史上，「上下三千餘年間，詩之質文、體裁、格律、聲調、辭
句、遞嬗、升降不同，而要之詩有源有流，有本必達末，又有因流而
溯源，循末以返本。其學無窮，其理日出。乃知詩之爲道，未有一日
不相繼相禪而或息者也。」（卷一〈內篇上〉）可知文體之遞嬗，未有
一日不相繼相禪者，以此來觀察宋初詩壇的更迭，可以了解西崑體詩
所以能代替白體詩稱雄詩壇，正因變革新精神之具體落實也。

第七章　西崑體詩人及其詩風

　　有關《西崑酬唱集》的評價，前人褒貶不一，然整體而觀，似乎持負面評價者稍多。即以今日習見之文學史，其對崑體詩尤其是《西崑酬唱集》詩集之評論雖各有看法，唯對崑體詩人之某一共同特性，見解卻有雷同之處。如中國社會科學院文學研究所編著之《中國文學史》云：

> 他們創作的目的僅是爲了唱和，他們的創作方法就是摭拾前人作品中的「芳潤」，重新加以編組，這樣就產生了他們這本毫無內容、僅只是玩弄詞章典故的《酬唱集》。(〈《西崑酬唱集》爭議〉引)

劉大杰編之《中國文學發展史》云：

> 雕章麗句，只注意對偶工巧、音調和諧和字句的美麗而已，都是屬於作品的形式，一點沒有顧到文學的內容。(頁585)

李曰剛《中國詩歌流變史》云：

> 西崑詩以漁獵掇拾爲博，以儷花鬥草爲工。……是以辭多靡艷，纖巧虛浮；馴至模擬成風，進而堆砌偷竊，缺乏氣骨。(頁532)

此三部文學史之作者，對西崑體詩之評價可說是全面否定，如「毫無內容」、「一點沒有顧到文學的內容」及「堆砌偷竊，缺乏氣骨」等；如果崑體眞如今人所說如此一無可取，那爲何歐陽脩《六一詩話》卻有「自《西崑集》出，時人爭效之，詩體一變」之說？此點值得仔細

研究討論。今擬就崑體詩之藝術特色、崑體主要詩人之詩風內容及崑體詩之評價各方面稍作探索，以明崑體詩與白體、晚唐體間之異同及其間之流衍發展，並蘄對宋詩改革運動之背景提供更明確可靠之資訊。

《西崑酬唱集》中之詩人雖有十七人，然其中代表應推楊億、劉筠及錢惟演三人。蓋此三人之唱酬作品即多達全集之五分之四，其他詩人多則七首，少則一首，故本文探討重心多集中於楊、劉、錢三人，餘作補充說明。又，西崑體既在《西崑酬唱集》盛行之後，方以之名體，故本文所探討之崑體詩藝術特色，亦以此集爲研究對象；如有必要，再佐以詩人之其他詩文論證，庶求的當。

第一節　西崑體詩之藝術特色

一、組織華麗

崑體詩人爲滌蕩白體、晚唐體之流易淺俗與瑣屑褊仄，故學義山之用典，以隱晦曲折的筆法、宛轉和諧的情思韻律及典雅精麗的辭藻，來發抒個人之感懷、表現自己的才學，故其特重形式的組織，毛扆鈔本〈西崑酬唱集跋〉云：「宋初楊文公與錢、劉二公特創詩格，組織華麗，一變晚唐體」；〔註1〕今人莫礪鋒在〈西崑詩派〉中亦云：「學習李商隱詩典雅精麗、委婉深密的特點使西崑派詩增色不少」。二氏之說法，說明崑體詩人在形式方面學習義山詩之辭采、組織，使西崑派詩走出與白體、晚唐體不同之特色。

紀昀《四庫全書總目·西崑酬唱集提要》謂西崑之詩「宗法唐李商隱，詞取妍華，而不乏興象，效之者漸失本眞，惟工組織，於是有優伶撏撦之戲」（卷一八六），此評洵爲公允。案楊億自序其編《西崑酬唱集》之目的，乃在學錢、劉詩之「雕章麗句」及「膾炙人口」，故其屢稱錢、劉二人「特工於詩」〔註2〕、「麗語頗多」（同上）。而錢

〔註1〕《箋注》，頁38引。
〔註2〕《箋注》，頁57引《詩話總龜》。

惟演之審美傾向與楊億亦幾乎一致，如其〈夢草集序〉即云：「嗚呼，平昔風猷，降石麟于天上；今茲愴惻，埋玉樹于土中。接一笑以無由，追十起而何及？昔謝公夢見阿連，乃得『春草』之句。予與希仲雖巷分南北，而學同硯席，文義之樂，起予則多。因以『夢草』命名，用見于志。」〔註3〕可見他們都很重視「摛華挾藻」、「藻麗不群」（同上）之創作方式。

　　崑體詩人既宗法李商隱，又注重辭藻之妍華，表現在詩篇中，便多以金玉綺繡等華麗詞藻堆垛。如《西崑酬唱集》卷上之〈南朝〉詩，楊億首唱道：

　　　　五鼓端門漏滴稀，夜籤聲斷翠華飛。
　　　　繁星曉埭聞雞度，細雨春場射雉歸。
　　　　步試金蓮波濺襪，歌翻玉樹淚沾衣。
　　　　龍盤王氣終三百，猶得澄瀾對敞扉。〔註4〕

此詩在寫法明顯仿效李商隱之同題詩〔註5〕，透過詠史方式，寄寓詩人不忘前代教訓、借古諷今之意義。首聯即揭示南朝君主日夜淫樂無度之情景，以「漏聲稀」、「翠華飛」之具體形象，描寫君王與宮妃不分晨昏恣情宴樂之糜爛，與出遊時車駕之華美、隨行宮女妝扮之艷麗；頷聯寫南朝天子之荒於遊獵，亦以「繁星曉埭」及「細雨春場」來寫其情景之美；頸聯寫南朝君主之沉於酒色，詩人屢用典故，並以艷麗之辭采寫其頹靡感傷之亡國之音；而結語則用南朝偏安江左三百年，終亡於自己之競逐繁華、荒淫不止，以寓諷宋眞宗不可崇尚浮華、沉緬女色，並應以南朝君王爲誡，千萬不可重蹈覆轍〔註6〕。此詩將

〔註3〕見《國朝二百家名賢文粹》卷一四九。
〔註4〕此詩末句，廣文版作「猶得對敞扉」，今據《瀛奎律髓刊誤》卷三改。
〔註5〕李商隱〈南朝〉詩曰：「玄武湖中玉漏催，雞鳴埭口繡襦回。誰言瓊樹朝朝見，不及金蓮步步來？敵國軍營漂木柿，前朝神廟鎖煙煤。滿宮學士皆顏色，江令當年只費才。」楊億詩與義山詩均於詩中列出南朝天子荒淫誤國、敗亡相續之歷史事實，於鋪陳中即含諷刺之意；且楊億詩在用辭煉意方面，明顯可見學義山處。
〔註6〕案當時宋朝剛與契丹建立屈辱之「澶淵之盟」，規定每年向契丹輸送

一系列關於南朝的典故組織得非常巧妙，鍛鍊得極工致，故方回稱道：

> 組織葺麗，蓋一變晚唐詩體、香山詩體。而效李義山自楊
> 文公、劉子儀始，梅、歐既作，尋又一變。然歐公亦不非
> 之，而服其工。(《瀛奎律髓》卷三)

依方回意，歐陽脩等人雖變西崑之體，尋求以平淡雅致之詩風替革崑
體浮靡，但亦不反對其組織工麗處。紀昀以為「崑體雖宗法義山，其
實義山別有立命安身之處，楊柳（案當為劉）但則其字句耳」(《瀛奎
律髓刊誤》卷三)，然於楊億此詩則謂：

> 西崑多摣摭義山之面貌，此詠古數章卻有意思，議論頗得
> 義山之一體，勿一概視之。

紀昀著重在此詩之筆法興寄方面，故特加讚賞，以為「頗得義山之一
體」；然鄭再時《箋注》卻以為：「大年之祖，仕南唐為玉山令，大年
及見南唐之亡，麥秀黍離，頗寓廢興之感。非若義山〈南朝〉詩，無
所寄託，僅組織齊陳故事成篇之比也」(頁 320)，此則以為楊億此詩
成就遠超過義山詩矣。

錢惟演之〈南朝〉寫道：

> 結綺臨春映夕霏，景陽鐘動曙星稀。
> 潘妃寶釧光如晝，江令花牋落似飛。
> 舴艋凌波朱火度，艫稜拂漢紫光微。
> 自從飲馬秦淮水，蜀柳無因對殿帷。

錢氏此詩與楊億詩均以寫景起首，運用典故將讀者引領至南朝之歷史
氛圍中。首聯從夕陽之餘暉籠罩宮殿寫到晨鐘敲動、曙色熹微，其用
意乃在以時間之推移，暗寓南朝君主之徹夜尋歡，荒淫無度。而頷聯、
頸聯則承首聯而來，極寫宮中游樂之盛。頷聯中之「光如晝」，一寫
潘妃寶釧之珍奇，另一則點出宮中夜生活之荒靡；而由江總之才思敏
捷，聯繫到其詩作之淫艷，則「落似飛」之寓意便更加生動。頸聯寫
法則採由低而高，由水及陸，由夜至曉的方式，描繪宮中游樂盛況。

銀十萬兩、絹二十萬匹。同時，宋真宗又正在準備東封泰山之大典，
如此奢靡浮華，自然引起詩人之擔憂。

尾聯之「自從飲馬秦淮水，蜀柳無因對殿帷」，則由極樂轉爲極悲，
寫出強烈的興亡感慨。全詩對仗工穩、節奏和諧、詞句妥貼，使詩歌
帶有一種雍容安雅之氣度，詩中雖有諷意，但表現得含蓄委婉，故頗
有「盛世雅音」之風味。梁章鉅評西崑之詩道：「西崑體大率效李義
山之爲，豐富藻麗，不作枯瘠語。」（《南浦詩話》卷二）前引馮武《二
馮先生評閱才調集・凡例》，謂崑體詩人「爲詩以細潤爲主，取材騷
雅，玉質金相，豐中秀外」，皆可見其組織華麗之特色。

　　崑體詩人雖注重詞藻之華麗，但對於詩文只追求字句之綺美亦不
贊同。楊億在其〈咸平四年四月試賢良方正科策二〉中即對此表示過
意見，其云：

> 笑窮經白首之徒，專篆刻雕蟲之巧。婉媚綺錯，既事于詞
> 華；敦樸遜讓，固求于行實。流蕩忘返，浸染成風。故玄
> 宗臨朝，深歎于薄俗；楊綰建議，願復于明經。雖不果行，
> 甚爲嘉論。（《武夷新集》卷一二）

文中顯示出其對專務詞華、不求行實態度之感慨，故對於楊綰主張恢
復明經之建議頗爲嘉許；然楊億爲使詩文可以流傳廣遠，故亦非常重
視言之有文。歐陽脩《歸田錄》卷一載：「楊文公戒其門人，爲文宜
避俗語。」且其平日亦常以「詞辯之縱橫，文采之巨麗」〔註7〕、「思
若湧泉，文類摛錦」、「摛錦而布繡」、「實藻麗以相宣，有二《雅》之
遺風」、「詞華早挨於天庭」、「麗藻星繁」及「英詞煥發」〔註8〕等稱
人之富有詩文才華，可見其審美標準。

　　今人宋海屏〈論宋詩〉敘論「西崑體」時認爲：崑體詩人對作詩
「主張詞藻密麗，格調雄整，音韻鏗鏘，氣象安雅。處處顯出太平景
象，治世雅音」（《文史論叢》，頁177），此就組織方面而言，確能表
現其華麗之特色，毋怪《中國大百科全書・文學卷》在解釋「西崑體」

〔註7〕《武夷新集》卷一八〈答李寺丞書〉。
〔註8〕以上各句分見《武夷新集》卷十九之〈謝太僕錢少卿啓〉、〈與史館
　　　晁司諫啓〉、〈與祕閣黃少卿啓〉，後兩句見同卷〈代溫大儀謝史館盛
　　　太傅啓〉。

時，即爲其定議爲：「北宋初年一種追求辭藻華美、對仗工整的詩體」（頁 1004）。

二、鍛鍊精警

　　崑體詩在藝術形式上非常注重修辭，而修辭之講究首先表現在格律之嚴謹上。崑體詩多爲格律嚴整，音節鏗鏘，而屬對之工更爲後人讚賞，或者以爲如楊億之「力通青海求龍種，死諱文成食馬肝」之句，連義山詩也不能過。而崑體凡律詩中二聯莫不對仗，排律則起首即對，終篇不懈。以〈宣曲二十二韻〉爲例，首聯爲「宣曲更衣寵，高堂薦枕榮」之對仗始，其後繼以「十洲銀闕峻，三閣玉梯橫」、「鸞扇裁紈製，羊車插竹迎」等聯，直至末聯「銷魂璧臺路，千古樂池平」始終保持對仗，故讀之令人覺得意態雅典；加上崑體詩之注重鍊字琢句，不做奇峭或瑣碎之筆，故益覺聲音正大，氣度雍容，庶幾爲廊廡之聲。瞿鏞《鐵琴銅劍樓藏書目錄・集部》謂《西崑酬唱集》卷末有馮定遠之記云：「梁有徐庾、唐有溫李、宋有楊劉，去其傾側，存其繁富，則爲盛世之音矣」，即稱美其格律之嚴整和音節之鏗鏘，有盛世氣象。《四庫全書簡明目錄》謂崑體詩「皆摹李義山體，大抵音節鏗鏘，詞采精麗」，雖後爲歐、梅等所替，「然其組織工緻，鍛鍊新警之處，終不可磨滅」（卷十九），此即說明崑體詩人學義山詩之「駢麗爲工」〔註9〕，雖乏自然之致，但與其措意深、造境寬、用典博結合起來，便具李商隱「沉博絕麗」之風。〔註10〕

　　崑體詩學李商隱，乃眾所周知之事。然明王世貞《藝苑卮言》鄙薄義山爲「浪子」，稱其「薄有才藻，遂工儷對」，而「楊劉輩竭力馳騁，僅爾窺藩」（卷四），王氏意謂楊劉學義山而力有未逮，然似乎只針對其「工儷對」之特色而言；清馬星翼之《東泉詩話》更深入言之：

〔註 9〕馬星翼評語，見《東泉詩話》卷一。
〔註 10〕參見秦寰明〈西崑體的盛衰與宋初詩風的演進〉，頁 62。

李義山詩長於屬對典故，誠得力於獺祭者多，然其格調卑靡、詞旨儇下，不能蹈乎大方。宋初楊大年輩好之，遂為西崑體。就其精麗者，殊亦可喜。（卷一）

此謂義山詩與西崑詩均多屬對、典故，時有精麗可喜之處。葉夢得之《石林詩話》則謂：

楊大年、劉子儀皆喜唐彥謙詩，以其用事精巧，對偶親切。

黃魯直詩體雖不類，然亦不以楊、劉為過。（卷中）

葉氏之意以唐彥謙用事精，善對偶，故楊、劉諸人亦喜學之，此說與劉克莊《後村詩話》意侔。案唐彥謙詩師法李商隱，文詞清麗，風格淡雅，《洪駒父詩話》謂：「山谷言，唐彥謙詩最善用事，其〈過長陵〉詩云：『耳聞明主提三尺，眼見愚民盜一杯，千古腐儒騎瘦馬，灞陵斜日重回頭。』又〈題溝津河亭〉云：『煙橫博望乘槎水，月上文王避雨陵。』皆佳句。」〔註11〕是知崑體詩之詩風以對偶工切為能事，故對於能為精妙對偶者輒加模倣。《蔡寬夫詩話》稱楊億「尤酷嗜唐彥謙詩，至親書以自隨」，楊億所以如此迷戀唐彥謙詩，蔡氏以為「當是時以偶儷為工」之故。

　　惠洪《冷齋詩話》以為「詩至李義山謂之文章一厄」（卷四），許彥周則以為不然〔註12〕，蓋人各有嗜好，不可強同也。然義山詩對仗精工、律法嚴整則為崑體詩之模範。如吳喬《圍爐詩話》即謂：

西崑楊億、錢維演、劉筠詩，經營位置，倍極苦心。大年有詠〈梨〉詩云：「九秋青女霜添味，五夜方諸月溜津」；思公〈苦熱〉云：「雪嶺卻思迴博望，風霜猶欲傲羲皇」，後人誰及得。諸公不專使事，子儀有「舊山鶴怨無錢買，

〔註11〕《石林詩話》此段議論，又見《苕溪漁隱叢話前集》卷二二、《菊坡叢話》卷七及《箋注》，頁52。

〔註12〕許顗《彥周詩話》云：「洪覺範在潭州水西小南臺寺。覺範作《冷齋夜話》，有曰：『詩至李義山，為文章一厄。』僕至此憮額無語，渠再三窮詰，僕不得已曰：『夕陽無限好，只是近黃昏。』覺範曰：『我解子意矣。』即時刪去。今印本猶存之，蓋已前傳出者。」是知二人對義山詩之欣賞角度，各有不同也。

> 新竹僧同借宅栽」；大年有「梅花遠檻驚春早，布水當窗覺
> 夏寒」；思公有「雪意未成雲著地，秋聲不斷雁連天」，歐
> 公詆之謬也。(卷五)

又曰：

> 詩文自有正道，著不得偏心。李獻吉怒賓之，故矯其詩，
> 終不成造就。歐公怒惟演，既已誣貶其先世，詩亦反而詆
> 之。今觀歐公詩，能勝錢劉楊三公否，祇自錮一世思路耳。
>
> (同上)

案吳氏稱讚西崑體詩苦心經營，爲歐公所不及；然此正所謂「仁者見
仁，智者見智」，殊無絕對客觀標準。上舉崑體諸詩中，楊億〈梨〉
詩「九秋青女霜添味，五夜方諸月溜津」句，紀昀以爲「雖崑體而卻
警切」(《瀛奎律髓刊誤》卷二七)；方回則認爲楊億「首與劉筠變國
初詩格」，即指崑體詩人以深遠之意境、寬大之氣象一洗白體之流易
淺近與晚唐體之瑣屑褊狹，故「雖張乖崖亦學其體」，其後之「二宋
尤於此體深入」(同上)。

　　崑體詩往往能就一事一題，兼虛實，涵古今，生發意象，如楊億
之「五丁力盡蜀州通，千古成都綠酎釀」(〈成都〉)、「赤日亭亭晝正
賒，長風萬里憶星槎」(〈赤日〉)、「平生苦戰憶山西，撫劍臨風氣吐
霓」(〈舊漢〉)，劉筠之「水國開良宴，霞天湛晚暉」(〈荷花〉)、「欲
繪長鯨置雕俎，願迴北斗挹東流」(〈勸石集賢飲〉)、「極目關河高倚
漢，順風鶢鶋遠凌秋」(〈送劉綜學士出鎮并門〉)，錢惟演之「雪意未
成雲著地，秋聲不斷雁連天」(〈奉使途中〉)、「宿舍孤煙起，行衣夢
雨涼」(〈送僧遊楚〉)及「東南地迥宵烽息，西北樓高晚望迷」(〈高
泉州〉)等，均爲境界寬大，氣度超邁，有包舉萬里之勢，此非白體
動輒數十百韻及晚唐體非風花雪月不能爲詩之氣象所能及。

　　崑體詩意深情永之作，亦能令人掩卷深思。以前引楊億之詠史名
作〈漢武〉爲例，其詩頷聯「光照竹宮勞夜拜，露溥金掌費朝餐」及
頸聯「力通青海求龍種，死諱文成食馬肝」均十分深警老練，《古今

詩話》以爲雖義山不能過。此詩寓意，後世評注者多聯繫宋眞宗封禪祭天事，認爲詩人雖明寫漢武而實際暗諷眞宗。此類詠史之作，在《西崑酬唱集》中計有八題近三十首，楊億等人之作品並非純粹在發思古之幽情，而實有現實之寄寓，且其此類詩作均寫得嚴整精警。此外，崑體詩人在詠物詩中，也往往能託物興懷，如張秉〈戊申年七夕五絕〉之二云：「紅藥爛熳碧池香，羅綺三千侍漢皇，阿母暫來成底事，茂陵宮桂已蒼蒼」，鄭氏《箋注》解會道：「求仙者須戒女色，求治者須遠小人，否則心欲仙而仍羅綺三千，政欲明而仍逢迎滿前，雖有阿母暫來之諄諄，直臣一時之諤諤，亦所謂一齊傅而眾楚咻耳，誠何益哉？」（頁 704）此明顯可見是寫漢武希求長生不死事，詩中暗寓規諷之意；其之四云：「北斗城高禁漏多，漢家宮殿奏笙歌，漫教青鳥傳消息，金簡長生得也麼」，通篇亦寫漢武帝求長生事，故顯然是以古諷今，有所寓意的。

　　崑體詩純以近體寫作，而近體詩講究平仄聲律之和諧及對仗之工穩，故崑體詩人皆精於聲律，工於對仗，尤以楊、劉、錢三人爲著。朱弁雖謂西崑體詩「句律太嚴，無自然態度」（《風月堂詩話》卷下），但劉克莊《後村詩話》卻云：

> 君謨以詩寄歐公。公答云：「先朝楊、劉風采，聳動天下，至今使人傾想。」世謂公尤惡楊、劉之作，而其言如此，豈公特惡其碑版奏疏，礫裂古文爲儷偶者？其詩之精工律切者，自不可廢歟！（前集卷二）

二氏之見解或有不同，然對崑體詩家之於格律之嚴謹，卻有一致看法。宋蔡居厚之《詩史》中有「西崑錢劉麗句」條，其中載有錢惟演之名聯警句二十七聯，劉筠之「麗語」四十八聯，今將未著錄於《西崑酬唱集》與未曾在本文出現者摘出，以證崑體詩鍛鍊之精警：

（一）、錢惟演詩

> 客亭厭見名長短，村酒那能辨聖賢。（〈奉使途中〉）
> 戈矛巡霧夕，鉞鼓宴蕭晨。（〈張弁州〉）

平檻曉波吳榜渡，遠城春樹越禽飛。（〈章衢雨〉）

離人南浦多春草，越鳥棲枝有早梅。（〈章南安〉）

坐激鮮飆湘竹曉，樹含涼雨越禽歸。（〈劉潭州〉）

漢幟隨移帳，燕鴻半解鞍。（〈李大僕北使〉）

疏鐘靜起軍城晚，華表雙高水國秋。（〈何袁州〉）

深沉蛛網通歸夢，紫翠春山接去舟。（〈陳江陵〉）

神庭古柏啼鳥起，齋室虛簾宿霧通。（〈太乙宮〉）

思滿離亭酒，魂驚客舍烏。（〈送人〉）

小雨郊原連苦霧，夕陽樓閣照丹楓。（〈章分寧〉）

羽毛襄野駕，宴喜魯郊民。（〈東封應制〉）

輕飆使車遠，明月直廬空。（〈送楊億知處州〉）

綠野桑麻連四水，黃堂歌吹擁千兵。（〈張僕射判河陽〉）

魚尾故宮迷草樹，龍鱗平隰自風煙。（〈孫永興〉）

沃野桑麻涵細雨，嚴城鼓角送斜陽。（〈馬延州〉）

（二）、劉筠詩

角迴含秋氣，橋長斷洛塵。（〈陝州從事〉）

崎嶇一乘傳，憔悴五羊皮。（〈周賢良〉）

渝舞氣豪傳漢俗，丙魚味美敵吳鄉。（〈南鄭〉）

惟月卿曹重，占星使者賢。（〈李太僕〉）

捲衲城鐘斷，摣筇岳雨寒。（〈送僧〉）

醉令難同社，仙鵝肯換書。（〈僧思崇〉）

柔桑蔽野鳴雛雉，高柳含風變早蟬。（〈葉金華〉）

坐席久虛溫樹老，心旌無奈楚風長。（〈劉潭州〉）

沙禽兩兩穿鈴閣，江草依依接射堂。（〈劉潭州〉）

溪淺未破冰生硯，爐酒新燒雪滿天。（〈九隴〉）

春風亂鶯囀，夕霧一鴻冥。（〈周賢良〉）

龍駕昌明御，天旗太乙神。(〈西巡〉)

大野幾星分婺女，清風萬古感顏烏。(〈張婺神〉)

嶺雲夏變梅蒸早，越雨秋藏桂蠹多。(〈章南安〉)

滎河帶繞中天閣，空樂星懸大士居。(〈西京首座〉)

劉伶醉席梅花地，海客仙槎粉水天。(〈題雪〉)

鷗蹲野芋誰爲尹？雪積泉鹽久置官。(〈利州轉運〉)

鶴伴鳴琴公事晚，烏驚調角戍城秋。(〈章分寧〉)

朱飾兩番巡屬邑，案留隻筆在中臺。(〈楊處州〉)

三壞月臨承露掌，九鵷烏繞守宮槐。(〈閣〉)

酒供硯滴濡毫冷，火守更籌添漏長。(〈閣〉)

巳回鄰面三年粉，又結寒絲幾許冰。(〈雪月〉)

鼓音記里繩阡遠，舞節鳴鑾玉步隨。(〈汾陽道中〉)

桃葉橫波人共醉，劍光衝斗嶽長空。(〈相洪州〉)

洛田荒二頃，楚浪漲三篙。(〈劉潭州〉)

吟餘雲散葉，坐久塵遺毛。(〈贈希晝〉)

至若楊億之警句名聯尤多，如〈受詔修書三十韻〉中以「池籠養魚鳥，章服裹猿狙」喻爲官之不自由；〈南朝〉中以「步試金蓮波濺襪，歌翻玉樹涕沾衣」的濃艷之詞寫亡國之象；〈漢武〉中以「力通青海求龍種，死諱文成食馬肝」諷刺漢武帝窮兵黷武、求仙受騙等，均可見其對仗精工，鍛鍊精警。今錄見於他籍而未載於《西崑酬唱集》與《武夷新集》之楊億詩數聯，以證詩人於格律對仗方面所下之工夫：

曉登雲外嶺，夜渡月中潮。(《湘山野錄》錄〈喜朝京闕〉)

陰風械械起庭樹，寒漸戛戛鳴宮渠。(《宋文鑑》卷二一錄〈禁直〉)

大木行將拔，繁雲黯不開。(《宋文鑑》卷二二錄〈至郡累旬惡風〉)

天淵搖綠浪，仙杏吐丹榮。(《古今歲時雜詠》卷十錄〈奉和御製中和〉)

月出南樓蟾桂長，笙來北里鳳簧調。(同上卷二七錄〈七夕〉)

巧蛛露濕千絲網，倦鵲波橫一夕橋。(同上)

葉密招禽宿，皮枯任蠹藏。(《後村千家詩》卷一一錄〈竹答柳〉)

桂楫去依隨岸柳，松軒歸賞赤城霞。(《天台續集》卷上錄〈送僧歸天寧萬年禪院〉)

淚跡不成雙玉箸，身輕誰賦六銖衣。(《瀛奎律髓》卷三一錄〈洛意〉)

涼風捲雨忽中斷，明月背雲還倒行。(《宋詩紀事》卷六錄〈獨懷〉)

賴有清吟消意馬，豈無美酒破愁城。(同上)

峭帆橫渡官橋柳，疊鼓警飛海岸鷗。(《臨漢隱居詩話》錄)

愁裏酒盃浮太白，夢回香塚上孤青。(《錦繡萬花谷》前集卷三五錄)

以上所錄楊、劉、錢三人之詩聯，均可謂鍛鍊精警、涵意豐富。其他崑體詩人較著之聯對，如丁謂〈海外〉詩之「草解忘憂憂底事，花名含笑笑何人」，韓子蒼謂「世以為工」；〔註13〕「綠楊垂手舞，黃鳥緩聲歌」，世稱其「屬對律切」；〔註14〕李維〈渚宮〉之「故宮芳草在，往事暮江流」、〈寄洪湛〉之「謫去賈生身健否，秋來潘岳鬢斑無」；〔註15〕晁迥〈屬疾〉之「夕鳥侵階啄，宵螢入樹流」等。

西崑諸人多有良好之詞章修養，善於詩作中摭拾大量典故與前人之佳言妙語，以求意旨幽深。且其作大抵音律諧美，詞采精麗，故王昭範《西崑酬唱集箋注·序》云：

自歐、梅代興而宋詩成，亦自歐、梅變體而後，唐人之風格掃地以盡。西崑之詩，猶唐賢之風格也。況一時作者，率皆學問淹博，興象不乏，主持宋初之壇坫者數十年，言宋詩者可廢邪？(《箋注》，頁12)

王氏於此肯定西崑詩人在詩歌創作上之成就，以為眾家有唐賢風格，

〔註13〕見《冷齋夜話》卷五「丁晉公和東坡詩」條。
〔註14〕見《苕溪漁隱叢話前集》卷二五引《洪駒甫詩話》。
〔註15〕見《詩話總龜》前集卷十二引《文公談苑》。

「興象不乏」；故《後村詩話》雖有「《西崑酬唱集》對偶字面雖工，而佳句可錄者殊少」（前集卷二）之評，然紀昀則以較公允之觀點評道：

> 要其取材博贍，練詞精整，非學有根柢，亦不能鎔鑄變化
> 自名一家，固亦未可輕詆。（《四庫全書總目》卷一八六〈西崑酬
> 唱集提要〉）

是知崑體詩人的確在字句格律方面下過深厚工夫，故能煉詞精整，對仗精工，音律諧美，而對宋詩之發展提供了良好之示範，此即以才學為詩之萌蘗。

三、用典繁富

用典是我國古代詩歌常用之表現方法。詩人常利用典故本身所包含之豐富內容，增強詩歌之形象或意境之內涵及深度，予人以聯想思考之餘地。適當地用典，非但可使作者複雜之思緒得以暢達含蓄，亦可使平淡之內容增添特別的色澤與韻致，使所欲表達的形象更豐富、更鮮明。故用典往往是表達複雜情境之經濟手段。

清薛雪《一瓢詩話》曾論作詩方法云：「作詩能不隸事而渾厚老到，方是實學。老拮摭故實，翻勝舊句；或故尋僻奧，以炫醜博；乍可潛形牛渚，終遭溫嶠然犀。」又云：「不去纖響，惟務雕繢，僅同百衲琴，斬湊雖工，膠滯清音，究非上品。」薛氏之意，作詩應有志氣，不去剽竊古人，「隨遇發生」，「凡歡愉、憂愁、離合、今昔之感，一一觸類而起」；薛氏雖謂「作詩能不隸事而渾厚老到，方是實學」，但其並非全然反對用事，惟「用事全在活潑潑地，其妙俱從比興中流出。一經刻畫評駁，則悶殺才人，喪盡風雅也」。當然用事過於滯泥，則往往形成典故之堆砌，而無法適切表現作者之感情；如用典過度，亦會造成詩意艱澀，形象乏力，甚至有難以索解、前後矛盾之弊病產生。《蔡寬夫詩話》即云：「王荊公晚年亦喜義山詩，以為唐人知學老杜，而得其藩籬，惟義山一人而已。……義山詩合處，信有過人，若

其用事深僻，語工而意不及，自是其短，世人反以爲奇而效之，故崑體之弊，適重其失，義山本不至是云。」此處指出義山詩雖學老杜，亦有老杜所不及之處，然「用事深僻」及「語工而意不及」乃是其短，崑體詩人學義山最深刻者，即在用事之繁富及語詞之鍛鍊方面，甚至過之。

　　梅堯臣〈答韓三子華韓五持國韓六玉汝見贈述詩〉稱崑體詩「引古稱辯雄」〔註16〕，此即意謂西崑體詩中有許多的典故堆積。事實上，崑體詩人大多學識廣博，通曉詩書，故常資書以爲詩。而此特點，表現在創作中，便是大量用典。《西崑酬唱集》中詩作，除極少數爲直抒胸臆之白描之作外，餘皆滿篇典故。如楊億的〈淚〉：

錦字梭停掩夜機，白頭吟苦怨新知。

誰聞隴水回腸後，更聽巴猿拭袂時。

漢殿微涼金屋閉，魏宮清曉玉壺欹。

多情不待悲秋意，只是傷春鬢已絲。（卷上）

此詩乃一介於懷古與詠物之間的作品，詩人以具象之淚詠歎古往今來之種種憂患情事：首句寫前秦秦州刺史竇滔之妻蘇氏，悔恨未與滔偕行赴任，因織錦爲迴文以自傷事；次句用卓文君作〈白頭吟〉以絕相如聘茂陵女之故事；三、四句則取俗歌稱隴水與巴猿之聲皆感人肺腑，聞之心肝斷絕，落淚沾襟；第五句寫陳皇后失寵事，第六句則寫靈芸入宮別父母時，以玉壺承淚之事；末兩句分用宋玉〈九辯〉與〈招魂〉之典，以寫人傷春悲秋之意。此詩於八句中連用八個典故，情事非一，要皆以淚爲樞紐。前引楊億〈漢武〉（蓬萊銀闕浪漫漫）一詩，乃詩人於編修《歷代君臣事跡》時，見眞宗受王欽若等人之慫恿僞造天書，自命天下正主，並花費鉅額財賦封禪泰山，故以晚年熱衷求仙之漢武帝故事爲題材，向眞宗諷諫。此詩自首句「蓬萊銀闕浪漫漫」起，至末句「那教索米向長安」止，亦句句用典。

　　劉筠與錢惟演用典之繁富，亦不遑多讓。如劉筠之〈公子〉詩：

_____

〔註16〕《梅堯臣編年校註》卷十六。

油壁春車隔渭橋，黃山路遠苦相邀。

行庖霢蠟雕胡熟，永埒鋪金汗血驕。

別館橫陳張靜婉，期門長揖霍嫖姚。

注鉤握槊曾無憚，綠桂膏濃曉未消。（卷上）

《史記·貨殖列傳》云：「遊閑公子，飾冠劍，連車騎，亦爲富貴容也。弋射漁獵，犯晨夜，冒霜雪，馳阬谷，不避猛獸之害，爲得味也。博戲馳逐，鬥雞走狗，作色相矜，必爭勝者，重失負也。」（卷一二九）劉筠此詩以〈公子〉爲題，所欲指陳者即同此傳所摘。《玉臺新詠·錢塘蘇小小歌》有「妾乘油壁車，郎騎青驄馬」（卷十）之句，此詩首句即寫王孫公子同所喜之歌女乘坐塗有香油之華車出外郊遊情景；次句則用漢武帝微行至黃山狩獵之典故，寫所行路途遙遠、隨行人員眾多，以見其鋪張。左思〈魏都賦〉有云：「豐肴衍衍，行庖旛旛」（《文選》卷六），意指佳肴之豐盛；《世說新語·汰侈》載：「石季倫用蠟燭作炊」（卷下），而宋玉〈諷賦〉有「爲臣炊雕胡之飯，烹露葵之羹」〔註17〕，第三句連用三個典故，無非在誇示公子飲食之奢靡浪費。「永埒鋪金」之典分見顏延之〈赭白馬賦〉：「分馳迥場，角壯永埒」〔註18〕與《世說新語·汰侈》：「王武子被責，移第北邙下，時人多地貴，濟好馬射，買地作埒，編錢匝地竟埒，時人號金溝」。「汗馬」則指大宛之汗血馬，《漢書·西域傳》指其「馬汗血」，並言「其先天馬子也」，故指名貴之寶馬也。此句合言公子們之逸樂，至以金錢編埒、購買昂貴之名駒以供賞玩遊樂。第五句之「別館」乃指男子另營居室以置美嬌娘，《晉書·王導傳》即載：「導妻曹氏性妒，導密營別館以處眾妾」；詩中之「張靜婉」即《南史·羊侃傳》中之「舞人張淨琬」，此旨在說明公子之窮極奢靡，多擁妻妾作樂尋歡。《漢書·霍去病傳》謂去病年十八爲侍中，善騎射，後受詔爲嫖姚校尉。「期門」，乃指漢武帝於建元三年微行狩獵時，詔隴西北地良家子弟能騎

〔註17〕《全上古三代文》卷十。

〔註18〕《全（劉）宋文》卷三六。

射者隨行，而與之期於殿門之謂，此句之意爲公子們之善於射騎，一如當年之霍去病般神采風發。「注鉤」、「握槊」則爲賭博遊戲，《北齊書・武成胡皇后傳》云：「武成寵幸和士開，每與后握槊，因此與后姦通」，此言公子之生活淫逸放縱，不知檢點。末句「綠桂膏濃曉未銷」則典出王嘉《拾遺記》四所云：「燕昭王九年，昭王思諸神異。有谷將子，學道之人也，言於王曰：『西王母將來遊，必與虛無之術。』不踰一年，王母果至，與昭王遊於燧林之下，說炎帝鑽火之術，取綠桂之膏，燃以照夜。」此亦可謂公子們之如昭王般喜愛神異之術，而不從事有益國家社會之事也。從上述可知，劉筠此首〈公子〉亦句句用典，且有時一句用上二三個典故，可說極盡用典之繁複；且此詩能深刻刻畫王公子弟無所事事、淫靡奢侈之情狀，故紀昀以爲此詩與楊億、錢惟演二人之同題詩「皆有義山風味，勝西崑他詩之堆砌」（《瀛奎律髓刊誤》卷四六），然《臨漢隱居詩話》曾評「楊億、劉筠作詩，務積故實」，《瀛奎律髓》亦指劉筠之〈南朝〉爲「用事務爲雕簇者」（卷三），可見《西崑酬唱集》中雖有部份詩篇是雜湊相關典故、缺乏明確主旨之作，但亦有典故使用適恰，足以豐富詩歌意象、增添詩歌含蓄性者。

　　或謂楊億等長期任職於館閣，由於生活貧乏，故只好在形式上下工夫，追求辭藻華麗，講究聲律和用典，因而雕章琢句風氣由此大盛；此種推論乃據結果之呈現來推斷其原因，實有欠週密，且未將其所以創作辭藻華麗、講究聲律和用典之眞正目的道出。歐陽脩《六一詩話》稱許崑體詩人「雄文博學，筆力有餘，故無施不可」，此正解釋崑體詩人所以能「雕章琢句」之原因。而其所以倡導華麗之辭采及講究聲律和用典，乃希望能革除稍早白體詩之淺近通俗與晚唐體詩之清僻狹窄，故南宋馮去非序范晞文《對床夜語》云：「楊大年唱西崑體，一洗浮靡，而尚事實」，此正反映崑體詩注重典故之特點。而馮武在馮舒、馮班合評書穀《才調集》凡例云：「今學者多謂印板唐詩不可學，喜從宋元詩入手。蓋江西詩可以枵腹而爲之，西崑則必要多讀經史騷

選，此非可以日月計也。」（《箋注》，頁 68）則又強調崑體以學問為
詩之特色，而且如此作詩，便可增加詩之書卷氣、含蓄性，唯其弊在
「語僻難曉」（《六一詩話》）。

　　崑體詩人之用事博洽，如楊億〈受詔修書感事述懷三十韻〉一詩，
鄭氏《箋注》所引書籍便達五十一種，且經史子集均有，其「比物連
類，妥貼深穩」〔註 19〕甚為後人所稱。如歐陽脩以為劉筠〈館中新蟬〉
「風來玉宇烏先轉，露下金莖鶴未知」聯，雖用故事，未嘗不佳；而
《徐氏筆精》更摘錄崑體詩人用事佳句，以為雖是義山、丁卯亦有不
及之處，其文云：

> 宋楊文公億、錢思公惟演、李宗諤、劉子儀，號西崑體，
> 組織華麗。楊〈南朝〉詩云：「五鼓端門漏滴稀，……猶得
> 澄瀾對敞扉」，錢和云：「結綺臨春映夕暉，……蜀柳無因
> 對殿帷」，李和云：「仙華玉壽曉沉沉，……吟魂醉魄已相
> 尋」，劉和云：「華林酒滿勸長星，……盡供哀思與蘭成」；
> 楊詠〈始皇〉云：「滄波沃日虛鞭石，白刃凝霜枉鑄金」，
> 錢云：「金椎漫築甘泉道，匕首還隨督亢圖」；楊詠〈成都〉
> 云：「漫傳西漢祠神馬，已見南陽起臥龍」，錢云：「雨經蜀
> 市應和酒，琴到臨邛別寄情」；楊詠〈漢武〉云：「力通青
> 海求龍種，死諱文成食馬肝」，錢云：「立候東溟邀鶴駕，
> 窮兵西極待龍媒」，劉云：「桑田欲看千年變，瓠子先成此
> 日歌」，皆用事精確，對偶森嚴，即義山、丁卯不是過也！
> 豈可概目宋詩為陳腐哉？（卷四）

此即頌揚崑體之用事精確，對偶森嚴，以為縱使是嚴於聲律、用事之
李商隱和許用晦亦不能超越，可見徐氏對崑體詩人在用典方面之推
崇。前舉方回評梅聖俞〈和永叔中秋月夜會不見月酬王舍人〉時曾提
到，方氏以為崑體詩「組織故事有絕佳者」，以上所摘屬對工切之警
句，均可為證。另，崑體詩於尾聯不須對仗處之用典，亦往往有出人
意表、畫龍點精之作。如楊億〈南朝〉之「龍盤王氣終三百，猶得澄

〔註 19〕馮班語，見《箋注》，頁 66 引馮氏評《才調集‧李商隱詩總評》。

瀾對敞扉」，即以不變之湛湛江水反襯朝代之更迭，廢興之感深寓其中；而錢惟演〈漢武〉之「甘泉祭罷神光滅，更遣人間識玉杯」，則以武帝陵墓中之玉杯被盜，諷君王志大心勞之無用，可謂直入肯綮；錢惟演詠〈始皇〉詩句：「不將寸土封諸子，劉項由來是匹夫」，方回便道「尤妙」，以爲詩人能將人智慮所不及者眞切道出，足以革「當時風花雪月、小巧呻吟之病」（《瀛奎律髓刊誤》卷三）；紀昀亦以爲楊億之同題詩句「儒坑未冷驪山火，三月青煙繞翠岑」，能化用章碣詩句，青出於藍而勝於藍。方回並云：「坑儒未幾，驪山已火，以一火字貫上意」，乃「最佳作詩之法」（同上），可見崑體之用典非徒繁富而已，洽切之處亦所在多是。

　　王安石晚年喜歡崑體詩，以爲「字字有根蒂」（《冷齋夜話》卷四），陸游《老學庵筆記》說：「《西崑酬唱集》中詩，何曾一字無來歷者？」又云：「字字有出處，但不妨其爲惡詩」。崑體諸人由於專意摹倣義山詩作，搬用義山詩題、典故、詞藻，故亦多缺乏眞情實感之詩篇，因而有撏撦義山之譏。紀昀《瀛奎律髓刊誤》即謂：「大抵《西崑酬唱集》中，當以大年、子儀、思公爲冠，其餘雖附名其間，皆逐浪隨波，非開壇建幟者也」（卷三），故其評刁衎〈漢武〉詩即謂：「此亦是裝砌漢事，而神采姿澤都減，由不及楊劉諸公醞釀之深耳」（同上）；而深於崑體之宋祁，亦常遭紀昀評以「用事甚拙」、「如此用事，又崑體之隔日矑」。〔註20〕唯詩評家往往因立場、好惡之不同，對相同作品便有不同之評論，如宋祁遭紀昀指摘之詩，方回便以「善於用事」、「切善造語」稱之。《苕溪漁隱叢話後集》曾載胡仔之言道：「夏文莊守安州，莒公兄弟尚在布衣，文莊異待之，命作〈落花詩〉，莒公一聯云：『漢皋佩冷臨江失，金谷樓危到地香。』子京一聯云：『將飛更作迴風舞，已落猶成半面妝。』余觀《南史》：『宋元帝妃徐氏無容質，不見禮於帝，帝眇一目，每知帝將至，必爲半面妝以俟之。』此半面妝

〔註20〕以上評宋祁語，分見《瀛奎律髓刊誤》卷十五評〈臘後晚望〉與卷三評〈官下〉。

所從出也。若迴風舞無出處，則對偶偏枯，不爲佳句；殊不知乃出李賀詩：『花臺欲暮春辭去，落花起作迴風舞。』前輩用事，必有來處，又精確如此，誠可法也。」（卷二十）以此觀崑體之用典，即可知其乃因學識淵博，且爲使詩歌內涵更豐富、形象更典雅出色、意境更深刻，故在學習義山詩時，即以此爲圭臬，深加鑽研，以致形成崑體用典繁富之藝術特色。

四、兼有清峭感愴風格

就現有《西崑酬唱集》中之詩歌而言，崑體詩人之作品，多爲組織精工，且用典繁富之濃艷華麗詩作，這與學習義山詩有密切關係。雖然運用典故有助於以簡鍊語言表達複雜豐富之詩意，但堆砌過多，實亦有礙主旨之明確呈顯，故魏泰評道：「楊億、劉筠作詩務積故實，而語意輕淺。一時慕之，號西崑體，識者病之。」（《臨漢隱居詩話》卷四）然此唱和集中亦有清峭感愴風格之作品存焉。

西崑詩人之學習對象，除李商隱外，亦學唐彥謙。《蔡寬夫詩話》云：

> 祥符、天禧間，楊文公、劉中山、錢思公專喜李義山，故
> 崑體之作翕然一變。而文公尤喜唐彥謙詩，至親書以自隨。

葉夢得《石林詩話》亦云：

> 楊大年、劉子儀皆喜唐彥謙詩，以其用事精巧，對偶親切。
> （卷中）

此二種宋人之詩話均謂楊億、劉筠等人喜歡唐彥謙詩，乃因唐氏「用事精巧」、「對偶親切」，其實此二項特點，亦爲義山詩之特點，故楊、劉兼喜之。案《唐詩紀事》卷五三引《楊文公談苑》云：「鹿門先生唐彥謙，爲詩慕玉溪，得其清峭感愴，蓋其一體也，然警絕之句亦多有。」今《全唐詩》卷六七一至六七二存唐氏詩二卷，卷八八五「補遺」類存詩十一首。其詩文詞清麗，風格淡雅，如〈長陵〉詩云：「耳聞明主提三尺，眼見愚民盜一坏，千古腐儒騎瘦馬，渭城斜月重回頭」

〔註21〕，嚴有翼《藝苑雌黃》即誤以爲義山詩，而稱道「如此押韻，乃知前輩造語之工，而用字之不謬也」〔註22〕，是見二人詩風之相侔。另楊慎《升庵詩話》有云：「唐彥謙絕句，用事隱僻，而諷諭悠遠似李義山。如〈奏捷西蜀題沱江驛〉云：『野客乘軺非所宜，況將儒服報戎機。錦江不識臨邛酒，幸免相如渴病歸。』即李義山『相如未是眞消渴，猶放沱江過錦城』之意也。」（卷八）楊氏此謂唐彥謙用事諷諭皆有義山風貌，而山谷亦曾稱其「最善用事」，指〈長陵〉詩之「耳聞」以下四句，及〈題溝津河亭〉之「煙橫博望乘槎水，月上文王避雨陵」聯「皆佳句」〔註23〕，此亦證明唐氏之學義山，能得其諷諭神髓。清代之薛雪則進一步指出：「唐茂業有時極似玉溪，想亦如李洞之師賈島，故臭味不殊。」（《一瓢詩話》）諸人之說，均肯定唐彥謙學義山之成績。然彥謙詩學，非僅效義山而已。如明胡震亨《唐音癸籤》卷八即謂：「唐彥謙詩律學溫、李，『下疾不成雙點淚，斷多難到九回腸』，何減『春蠶』、『蠟炬』情藻耶？又〈盆稻篇〉亦詠物之俊者。」胡氏意謂唐氏除師法義山外，尚涉足溫庭筠詩，蓋溫李二人之詩風亦有相類之處，所謂「三十六體」者即是，《唐才子傳》亦道其「初師溫庭筠，調度逼似」（卷九）。陳師道《後山詩話》則另主彥謙效法杜甫之說，其文云：「唐人不學杜詩，惟唐彥謙與今黃亞夫庶、謝師厚景初學之。」持此說者，尚有辛文房《唐才子傳》，其謂唐氏初師溫庭筠，「傷多纖麗之詞」，故「後變淳雅，尊崇工部」，並稱道「唐人效甫者，惟彥謙一人而已」（卷九），此均以爲唐彥謙所學已由李商隱跨越至杜甫。事實上，李商隱詩學所宗，亦爲杜甫，故二人詩風多有相同之處，毫不足怪。楊億等崑體詩人既喜唐彥謙詩，則學其清峭感愴、清新流麗之詩風，亦屬自然，是以《西崑酬唱集》中

〔註21〕見《全唐詩》卷六七一。據《藝苑雌黃》所引，則「坏」作「抔」，「渭城斜月」作「灞陵斜日」。
〔註22〕見《苕溪漁隱叢話後集》卷十四引。
〔註23〕見《洪駒父詩話》。

亦有此特色之詩篇。

　　楊、劉唱酬諸作，詠史詩最見諷諭旨趣，然用典使事過多，反覺艷麗綺富，而乏清峭之感。其中較爲清新者，當爲楊、劉、錢三人所作之〈公子〉及楊、劉等人之〈舊將〉，而諸家之〈鶴〉詩亦頗有寄寓，文詞亦清新流麗，可謂崑體詩風之別格。紀昀曾稱楊億三人之〈公子〉詩「皆有義山風味，勝西崑他詩之堆砌」〔註24〕，此因詩人們於描寫富家公子之驕縱侈靡，形象十分生動，故紀氏大加揄揚。曾棗莊《論西崑體》亦以爲楊億詩之「細雨墊巾過柳市，輕風側帽上銅鞮」一聯，「寫得清俊飄逸，如見其人」（頁 151）；實則劉筠之「行庖爨蠟雕胡熟，永埒鋪金汗血驕」雖稍嫌雕琢，但卻深沉刻劃出公子之奢靡浪費，其中感愴遠超過楊億詩篇。諸人之寫〈舊將〉，起句均豪邁超逸，充滿氣蓋山河之壯情，如楊億詩謂「平生苦戰憶山西，拊劍臨風氣吐霓」，氣魄何等雄偉；劉筠詩則謂：「丈八蛇矛戰血乾，子孫今已列材官」，亦將驍將奮勇建功之苦辛，盡呈筆端；任隨之「幾年鏖虜復征蠻，分閫功成兩鬢斑」與劉騭之「彊弩當年討不庭，功成身退炳丹青」，雖無楊、劉之奮迅，卻也清峭感愴，頗能道出北宋開國舊將之困頓。此題不詠老將而詠舊將，鄭再時《箋注》引《宋史・石守信傳》以爲宋太祖即位之初，以杯酒釋諸將之兵權，致「至此時北鄙用兵之際，遂至無干城之寄」，故詩人之作，「蓋有所感興」（頁 394）。觀眾人之詩，確有此意涵。而楊詩之「新豐酒滿清商咽，武庫兵銷太白低，髀肉漸生衣帶緩，早朝空聽汝南雞」之悽愴悲慟，與劉筠詩「青煙碧瓦開新第，白草黃雲廢舊壇」之清和，劉騭詩「驥老未甘秋伏櫪，劍閒猶覺夜衝星」之壯烈，均能體會與西崑富麗濃艷不同之詩風。〈鶴〉詩諸作，於《西崑酬唱集》中最稱清暢，如楊億之詩云：

　　　　悵望青田碧草齊，帝鄉歸路阻丹梯。

　　　　露濃漢苑宵猶警，雪滿梁園晝乍迷。

　　　　瑞世鸞皇徒自許，繞枝烏鵲未成棲。

〔註24〕見《瀛奎律髓刊誤》卷四七。

終年已結雲羅恨，忍送西樓曉月低。

此詩除頷聯稍華麗外，餘皆清苦悲愴，《箋注》所謂「通首自喻」（頁385）者，良有以也。此詩末句乃化用唐彥謙〈夜蟬〉詩之「又送西樓片月低」句而成，是以又沾染其清峭蒼涼之詩風。而張詠之「共憐潔白本天姿，縱在泥塵性不卑，況是稻梁厭足日，好尋煙月卻歸時」、任隨之「正是溶溪煙水碧，好陪青鳳飲澄流」及劉筠之「仙經若未標奇相，琴操何因寄恨聲，養氣自憐雞善勝，全身卻許雁能鳴」等聯，雖皆自抒懷抱，然均清麗流暢，呈顯出崑體詩之不同風貌。〈代意〉諸作，整體詩風雖無〈鶴〉詩之悲愴，然其詩亦多清峭之語，如楊億之「誰容五馬傳心曲，祇許雙鸞見淚痕，易變肯隨南地橘，忘憂虛對北堂萱」、李宗諤之「自是膠絃無續日，不同珪月有圓時」、丁謂之「臨邛已誤通琴意，金谷難尋辯玉聲」、劉筠之「縱使多才如子健，祇能援筆賦驚鴻」及元闕名之「菖花若有重開日，得見菖花亦自羞」等詩句，亦清峭感愴，表現出崑體詩人峻峭之詩風。

梁章鉅云：「崑體，特文公之一格，《武夷新集》具在，未嘗盡如西崑」﹝註25﹞，今存《武夷新集》中之五卷詩，創作風格確實與《西崑酬唱集》有所不同，乃以清峭感愴詩風為主。如卷一之〈己亥年郡中夏旱遍禱群望喜有甘澤之應〉詩寫道：

旱魃偏為虐，陽烏益以驕。何曾柱礎潤，唯恐土山焦。
請禱彌增潔，陰靈亦孔昭。雲興不待族，風細欲鳴條。
隱轔雷車轉，霏微雨足飄。層陰低匝野，鴻霈近連宵。
庭樹含佳色，村田長善苗。蘚痕緣屋壁，泉脈吐山椒。
轍鮒那憂涸，園蔬豈待澆。官渠逗水急，客路裹塵銷。
掾吏階前賀，耕夫隴上謠。秋成知有幸，歲欲近玄枵。

詩由郡中乾旱之苦悶寫起，直到連宵甘霖之忻喜，五字一句之節奏，不斷衍遞變化，使氣勢綿延不輟，而實詞的大量使用，使詩歌意象更形豐富，此與《西崑酬唱集》中以七律為主之濃艷富麗詩風迥然判分。

﹝註25﹞祖之望引，見《箋注》，頁32。

而劉筠現存於《肥川小集》中之〈淮水暴漲舟中有作〉寫道：

　　　　行行極目天無柱，渺渺橫流浪有花。

　　　　客子方思舟下碇，陰虯自喜海為家。

　　　　村遙樹列秦川霽，岸闊牛分觸氏蝸。

　　　　鳶嘯風高良可畏，此情難論坎中蛙。

方回稱道：「五六李真義山，規格奇壯」，紀昀則謂：「此詩乃子儀在翰林日為丁謂所排而作，故其詞怨以怒。」此自見劉筠之詩亦有艷麗、清峻之不同風格。如《西崑酬唱集》中之〈館中新蟬〉：

　　　　庭中嘉樹發華滋，可要螳螂共此時。

　　　　翼薄乍舒宮女鬢，蛻輕全解羽人尸。

　　　　風來玉宇烏先轉，露下金莖鶴未知。

　　　　日永聲長兼夜思，肯容潘岳到秋悲。

全詩雖寫憂讒畏譏之情懷，然文詞清暢流麗，尤其頸聯「風來玉宇烏先轉，露下金莖鶴未知」更為世稱頌，歐陽修《六一詩話》即謂當世先生老輩以為西崑體詩多用故事，至於「語僻難曉」，然歐公則駁斥此說，以為此乃「學者之弊」，並稱劉筠此聯「雖用故事，何害為佳句」；姚鼐亦以為此詩「奇警」。〔註26〕劉筠詩作清峻感愴者，尚有〈漢武〉、〈明皇〉等詩，其〈漢武〉詩雖不若楊億之老健，然清暢感慨則不遑多讓：

　　　　漢武天臺切絳河，半涵非霧鬱嵯峨。

　　　　桑田欲看他年變，瓠子先成此日歌。

　　　　夏鼎幾遷空象物，秦橋未就已沉波。

　　　　相如作賦徒能誦，卻助飄飄逸氣多。（卷上）

此詩中二聯言家國無常，世變滄桑，如夏之鑄鼎、秦之造橋，當時竭盡心力，如今何在？由此愈見神仙符瑞之妄而已。末言相如作賦，雖志在諷諫，奈何人主不為所喻，徒助飄飄逸氣，其心中感慨透過詩歌之表達，可以明瞭當時楊億等人面對君主迷信而無力諫喻之無奈。頷聯「桑田欲看他年變，瓠子先成此日歌」、尾聯「相如作賦徒能誦，

───────────────

〔註26〕見《箋注》，頁 371 引姚氏《今詩選評》。

卻助飄飄逸氣多」清新流暢，而語意深摯，實爲清峭感愴詩風之代表。

　　崑體其他詩人亦有清峭感愴風格之作，如李宗諤之〈館中新蟬〉：

　　　　雨過新聲出苑牆，煙輕餘韻度回塘。

　　　　短亭疏柳臨官道，平野西風更夕陽。

　　　　八斗陳思饒賦詠，二毛潘岳易悲涼。

　　　　感時偏動騷人思，不問天涯與帝鄉。（卷上）

此詩用典不多，通篇清淺，較之酬唱集中之濃麗富贍作品，尤覺清暢。

至若崑體主要詩人之一錢惟演，其詩多偏於濃艷華麗，堪稱清峭者，

僅〈明皇〉詩之尾聯：「匆匆一曲涼州罷，萬里橋邊見夕陽」及詠〈鶴〉

一詩：

　　　　碧樹陰濃接玉墀，幾年飛舞伴長離。

　　　　天淵風雨多秋意，遼海煙波失舊期。

　　　　自許一鳴聞迥漢，可隨三匝繞空枝。

　　　　從來腐鼠何曾顧，不似鵷雛枉見疑。（卷上）

方回《瀛奎律髓》評〈明皇〉詩云：「謝貴一輕一重對說，『一曲涼州』

爲樂幾何，『萬里橋』在成都府，卻忽屈萬乘至彼，樂之中成此哀也」

（卷三），此說即是對該詩尾聯之稱揚。而錢氏〈鶴〉詩文詞清暢，

雖多用典，然其詞意顯明，若不諳故事，亦不妨對詩旨之瞭解，此亦

可爲清峭感愴風格之代表。張詠於唱和集中詩作不多，然均清曠有

味，如詠〈鶴〉：「共憐潔白本天姿，縱在泥塵性不卑」，此十足白體

淺易風格，「況是稻粱厭足日，好尋煙月卻歸時」，亦明白如話，全無

典麗格調。《苕溪漁隱叢話後集》引無盡居士評張詠詩云：「乖崖公〈題

竹庭詩〉：『小桃遮不得，深雪放教青。』在睢陽〈書懷詩〉曰：『每

思舊隱歸何計，或問前程笑指空。』句清詞古，與郊島相先後。」（卷

十九）此竟以張詠比之賈島、姚合，可見其詩風之精鍊清峭。

　　大體《西崑酬唱集》中屬於寫時感懷之作，多較清麗，或有用典，

但大致不算冷僻艱深。如楊億〈夕陽〉一詩更是通篇不用典故，純用

白描手法，寓情於景；劉筠之〈夕陽〉雖用典故，亦不妨其詩意之理

會：

夕陽堪極目，況復近秋殘。塞迥橫煙紫，江清照葉舟。

伍胥嗟路遠，潘子念行難。更有蕪城恨，城空逼夜寒。

（卷下）

此詩除首句點明殘秋夕陽之蕭瑟淒涼外，餘聯無不摹寫其難耐之悽寒。頷聯之鍛鍊精警，境界開闊，使讀者如置身廣大寂寥之邊塞，徒目遠望，只覺孑然一身照映在寒漠之餘暉中，令人神傷；而將視線拉回週遭時，頓覺舟船之渺小無依，兩種景物，一樣情懷，詩人透過寫景，將個人感懷一寓景物中。頸聯則從伍子胥、潘岳之感慨日暮路遠和前程艱難生發，引出鮑照寫〈蕪城賦〉之悲情，全詩氣勢綿密，予人悲壯蒼涼之感。而張秉之〈戊申年七夕五絕〉更深刻表現崑體清峭感愴詩風之藝術特色，茲其五首之二以證：

紅蕖爛漫碧池香，羅綺三千侍漢皇。

阿母暫來成底事？茂陵宮桂已蒼蒼。（卷下，其二）

此詩寫漢武訪仙祈求長生事，但前半則蓄意鋪排其奢靡浪費，以言其求仙之不誠；而後半則先引西王母曾臨漢宮之故事，寫縱有神仙亦未必真能使人長生不死。而末句之「茂陵宮桂已蒼蒼」則將所有答案陳列，表明一切之刻意追求，無非猶如幻夢，往往隨著時光之流轉，而使美夢成空。此絕句五首，分別就嚴君平賣卜成都、唐明皇楊貴妃之生死相離、漢武帝之向西王母求仙藥與張錦繡之年年乞巧，來說明長生之不可得，以諷諭真宗之不可迷信，詩歌或構思嚴謹，或詼諧幽默，或直陳故事，或託興深遠，均可謂深刻表現清峭感愴之藝術風格。他如諸人之〈赤日〉、〈秋夜對月〉、〈此夕〉、〈秋夕池上〉等亦多予人悲涼悽愴之感，故可視為清峭感愴之作。

　　紀昀於評晏殊〈賦得秋雨〉詩時曾謂：「崑體有意味者原佳，惟一種厚粉濃朱但砌典故者可厭。」（卷十七）此正說明崑體詩只要用典得當，亦自有風味；若如本節所云不用事典或用典少而清峻者，則更能體貼其清峭感愴甚或清新淡雅之風格。是見崑體詩非僅濃艷富麗一格，其詩風亦有清峭感愴、清新流麗之一面。

五、摹擬化用前人詩句

學詩而摹用前人詩句，或理有同至，或意有不同，未可以此判優劣；然專意堆砌，以化用他人詩句爲能事，則非創作正道。清薛雪《一瓢詩話》曾云：「用前人字句，不可并意用之。語陳而意新，語同而意異，則前人字句，即吾之字句也。若蹈前人之意，雖字句稍異，仍是前人之作，嚼飯餵人，有何趣味？」如前舉王禹偁〈春日雜興〉：「何事春風容不得，和鶯吹折數枝花」與杜甫之〈絕句漫興〉：「恰似春風相欺得，夜來吹折數枝花」即很相似，然其處境、感情均各不同，詩意亦別，故不得謂爲摹擬，只能謂之偶合。但崑體諸人既以用典繁富爲能事，則其於前人詩句、詩意之裁取，亦在所不免。

崑體用典之多，可以從楊億〈受詔修書感事述懷三十韻〉窺其端倪。此詩據鄭氏《箋注》，所引用之書即高達六十一種：其中經部有《周易》、《尙書》、《禮記》、《詩經》、《春秋左氏傳》、《周禮》等六種；〔註27〕史部有《史記》、《漢書》、《後漢書》、《隋書》、《三輔黃圖》、《晉書》、《宋書》、《戰國策》、劉向《列女傳》、皇甫謐《高士傳》等十種；子部有《初學記》、《抱朴子》、《老子》、《莊子》、《顏氏家訓》、《世說新語》、《韓非子》、《尹文子》、《廣雅》、《孟子》、《論語》、《爾雅》、《夢溪筆談》等十三種；而詩文部份，除《古樂府》、劉勰之《文心雕龍》和鍾嶸之《詩品》外，尙有徐陵、漢武帝、王勃、曹植、張衡、梁武帝、揚雄、屈原、陸機、李白、蔡邕、任昉、趙多曦、嵇康、王維、劉禹錫、李山甫、駱賓王、陶潛、潘岳、王融、溫庭筠、沈約、李商隱、司馬遷、班固、夏侯湛、顏延之、東方朔等人之詩文。〔註28〕一

〔註27〕此處所列引用書目，以出現次第爲序。經部範圍指以《詩》、《書》、《易》、三《禮》、三《傳》爲內涵之九經。

〔註28〕本文所舉鄭氏《箋注》引用書目和詩文，與曾棗莊《論西崑體》第四章所列稍有出入，曾氏於子部列有《亢倉子》一書，然鄭氏《箋注》於此詩未見引用，未知曾氏所據；又本文於子部多列《世說新語》與《夢溪筆談》二書，於詩文部份多列《古樂府》及李山甫、駱賓王、沈約、李商隱、司馬遷、班固、夏侯湛和顏延之等人詩文，

首詩篇，即需如此浩繁之材料以供徵引，可見其用典之廣傳，前引馮武之說：「西崑則必要多讀經史騷選，此非可以日月計也」（《箋注》頁 68），洵非虛言。

今僅就崑體詩摹用前人詩句方面略作探索，以明崑體詩人學習方向及其偏好：

（一）最喜化用義山詩

崑體詩人奉義山詩爲創作圭臬，表現在詩歌中即大量學習義山詩之風格及創作方法，甚至取用義山詩句爲創作基礎。紀昀所謂「西崑多摹擬義山面貌」者，即指此種創作方式。

以《西崑酬唱集》中詩篇摹擬或化用前人詩句而論，大致可分成化用古詩（含古樂府）、漢賦（含楚騷）、魏晉六朝詩歌、唐人詩歌及李商隱詩歌等部份，其中化用最多者即爲義山詩，其次爲漢賦、唐人詩歌，再次爲古詩及魏晉六朝詩歌。於此，亦可稍見崑體所好，實以辭藻華麗者爲主要對象也。

紀昀於《瀛奎律髓刊誤》卷七評楊億及錢惟演〈無題〉詩云：「六詩皆摹義山〈無題〉，時復似之，然此體正不必擬，轉擬轉落塵劫。」案詩曰「無題」者，陸游《老學庵筆記》卷下曾謂：「率杯酒狎邪之語，以其不可指言，故謂之無題，非眞無題也」，此似未能直指詩心，紀昀在評李商隱〈無題四首〉（來是空言；颯颯東南；含情春晼晚；何處哀箏）時云：「〈無題〉諸作，大抵感懷託諷，祖述乎美人香草之遺，以曲傳其鬱結，故情深調苦，往往感人。特其格不高，時有太纖太靡之病，且數見不鮮，轉成窠臼耳。歸愚以爲剪綵爲花，絕少生韻，固不足以服其心，而效者又摹擬剽賊，積爲塵劫，無病而呻，有更甚于漢人之擬《騷》也。他體已然，七律尤甚，流弊所至，殆不勝言。存此一章，聊以備義山一種耳。」〔註29〕可見紀氏之所以認爲〈無題〉不

此爲曾氏所漏列者。
〔註29〕見北京中華版《李商隱詩歌集解》，頁 1479 引。

必擬，乃因「其格不高」之故；然紀評中亦云楊、錢六詩「時復似之」，即指二人之詩亦為「感懷託諷」之作，故以〈無題〉「曲傳其鬱結」。案楊億此詩作，據《箋注》考訂約在大中祥符六年為眞宗於小閣召見之後，故其首唱〈無題〉（曲池波暖蕙風輕）詩，起聯言君臣相得，若男女婚媾，須託以終身。次聯「歌雲」、「笑電」以比君王恩遇之隆，如「以疾在告」、「而致太醫」及「副餘前席」之句即是；「夢雨」、「嗔霆」則言讒言之中；云「纏斷」、「斗迴」，乃指其變化之急驟。頸聯則傷自己之忠貞不得辯白，與君王日見疏遠，如秦鳳入杳冥而不返，故其結語乃言甘於寂寞，無事強求。此種忠貞見疏之感慨，與義山〈無題〉詩之感懷託諷多有相類處，而且義山詩通常於吟詠失意愛情時融入政治上失意之感，蓋愛情之失意與仕途之失意形態本有相似處，故楊億詩以相思無望作結之方式與義山詩相彷彿，此即於創作方式摹效之作。

　　崑體詩人摹擬義山詩歌創作，通常以化用義山詩句居多，然亦偶有摹效其詩歌結意或語句組織者。如前段所引〈無題〉詩之創作，即於通篇組織結構上摹倣，而楊億之〈宋玉〉詩與義山同題詩之間，除同悲其忠直敢諫而遭見放之感憤外，尚有其它關聯之處，今錄二詩以說：

> 何事荊臺百萬家，唯教宋玉擅才華？
> 楚辭已不饒唐勒，風賦何曾讓景差！
> 落日渚宮供觀閣，開年雲夢送煙花。
> 可憐庾信尋荒徑，猶得三朝託後車。（李商隱詩，《李商隱詩歌集解》頁 690）
> 蘭臺清吹拂冠綏，薤草新居對渺瀰。
> 麗賦朝雲無處所，羈懷秋氣動齋咨。
> 三年送目愁鄰媛，七澤迷魂怨楚詞。
> 獨有江南哀句在，更傳餘恨到黃旗。（楊億詩，卷下）

二詩均以楚國蘭臺起歌，詩中均歷稱宋玉著名詩作，如《楚辭》諸作、〈風賦〉、〈高唐賦〉等，其中楊詩之「七澤迷魂怨楚詞」，尚化用李

詩〈楚宮〉之「湘波如淚色滲滲，楚厲迷魂逐恨遙」（《集解》頁757）
而成，而其尾聯均以庾信作結，雖說楊詩有憑弔南唐之意，非如李商
隱之僅寓身世之感，然其脫胎於義山則屬事實。又其〈戊申年七夕五
絕〉之三：

　　　　蘭夜沉沉鵲漏移，羽車雲幄有佳期。
　　　　應將機上回文縷，分作人間乞巧絲。（卷下）

此詩與義山〈辛未七夕〉之後半：

　　　　清漏漸移相望久，微雲未接過來遲。豈能無意酬烏鵲，唯
　　　　與蜘蛛乞巧絲。（《李商隱詩歌集解》頁1059）

二詩之前二句意思相近，而楊詩之後二句，則化用義山詩之末二句而
成，其摹擬之跡顯然。此為崑體詩人楊億摹擬義山詩意之例。

　　至其摹擬詩句者，如楊億〈樞密王左丞宅新菊〉中之「陶籬侵柳
色，羅宅掩蘭芳」（卷下）句，明顯襲用義山〈菊〉詩之「陶令籬邊
色，羅含宅裏香」（《李商隱詩歌集解》，頁469）之詩意及詩句組織；
而劉筠〈館中新蟬〉之「可要螳螂共此時」亦襲自義山〈辛未七夕〉
之「可要金風玉露時」。本來詩人作詩出現相似或相近句子，乃常有
之現象，且在描寫同類生活或表現同類主題時，亦可能與前人偶合；
然若一味摹倣或點化前人詩句，則承襲將多於創造，對於詩歌之創作
大有窒礙，如以摶摭扯補、襲用別人詩意、詩句為能事，則將難逃後
人之鄙笑與遺棄，崑體詩人於此稍有愧焉。

　　《西崑酬唱集》中化用義山詩句最多者，今舉數例以證：

1、楊億詩：

　　〈受詔修書述懷感事三十韻〉之「秦痔疏杯酒」即化用義山〈自
桂林奉使江陵途中感懷寄獻尚書〉之「尚憐秦痔苦，不遣楚醪沉」
（《李商隱詩歌集解》頁676，以下所引書目同，故只標頁次）；〈南
朝〉之「細雨春場射雉歸」化用義山〈公子〉之「春場鋪艾帳，下
馬雉媒嬌」（頁1540）；〈（休沐端居有懷希聖少卿學士）再次首唱韻
和〉之「瘦盡東陽沈隱侯」直接化用李詩〈韓東郎即席為詩相送一

座盡驚他日余方追吟連宵侍坐徘徊久之句有老成之風因成二絕寄酬兼呈畏之員外〉其二之末句「瘦盡東陽沈姓人」（頁 1338）；〈代意二首〉其一之結句「楚天雲斷見涼蟾」化用李詩〈燕臺詩四首・秋〉之「月浪衡天天宇濕，涼蟾落盡疏星入」（頁 80）兩句；〈漢武〉之名句「力通青海求龍種」乃從義山〈詠史〉（歷覽前賢國與家）之「運去不逢青海馬」（頁 347）脫胎而來；〈館中新蟬〉之末句「先秋楚客已回腸」化自義山〈九日〉「空教楚客詠江蘺」（頁 935）；〈夜讌〉之「醉羅驚夢枕」取義山〈鏡檻〉「想像鋪芳縟，依稀解醉羅」（頁 401）之意；〈宣曲二十二韻〉化用義山詩者特多，其中「綺段餘霞散」、「星妃滯斗城」二句分別化用義山〈魏侯第東北樓堂郢叔言別聊用書所見成篇〉之「霞綺空留段，雲峰不帶根」（頁 1802）及〈燕臺四首・夏〉之「直教銀漢墮懷中，未遣星妃鎮來去」（頁79），「愁聞上苑鶯」和「雲波誰託意」則分別化用義山〈送千牛李將軍赴闕五十韻〉之「俱聽漢苑鶯」（頁 359）及〈西溪〉之「京華他夜夢，好好寄雲波」（頁 1185）；〈無題三首〉其三之「嫦娥桂獨成幽恨」化自義山〈和韓錄事送宮人入道〉之「月娥嬬獨好同遊」（頁 281）；〈成都〉之「青天路險劍爲峰」則採義山〈井絡〉詩首聯「井絡天彭一掌中，漫誇天設劍爲峰」（頁 1177）之意；〈秋夜對月〉之「星彩沉榆莢」化用義山〈擬意〉之「蘭叢街露重，榆莢點星稠」（頁 1724）；〈前檻十二韻〉之「神龍護玉蓮」、「風車來未定」分別化用義山〈驪山有感〉之「九龍呵護玉蓮房」（頁 1510）及〈燕臺四首・冬〉之「風車雨馬不持去」（頁 80）；〈初秋屬疾〉之「屬疾猶貪桂補贏」乃化用義山〈酬令狐郎中見寄〉之「補贏貪紫桂」（頁 630）句；〈柳絲〉之「洛城花雪撲離樽」乃化用義山〈贈柳〉之「忍放花如雪，青樓撲酒旗」（頁 1563）二句；〈無題〉之「蕉心不展怨春風」乃化用義山〈代贈二首〉之一「芭蕉不展丁香結，同向春風各自愁」（頁 1807）詩意及詩句；〈偶懷〉之「燕重銜泥遠」則直取義山〈寄羅劭興〉「燕重遠嗛泥」（頁 1893）詩意和詩句。

2、劉筠詩：

與楊億和錢惟演相比，劉筠詩化用義山詩句者明顯較少，蓋其取材較均勻，不論古詩、漢賦或魏晉、唐人詩歌，數量大致相若。今《西崑酬唱集》中劉筠詩化用義山詩者有：〈代意二首〉其一首句「華池阿閣不相容」即化用義山〈鳳〉詩「阿閣華池兩處棲」（頁 710）而成；〈舊將〉之「青煙碧瓦開新第」乃化用義山〈碧瓦〉首聯「碧瓦銜珠樹，紅輪結綺寮」（頁 1718）而成；〈宣曲二十二韻〉之「鳴弦小雁行」則有取於義山〈昨日〉詩之「十三絃柱雁行斜」（頁 1759）；〈（荷花）再賦〉之「濺裙無限水」為化用義山〈擬意〉「濯錦桃花水，濺裙杜若洲」（頁 1724）而來；〈（荷花）又贈一絕〉之「渡襪歌梁暗落塵」乃取用義山同題詩〈荷花〉「迴衾燈照綺，渡襪水沾羅」（頁 1587）之部份詩意；〈小園秋夕〉之首句「枳落莎渠急夜蟲」乃化用義山〈歸來〉之「草徑蟲鳴急，沙渠水下遲」（頁 1981）；〈初秋屬疾〉之首句「秋陰淒淡隔重城」為化用義山〈宿駱氏亭寄懷崔雍崔袞〉之「竹塢無塵水檻清，相思迢遞隔重城，秋陰不散霜飛晚，留得枯荷聽雨聲」（頁 71）詩意、詩句而成；〈偶懷〉之「千波一葉舟」乃化用義山〈無題〉「萬里風波一葉舟」（頁 1266）而來。

3、錢惟演詩：

錢惟演詩歌在運用典故上，明顯偏好義山詩，其次為唐人詩歌，其他如古詩、漢賦及魏晉六朝詩歌則較少取用。其詩歌化用義山詩者如下：〈休沐端居有懷希聖少卿學士〉之首句「雕盤瓊蕊冰寒澌」乃化用義山〈柳枝五首〉其三「嘉瓜引蔓長，碧玉冰寒漿」（頁 100）而成；〈鶴〉之尾聯「從來腐鼠何曾顧，不似鵷雛枉見疑」乃並用義山〈安定城樓〉尾聯「不知腐鼠成滋味，猜意鵷雛竟未休」（頁 264）詩意、詩句，其摹擬之跡彰著；〈無題三首〉其一之「春山低斂翠眉長」乃化用義山〈代贈二首〉其二之「總把春山掃眉黛，不知供得幾多愁」（頁 1808）二句而成，「荀令薰爐冷自香」則化用其〈牡丹〉詩之「荀令香爐可待薰」（頁 1548）；其二之「惟有幽蘭啼月露」則

化自義山〈河陽詩〉「幽蘭泣露新香死」（頁1643）；其三之「蝶怨豈能重傅粉」則化用義山〈蜨〉詩「重傅秦臺粉」（頁1606）；〈（荷花）又贈一絕〉之「唾露金銷月似霜」乃化取義山〈碧瓦〉「露唾香難盡，珠啼冷易銷」（頁1718）聯而成；〈小園秋夕〉「碧蘚初圓亂縹牆」乃化用義山〈重過聖女祠〉「白石巖扉碧蘚滋」（頁1330）；〈宋玉〉之「已有微詞更有才」則化用前引義山同題詩「何事荊臺百萬家，惟教宋玉擅才華」而成；〈柳絮〉之「灞水橋邊送落暉」爲化用義山〈離亭賦得折楊柳二首〉其二之「萬緒千條拂落暉」（頁1568）；〈無題〉之「春窗亦有心知夢」乃化用義山〈閨情〉詩「春窗一覺風流夢，卻是同衾不得知」（頁1839）而成；〈致齋太一宮〉之「鶴扇真規月，仙衣可鏤冰」聯乃倣義山〈楚宮〉「扇薄常規月，釵斜只鏤冰」（頁695）詩句及詩意；〈苦熱〉之「雙文桃簟碧牙床」、「深入盧家白玉堂」則分別化用義山〈細雨〉之「簟卷碧牙床」（頁1623）及反用其〈代應〉之「隔得盧家白玉堂」（頁1814）。

4、崑體其他詩人：

《西崑酬唱集》中，楊、劉、錢三人之作品已佔五分之四，崑體其他詩人作品乃屬點綴性質；且因於集中作品較少，較難顯現個人獨特風格及特色。眾人於《西崑酬唱集》中之作品，以化用唐人詩歌及漢賦爲主要範疇，其他部份則甚少涉獵。今將其化用義山詩句較明顯之部份摘出：薛映〈清風十韻〉之「翠幕波無際」化用義山〈燕臺‧夏〉詩「輕帷翠幕波迴旋」（頁79）；劉騭〈槿花〉之「繡被已成堆」則變化義山〈牡丹〉「繡被猶堆越鄂君」（頁1548）而成；元闕姓氏〈代意二首〉其一之「離魂暗逐明珠佩」乃取用義山〈和友人戲贈二首〉其二之「明珠可貫須爲佩」（頁174）。

綜上所述，錢惟演詩多規摹義山詩之詩句、詩意，甚至直接襲用，其創方式較諸楊億、劉筠，稍顯拙劣。至若化用部份，錢詩亦多截取義山詩成詞，且詣旨多陷前輩窠臼，而未能自出新意，此與楊億、劉筠詩多變化義山詩句者相較，又遜一籌。

（二）、大量採用《文選》內容

甲、騷賦部份

崑體詩人除喜以義山詩作為創作參考底本外，《文選》亦是詩人們心目中理想的學習藍本，故創作時往往於其中汲取頗多養分。此大致又可區分為「騷賦」和「詩」兩部份。騷賦中最受歡迎者當推宋玉及左思之詩賦，而最喜運用騷賦為創作範本者當推劉筠。

眾家化用騷賦為詩之例證，略如下述：

楊億〈南朝〉之「步試金蓮波濺襪」即緣自曹植〈洛神賦〉「凌波微步，羅襪生塵」（《陳思王集》，頁249），「龍盤王氣終三百」則化用庾信〈哀江南賦〉：「將非江表王氣，終於三百年乎」（《全後周文》卷八）之語；〈夜讌〉之「流雪楚腰迴」化用曹植之〈洛神賦〉「飄飄兮若流風之迴雪」；〈槿花〉之「晨霞暫照梁」取材自宋玉〈神女賦〉：「耀乎若白日初出照屋梁」（《昭明文選》卷四，以下引書同時只標卷次）；〈鶴〉之「繞枝烏鵲未成棲」化自曹操名詩〈短歌行〉之「月明星稀，烏鵲南飛，繞樹三匝，無枝可依」（《魏武帝集》，頁65）；〈荷花〉之「川后自收波」化自曹植〈洛神賦〉：「於是屏翳收風，川后靜波」；〈淚二首〉其一之「多情不待悲秋氣」取材自宋玉〈九辯〉：「悲哉！秋之為氣也，蕭瑟兮草木搖落而變衰」（卷八）。

劉筠〈宣曲二十二韻〉之「藻繡裹周牆」化用班固〈西都賦〉：「屋不呈材，牆不露形，裹以藻繡，絡以綸連」（卷一）；〈（荷花）再賦七言〉之「紉蘭為佩桂為舟」分別取材自屈原〈離騷〉之「紉秋蘭以為佩」及〈九歌・湘君〉之「沛吾乘兮桂舟」（均卷八）；〈淚二首〉其二之首句「含酸茹歎幾傷神」化用江淹〈恨賦〉：「亦復含酸茹歎，銷落湮沉」（卷四）；〈前檻十二韻〉之「籠禽思隴樹」化用張華〈鷦鷯賦〉：「蒼鷹鷙而受紲，鸚鵡惠而入籠。屈猛志以服養，塊幽繫於九重。變音聲以順旨，思摧翮而為庸。戀鍾岱之林野，慕隴坻之高松」（卷三）；〈始皇〉之首句「利嘴由來得擅場」化用張衡〈東京賦〉：「秦政利嘴長距，終得擅場」（卷一）；〈夕陽〉之「更有蕪城恨」即採用鮑

照〈蕪城賦〉所云：「天道如何？呑恨者多」（卷二）；〈上巳玉津園賜宴〉之「春服萋萋盛」乃化用潘岳〈籍田賦〉之「襲春服之萋萋」（卷二）；〈致齋太一宮〉之「薜荔羅芳席」乃取材揚雄〈甘泉賦〉：「靡薜荔而爲席兮，折瓊枝以爲芳」（同上）。他如〈送客不及〉之「日上旗亭第五重」明顯截用張衡〈西京賦〉之「旗亭五重」（卷一）句、〈宋玉〉「潘郎千載聞遺韻」句化用陸機〈文賦〉「收百世之闕文，採千載之遺韻」（卷四）者，亦斑斑昭著，劉筠詩化用《文選》作家詩賦者不勝枚舉，故不再贅述。

錢惟演詩化用騷賦者較少，唯：〈夜讌〉之「舉白鬥飛觴」取自左思〈吳都賦〉：「里讌巷飲，飛觴舉白」（卷一）；〈秋夜對月〉之「鳴琴厭獨房」取自謝莊〈月賦〉：「去獨房，即月殿，芳酒登，鳴琴薦」（卷三），「雪漫誇圓璧」化用謝惠連〈雪賦〉之「既因方而爲珪，亦遇圓而成璧」（卷三）；〈小園秋夕〉之「滑稽還喜鴟夷在」化用揚雄〈酒賦〉之「鴟夷滑稽」（《全漢賦》，頁215）；〈許洞歸吳中〉之「淵雲辭藻掞天庭」取自左思〈蜀都賦〉「摛藻掞天庭」（卷一）等。

其他崑體詩人採用騷賦題材爲詩者，計有：劉騭〈代意二首〉之「驪龍睡起玉淵深」、「新知自樂生離苦」二句，分別取用左思〈吳都賦〉之「玩其礫磛而不窺玉淵者，未知驪龍之所蟠」（卷一）及屈原〈九歌〉之「悲莫悲兮生別離，樂莫樂兮新相知」（卷八）；錢惟濟〈夜讌〉之「蹁躚霞袖舞」取材自左思〈蜀都賦〉：「紆長袖而屢舞，翩躚躚以裔裔」（卷一）等。

由上所述可知：楊億詩喜用曹植和宋玉之賦，尤以曹植〈洛神賦〉中文句一再被化用入詩；劉筠詩則特喜於《文選》中擷取材料，其於《文選》可謂十分精熟，故隨手拈來，比比皆是，亦不限少數作家之特定作品，其於此類作品之融會貫通，較之楊億是高出一截；錢惟演對於騷賦似乎是不太採用，詩中僅見數例，且多直接取用成詞或陳句；其他崑體詩人取材騷賦者，較之楊、劉、錢三人尤少。綜合言之，取材騷賦之作品在西崑體詩中僅次於化用義山詩及《文選》之詩歌部份者，故馮班言

讀崑詩須多閱經史騷賦者，即以其題材廣博，而典故特多之故。

乙、詩歌部份

　　《文選》中保存了大量的古詩、樂府與魏晉六朝詩歌，爲後代文人學士之詩歌創作，提供了良好的學習對象。崑體詩人之詩篇，化用《文選》內詩歌之數量，約與化用義山詩之數量相當，可見崑體詩人對其喜好之程度。

　　《文選》將所蒐集之詩歌保存於第五、六、七卷，今即依其出現卷次，列敘崑體詩人化用詩歌之部份：

　　（1）‧公讌、游仙、招隱、哀傷等（卷五）

　　楊億〈秋夕池上〉之「泉咽猶鳴玉」化用陸機〈招隱詩〉「山溜何泠泠，飛泉漱鳴玉」；劉筠〈代意二首〉「濁水清塵恨莫窮」化用曹植〈七哀詩〉之「君若清路塵，妾若濁水泥，浮沉各異勢，會合何時諧」，〈致齋太一宮〉之「凌霄自放情」則化用郭璞之〈遊仙詩〉「放情凌霄外」；錢惟演〈秋夕池上〉「朱華接蘭阪」爲化用曹植〈公讌〉「秋蘭被長阪，朱華冒綠池」而成。

　　（2）‧贈答、行旅等（卷六）

　　楊億〈宣曲二十二韻〉之「綺段餘霞散」有取於謝朓〈晚登三山還望京邑〉之「餘霞散成綺」；劉筠〈受詔修書述懷感事三十韻〉之「漳濱病且袪」乃化用劉楨〈贈五官中郎將〉之「予嬰沉痼疾，竄身清漳濱」，〈前檻十二韻〉之「江澄擣練勻」亦取材前引謝朓詩之「澄江淨如練」；錢惟演〈（荷花）再賦七言〉之「舞學西城回雅態」乃據陸雲〈爲顧彥先贈婦〉「西城善雅舞」而來。

　　（3）‧樂府、雜詩、雜擬等（卷七）

　　楊億〈舊將〉之「髀肉漸生衣帶緩」乃化用〈古詩十九首〉之「相去日已遠，衣帶日已緩」，〈前檻十二韻〉之「遠信三年字」則從〈古詩十九首〉之「客從遠方來，遺我一書札，上言長相思，下言久離別，置書懷袖中，三歲字不減」變化而來，〈無題〉之「一水盈盈語未通」則化自〈古詩十九首〉之「盈盈一水間，脈脈不得語」，〈館中新蟬〉

之「高柳新聲逐吹長」則化自陸機〈擬明月何皎皎〉「寒蟬鳴高柳」句，〈鶴〉之「繞枝烏鵲未成棲」乃緣於曹操〈短歌行〉：「月明星稀，烏鵲南飛，繞樹三匝，無枝可棲」，〈直夜二首〉之「落宿半宮牆」則學自劉鑠〈擬明月何皎皎〉之「落宿半遙城」。

劉筠〈代意二首〉之「明月自新班女扇」乃出自班倢好〈怨歌行〉之「裁為合歡扇，團團似明月」，〈洞戶〉之「百尺青樓大道邊」乃化自曹植樂府〈美女篇〉之「青樓臨大路」，〈館中新蟬〉之「庭中嘉樹發華滋」則取自〈古詩十九首〉：「庭中有奇樹，綠葉發華滋」；〈七夕〉首聯「靈匹迢迢駕七襄，暫陳雲幄對星潢」則有取於謝惠連〈七月七日夜詠牛女〉之「雲漢有靈匹」與「沃若靈駕旋，寂寥雲幄空」，〈直夜二首〉之「萬年宮省樹」與「鳴佩有清音」則同樣化自謝朓〈直中書省〉之「風動萬年枝」與「茲言翔鳳池，鳴佩多清響」。

錢惟演〈（荷花）再賦〉之「盈盈臨一水」與楊億〈無題〉之「一水盈盈語未通」化用〈古詩十九首〉同一詩句，〈（荷花）再賦七言〉之「洛浦何人遺錦衾」則化自另篇〈古詩十九首〉之「錦衾遺洛浦」，〈清風十韻〉之「不待雨東來」則化用陶淵明〈讀山海經〉之「微雨從東來」。

（三）喜摹用李、杜等人詩句

劉攽《中山詩話》曾謂：「楊大年不喜杜工部詩，謂為村夫子」，實則崑體詩人在摹效唐人詩歌中，於李白、杜甫二家所取獨多，其次方為王維、白居易，餘則偶或摘擷而已。茲將諸家化用李、杜、王、白詩句者列出，以見梗概：

1·化用李白詩句者

楊億〈無題三首〉其三之「東鄰誰敢效顰眉」乃化用李白〈效古〉詩之「自古有秀色，西施與東鄰，蛾眉不可妒，況乃效其矉」（《李白全集編年注釋》頁482，以下引用書目同）；〈成都〉之「青天路險劍為峰」化用其樂府〈蜀道難〉：「噫吁戲，危乎高哉！蜀道之難，難於

上青天」（頁 175）；〈前檻十二韻〉之「梨花飛白雪」直取其〈宮中行樂詞八首〉其二之「梨花白雪香」（頁 443）。

劉筠〈無題二首〉之「一一雌隨一一雄」化用其〈蜀道難〉之「雄飛雌隨繞林間」。錢惟演〈無題三首〉之「看朱成碧意如何」化用其樂府〈前有樽酒行二首〉之「看朱成碧顏始紅」（頁 239）；李宗諤之〈清風十韻〉「松澮更宜琴」化用其〈仙人騎彩鳳〉（擬古其十）「琴彈松裏風」（頁 750）。

2・化用杜甫詩句者

楊億〈別墅〉之「鱠縷落霜刀」化用杜甫〈觀打魚歌〉：「饔子左右揮霜刀，鱠飛金盤白雪高」（《杜詩鏡銓》卷九，以下引用書目同）及〈陪王漢州留杜綿州泛房公西湖〉之「刀鳴鱠縷飛」（卷十）；〈前檻十二韻〉之「空庭尺五天」化用其〈贈韋七贊善〉之「爾家最近魁三象，時論同歸尺五天」（卷二十），「銀潢眼欲穿」化用其〈寄岳州賈司馬六丈巴州嚴八使君兩閣老五十韻〉之「新愁眼欲穿」（卷六）。

劉筠〈淚二首〉之「嗚咽交流忽滿巾」化用其〈喜達行在所〉之「喜心翻倒極，嗚咽淚霑巾」（卷三）；〈霜月〉之「已傷春寂寂」截用其〈涪城縣香積寺官閣〉之「小院迴廊春寂寂」（卷十）；錢惟演〈致齋太一宮〉之「疏鐘平野闊」有取於其〈旅夜書懷〉之「星垂平野闊」（卷十二）；劉騭〈夜讌〉之「搖落何須宋玉悲」則化取其〈詠懷古跡五首〉之「搖落深知宋玉悲」（卷十三），〈舊將〉之「劍閒猶覺夜衝星」乃化用其〈人日二首〉之「佩劍衝星聊暫拔」（卷十八）。

3・化用王維詩句者

劉筠〈舊將〉之「白草黃雲廢舊壇」有取於王維〈送平淡然判官〉「黃雲斷春色，畫角起邊愁」（《王右丞集箋注》卷八，以下引書同）；錢惟演〈宣曲二十二韻〉之「蔗漿銷內熱」乃化用王維〈敕賜百官櫻桃〉之「飽食不須愁內熱，大官還有柘漿寒」（卷十），〈淚二首〉之「紫臺回首暮雲平」則化用其〈觀獵〉「回看射雕處，千里暮雲平」

（卷八）；劉騭〈代意二首〉「路隔仙源不可尋」乃化自其〈桃源行〉之「不辨仙源何處尋」（卷六）。

4・化用白居易詩句者

楊億〈荷花〉之「鈿扇起風多」乃化用白居易〈六年秋重題白蓮〉之「紺葉搖風鈿扇圓」（《白居易集箋校》卷二六，以下引書同），〈洞戶〉之「仙山雲霧隔江潮」則化用其〈長恨歌〉之「忽聞海上有仙山，山在虛無縹緲間」（卷十二）；劉筠〈寄靈仙觀舒職方學士〉之「可能渾忘姓劉人」化用其〈長齋月滿攜酒先與夢得對酌醉中同赴令公之宴戲贈夢得〉之「解酲仍對姓劉人」（卷三三），〈初秋屬疾〉之「可堪漳浦臥劉楨」則取自其〈江州赴忠州至江陵以來舟中示舍弟〉之「長沙拋賈誼，漳浦臥劉楨」（卷十七）；錢惟演〈清風十韻〉之「荷傾側露杯」則化自其〈小池〉「荷側瀉清露」（卷七）。

5・其 他

在其他唐代詩家作品中，為崑體詩人所採用者，尚有陳子昂、王昌齡、杜牧、韋應物等人之詩歌，其中值得注意的是：唐彥謙作品四度為楊億所引用，溫庭筠之作品亦有少數崑人化用。可見陳師道等人所言楊億等人除學義山詩外又學唐彥謙詩，誠非虛假！

楊億詩歌化用唐彥謙詩者如下：〈鶴〉之「忍送西樓曉月低」乃化用唐氏〈夜蟬〉之「又送西樓片月低」（《全唐詩》卷六七二），其中只更易二字而已；〈洞戶〉之「壺矢誰同賽百嬌」乃化用其〈漢代〉之「飲酒闌三雅，投壺賽百嬌」（同上）；〈霜月〉之「吟殘猶擁鼻」及〈即目〉之「掩鼻生愁詠」均化用其〈春陰〉之「天涯已有銷魂別，樓上寧無擁鼻吟」（同上）。

眾人化用溫庭筠詩者有：劉筠〈無題三首〉其一之「蘿蔓從風莫自持」化用其〈舞衣曲〉之「芙蓉力弱應難定，楊柳風多不自持」（《溫飛卿詩集箋注》卷一，下引書同）；錢惟演〈淚二首〉之「銀屏欲去連珠迸」化用其〈湘東宴曲〉「欲上香車俱脈脈，清歌響斷銀屏隔」

（卷二）；劉騭〈代意二首〉之「緘情謾託傳書雁」化用其〈郭處士擊甌歌〉「緘情遠寄愁無色」（卷一）。

另外，《西崑酬唱集》中作品化許多《詩經》或古樂府中之詩歌，實不容一一詳舉，唯其中有一首未見於《文選》之繁欽〈定情詩〉〔註30〕，卻為劉筠三度引用；而梁簡文帝之詩歌雖「傷於輕靡」〔註31〕，然其〈金樂歌〉、〈烏棲曲〉、〈春雪詩〉及〈採蓮〉等詩，卻屢為楊億等人引用，由此可知崑體詩人創作好尚。而崑體詩既大量化用前人詩句，甚至襲用他人詩意，如此便容易窒塞詩歌之創造力；而「從故紙堆中討生活」〔註32〕之創作方式，亦是後人詬病崑體之處，因其未能從實際生活體驗生發，以致所作多與真實情意有隔，而易淪於無病呻吟也。

六、純用近體

宋初詩歌承晚唐、五代之後，在格律的發展上，早已到達完全成熟的地步，故宋初詩壇盛行詩歌唱酬，乃因對詩歌聲調、音節和對偶能充分把握。楊億將諸人所作詩篇編為《西崑酬唱集》，其詩歌即表現出以音節鏘鏗、詞藻華美為主要特色之義山詩風格。

律詩經初唐詩人及沈佺期、宋之問等人的努力，對聲調、音節及對偶等各方面的「律」已逐漸由寬鬆到細密。杜甫在中晚年之後創作了大量的五、七言律詩，對律詩的種種條件和變化已能充分掌握，故其自許晚年的詩，音律極為細密，故謂「晚節漸於律詩細」。李商隱學習杜甫之詩歌極其用心，能得其穠麗之一體而深刻發展，而其本人善音律，故所為詩歌音律更為「精麗」，如宋犖《漫堂說詩》在評論唐人律詩時即云：

　　　初唐王、楊、盧、駱，倡為排律，陳、杜、沈、宋繼之，……

〔註30〕繁欽〈定情詩〉保存於《玉臺新詠》卷一。
〔註31〕見《南史・梁簡文帝紀》載。
〔註32〕周少泉語，見〈略論宋詩的成就及其特點〉，頁57。

《品彙》以太白、摩詰揭爲正宗，錢起、劉長卿錄爲接武，
均之不愧當家。晚唐李義山刻意學杜，亦是精麗。若夫渾
涵汪茫，千彙萬狀，惟少陵一人而已。

又云：

世之稱詩者，易言律，尤易言七言律。每見投贈行卷，七
律居半，不知此體在諸體中最難工。……平心而論：初唐
如花始苞，英華未彀；盛唐王維、李頎、岑參諸公，聲調
氣格，種種超越，允爲正宗；中、晚之錢、劉、李（義山）、
劉（滄）亦悠揚婉麗，颯颯乎雅人之致，義山造意幽邃，
感人尤深，學者皆宜尋味。

此皆對義山讚揚有加，然吾人亦可由此證實李商隱之學杜、創作律
詩，皆卓有成績。故西崑體詩人學義山詩，亦能在此方面用功；然李
商隱所作幾乎以近體詩爲之，而甚少古體，此同中、晚唐詩人之所好
大致相同，唯其古體詩之創作數量實在太少，故較凸顯出此種風氣之
偏執。《許彥周詩話》云：

李義山詩，字字鍛煉，用事婉約，仍多近體，惟有〈韓碑〉
詩一首古體。

據詩話所云，義山詩多近體，惟有一首古體；此種創作傾向流傳到崑
體詩人身上，更加徹底。

今將《西崑酬唱集》中各詩體式列敘如後，以見崑體詩人唱酬應
和時運用詩體趣向：

（一）、五絕：無。

（二）、五律：〈禁中庭樹〉三首、〈槿花〉四首、〈夜讌〉一首、〈答
劉學士〉一首、〈夕陽〉三首、〈霜月〉四首、〈即目〉二首、
〈偶懷〉二首、〈直夜〉二首、〈秋夕池上〉二首，計十題
二十四首。

（三）、五言排律：〈受詔修書述懷感事三十韻〉二首、〈夜讌〉三
首、〈宣曲二十二韻〉三首、〈別墅〉三首、〈無題三首〉一
首、〈荷花〉四首、〈再賦〉四首、〈秋夜對月〉三首、〈前

檻十二韻〉二首、〈樞密王左丞宅新菊〉四首、〈譯經光梵大師〉二首、〈上巳玉津園賜宴〉三首、〈致齋太一宮〉三首、〈櫻桃〉二首、〈屬疾〉四首、〈清風十韻〉七首、〈螢〉二首，計十七題五十二首。

（四）、七絕、〈又贈一絕〉四首、〈戊申年七夕五絕〉二十五首，計二題二十九首。

（五）、七律：〈南朝〉四首、〈休沐端居有懷希聖少卿學士〉五首、〈再次首唱韻和〉二首、〈代意二首〉八首、〈漢武〉七首、〈館中新蟬〉六首、〈鶴〉五首、〈公子〉三首、〈舊將〉四首、〈赤日〉二首、〈夜意〉一首〔註33〕、〈明皇〉三首、〈無題三首〉八首、〈再賦七言〉三首、〈梨〉四首、〈淚二首〉六首、〈七夕〉三首、〈成都〉三首、〈小園秋夕〉三首、〈始皇〉三首、〈初秋屬疾〉三首、〈寄靈仙觀舒職方學士〉三首、〈答內翰學士〉一首、〈答錢少卿〉一首、〈宋玉〉三首、〈送客不及〉三首、〈直夜〉三首、〈洞戶〉二首、〈柳絮〉三首、〈與客啓明〉三首、〈無題〉二首、〈此夕〉三首、〈劉校理屬疾〉二首、〈勸石集賢飲〉三首、〈燈夕寄獻內翰虢略公〉四首、〈李舍人獨直〉二首、〈無題二首〉四首、〈懷舊居〉三首、〈許洞歸吳中〉三首、〈直夜二首〉二首、〈暑詠寄梅集賢〉二首、〈苦熱〉四首、〈因人話建溪舊居〉一首、〈偶作〉二首，計四十四題一百四十五首。

（六）、七言排律：無。

以上計七十題二百五十首〔註34〕，全部皆爲近體詩，無一古體。其中

〔註33〕案此詩，鄭氏《箋注》將錢惟演詩單獨立題，以其前四句言夜間事，故從明本標爲「夜意」，說見《箋注》，頁432，而廣文版則合併〈赤日〉二首與〈夜意〉一首爲〈赤日〉三首。

〔註34〕以上詩題中，〈夜讌〉爲五律一首、五排三首，〈無題三首〉爲五排一首、七律八首，〈直夜二首〉爲五律二首、七律二首，刪除重覆之詩題，恰爲七十題。

除五絕與七言排律無作品外，五言律詩計有十題二十四首，五言排律有十七題五十二首，七絕二題二十九首，七律四十四題一百四十五首。〔註35〕崑體詩人在唱酬方面的藝術趣向，可說是顯而易見的，尤其是七律的數量，遠超過其他體式的總和，這似乎和崑體詩人好以才學爲詩有非常密切關係，故多選擇較高難度之排體和律體爲創作體式，以便表現詩人淵博的學問和個人之才識。

第二節　楊億、劉筠、錢惟演

　　崑體詩派以《西崑酬唱集》成名，並以其典麗華艷詩風影響後世詩壇。然而整部詩歌合集中，楊億、劉筠和錢惟演三人所作便占全集五分之四，其他人則多或七首，少僅一首，故西崑體詩之主要代表實際爲楊、劉、錢三人。〔註36〕

一、楊　億

（一）、生平和志業

　　楊億（974～1020），字大年，建州浦城（今福建浦城縣）人。七

<hr>

〔註35〕曾棗莊《論西崑體》，頁141云：五言排律十六篇、五十一首；五言律詩十二篇、三十二首；七言絕句兩篇、二十九首；其餘全部爲七言律詩，共達四十篇、一百三十八首。案此項統計，除七絕正確外，餘則與本文統計有出入，或其未將〈夜讌〉、〈無題三首〉與〈直夜二首〉分隸各體，以致統計有誤。

〔註36〕《西崑酬唱集》中各作者與唱詩篇，計楊億七十六首、劉筠七十首、錢惟演五十五首，最爲大宗；其次則爲李宗諤之七首、薛映與張秉各六首、劉騭與丁謂均五首、李維、舒雅及任隨各三首，二首者有刁衎、張詠、錢惟濟、晁迥四人，其餘陳越、崔遵度及缺名者各僅一首。除楊億三人外，其他詩人作品據《全宋詩》所載：劉騭另存三首；李宗諤另有詩五首、詩句四聯；丁謂則有一百二十一首；張詠詩最多，有《張乖崖集》十卷（《郡齋讀書志》卷十九）傳世；薛映尚有詩二首、詩句一聯；晁迥有詩《昭德新編》三卷、《法藏碎金錄》十卷。然據其詩風觀，劉騭詩風屬崑體清峭感愴一格，李宗諤詩則精警如晚唐體，張詠與丁謂詩絕類王禹偁，而晁迥詩多擬效白居易體，其與崑體主要之華麗詩風實有不同，故本文即以楊、劉、錢三人爲崑體代表。

歲能寫文章，十一歲時詔送闕下試時賦，受到宋太宗和大臣之褒讚，授秘書省正字。淳化三年（992）試翰林，賜進士及第，遷光祿寺丞。真宗即位初，超拜右正言，參與編纂《太宗實錄》共八十卷，楊億獨自完成五十六卷。景德初，會修《歷代君臣事跡》（後賜名《冊府元龜》），序次體例，皆楊億所定。後官翰林學士、秘書監、工部侍郎等職。卒諡文，人稱楊文公。

　　楊億自幼聰穎，時人皆以為神童，故對其事蹟多有渲染。如《三朝正史》云：「楊億祖為偽唐玉山令，億將生，夢一道士自稱懷玉山人。未幾，億生。有紫毛被體七尺餘，經月乃落。」而《宋朝名臣傳》所載則更為怪誕，其文云：「母張氏始生億，夢羽衣人自言武九君托化。既誕，則一鶴雛，盡室皆駭，貯而棄之江。其叔父曰：『吾聞間世之人，其生必異。』追至江濱開視，則鶴蛻，嬰兒具焉，體猶有紫毳尺餘，既月乃落。」〔註37〕二書皆以楊億初生之時即身披紫毛，異於常人，代表其往後不同凡響之詩文成就與志節事功。李頎《古今詩話》中亦有二則關於楊億幼時故事，其一為登樓吟詩：

　　　　楊文公，數歲不能言。一日，家人抱登樓，忽觸其首，便
　　　　能語。家人曰：「既能言，可為詩乎？」曰：「可。」遂吟
　　　　〈登樓詩〉云：「危樓高百尺，手可摘星辰。不敢高聲語，
　　　　恐驚天上人。」〔註38〕
另一則為雍熙初赴闕下應試之故事：

　　　　楊文公年十一歲，建州送入闕下，章聖親試一賦二詩，頃
　　　　刻而成，令送中書再試。參政李至狀：「臣等言押送建州十
　　　　一歲習進士楊億到中書，其人來自江湖，對天陛殊無震慴，
　　　　蓋聖祚承平，神童間出，臣等令賦〈喜朝京闕〉詩五言六

〔註37〕以上二說，見《詩林廣記》卷九引。
〔註38〕案周紫芝《竹坡詩話》亦載此事，唯周氏有云：「後又見一石刻，乃李太白夜宿山寺所題，字畫清勁而大，且云：『布衣李白所作』，而此又以為楊公作，何也？豈好事者竊太白之詩以神文公之事與？抑太白之碑為偽耶？」周氏疑此詩或為李白之作。另《西清詩話》則直指此為李白詩，且云首二句為「夜宿峰頂寺，舉手捫星辰」。

首，頃刻而成。詩曰：『七閩波渺漠，雙闕勢崢嶸。曉登雲
外嶺，夜渡月中潮』。斷句，『願秉清忠節，終身立聖朝』。」
此二則故事，皆美其髫齔能詩，致得以十一歲之齡，即詔授秘書省正
字。且赴闕所赴〈喜朝京闕〉詩所云「願秉清忠節，終身立聖朝」，
幾乎可說是其畢生職志。

眞宗咸平四年冬，西夏李繼遷騷擾有宋西方邊鄙，並攻陷清遠
軍，眞宗詔令近臣議攻守之策。楊億即上疏〈議靈州事宜狀〉，以秦
始皇、漢武窮兵黷武派大軍奪取無用之地爲誡，主張「選將臨邊」，「棄
靈州，保環慶」〔註39〕，然後以計困西夏。此種對國事關切之態度，
雖在其《西崑酬唱集》詩作中亦能深切感受到。景德元年春起，北方
契丹大舉攻宋，王欽若、陳堯叟等大臣主張遷都西蜀或江南，寇準則
力主眞宗御駕親征，以振士氣，楊億亦爲議數千言贊同〔註40〕，「功
雖不終，其盡力於國，亦無愧矣」〔註41〕，此皆其清忠志節的表現。

《續資治通鑑長編》卷八十有一則關於楊億事蹟的記載，頗符《宋
史》本傳所評其「剛介寡合」之個性表現，其文云：

（大中祥符六年六月己巳）翰林學士、戶部郎中、知制誥
楊億嘗草答契丹書云：「鄰壤交歡」，上自注其側，作「朽
壤、鼠壤、糞壤」等字，億據改爲「鄰境」。明日，引唐故
事：學士草制有所改，爲不稱職，亟求罷。上慰諭之。他
日，謂輔臣曰：「楊億眞有氣性，不通商量。」及議冊皇后，
上欲得億草制，使丁謂諭旨，億難之，因請三代。謂曰：「大
年勉爲此，不憂不富貴。」億曰：「如此富貴，亦非所願也。」
乃命它學士草制。

〔註39〕見《宋史》卷三百五〈楊億傳〉。案楊億之發此言，或緣於眞宗之慕
漢武所爲，有意興兵邊鄙也。據《續資治通鑑長編》卷五十載：「咸
平四年十一月壬申，上謂侍臣曰：『昔漢武事邊，逞一時之志，不顧
中國疲敝，誠不足慕；然託孝宣世，天下無事，四方請吏，亦其餘
威之所及也。』」是以楊詩屢以始皇、漢武等人之事諷喻眞宗。
〔註40〕事見《續資治通鑑長編》卷五七、五八。
〔註41〕葉夢得語，見《石林詩話》卷中。

億雖頻忤旨，恩禮猶不衰。王欽若、陳彭年等深害之，益加譖毀，上意稍息。億嘗入直，忽被召至禁中。既見，賜坐，從容顧問，徐出文稿數篋以示億曰：「卿識朕書跡乎？此皆朕自起草，未嘗命臣下代作也。」億皇恐不知所對，頓首再拜，趨出。知譖者之言得行，既謀退遁。億有別墅在陽翟，億母往視之，會得疾，億遂留謁告牓子與孔目吏，中夕奔去。先一日，上聞億母病，遣使者以湯藥、金幣賜之。使者及門，則億既亡去矣。朝論諠然，以為不可。上亦謂輔臣王旦等曰：「億侍從官，安得如此自便。」旦曰：「億本寒士，先帝賞其詞學，寘諸館殿。陛下拔擢至此，責以公議，誠為罪人，賴陛下矜容；不然，顛躓久矣。然近職不可居外地，今當罷之！」上終愛其才，踰月命弗下。

以此則故事觀之，楊億個性之鯁介可知，而其不為富貴所淫，不為威勢所屈之精神尤為可貴。縱使貴如真宗，亦服其「有氣性」。

清梁章鉅《南浦詩話》引《古今源流至論》評楊億之為人云：

楊文公超出於岐嶷，幼稚之時，觀其「願秉清忠節，終身立聖朝」之句，則知有致君堯舜之意；讀其「介推母子」、「伯夷弟兄」之句，則知有綿上首陽之風。異時，范文正公因文而知其道，至躋之大忠大雅之列，可見矣。（卷二）

案梁氏於其下有注曰：「范文正公贊楊公像曰：『昔王文正，天下謂之大雅；寇萊公，天下謂之大忠；樞密扶風馬公，天下謂之正直。此三公，一代偉人也。公與三君子深相交許，情如金石，則公之道其正可知矣！』」能得范仲淹如此稱許，楊億的確有值得令人敬佩之氣節。其後之蘇軾，在〈議學校貢舉狀〉中亦讚譽楊億之忠鯁道：「近世士大夫文章，華靡者莫如楊億。使楊億尚在，忠清鯁亮之士也，豈得以華靡少之」（《蘇東坡全集·奏議集》第一卷），足見其志性之感人。

（二）詩歌內容及特色

楊億之著作，據《宋史》本傳記載，曾編有《筆苑時文錄》數十篇，並著有《括蒼》、《武夷》、《潁陰》、《韓城》、《退居》、《汝陽》、《蓬

山》、《冠鼇》等集，《內外制》、《刀筆》等，共一百九十四卷，可謂「以一官爲一集」〔註42〕，著作等身。今存《武夷新集》二十卷，《楊公逸詩文》一卷。

　　楊億之詩深受儒家「達則兼濟天下，窮則獨善其身」思想的薰陶，自十一歲之〈喜朝京闕〉詩即表現滿懷愛國熱情：「願秉清忠節，終身立聖朝」。而在其後之仕宦生涯中，由於身任皇帝近臣，對國家內政外交方面之危機漸多了解，且對眞宗施政缺失及日漸顯露之逸豫思想亦有所察覺，故在詩作中曾多次流露諷諭之意。如〈漢武〉、〈明皇〉二詩，均作於景德三年（1006），雖非專爲諫阻眞宗東封泰山而作，然一拈出漢武晚年爲長生之說所惑及祀神求仙之史實來吟詠，一以唐明皇縱欲聲色的前車之鑑來著眼，可說是意有所指。身爲文學侍臣，在收入《西崑酬唱集》中的楊億詩中卻沒有一句諸如「皇恩浩蕩」之類的頌聖之語，有的只是些眞宗未必覺得順耳之諷諫、規勸和告誡。如在〈成都〉詩中即以「張載勒銘堪作戒」來告誡在位者應當恪守「世濁則逆，世清則順」古訓，修明政治，寬厚待民，方能長治久安。而如〈公子〉、〈舊將〉之作，則是表現詩人對社會不合理現象的慨歎。楊億在這些作品中所流露出來的是對宋朝命運的關切和繫念，此與後來之王安石、蘇軾毫無二致。

　　方楊億在編修《歷代君臣事跡》時，便已感受到以陳彭年、王欽若爲主導之讒譖，故其《西崑酬唱集》中詩作，亦常有憂讒畏譏、傍徨失路之危機感。最明顯的是《西崑酬唱集》開卷之作〈受詔修書述懷感事三十韻〉，其中清楚地傳達出楊億在此段時期的心聲，如「國士誰知我，鄰家或侮予」、「放懷齊指馬，屏息度義舒」、「危心惟戢觫，直道忍籧篨」諸句，均透露出無人可通心志之寂寞和憂讒畏譏的慮患。此種危機感，瀰漫在楊億全部唱和詩中，諸如〈直夜〉中之「欹枕便成魚鳥夢，豈知名路有機心」、〈偶作〉中之「只羨泥塗龜曳尾，

〔註42〕披翁語，見《南浦詩話》卷二引《浩然齋疋談》。

翻嫌霧雨豹成章」、〈因人話建溪舊居〉之「終年已結南枝戀，更羨高鴻避弋飛」等，在在均顯示詩人不願和小人同流合污之心跡。

至於其《武夷新集》，《四庫全書總目》謂乃「億景德丙午入翰林，明年輯其十年以來詩筆而自序之」（卷一五三），此集中有詩五卷、雜文十五卷，楊億自序其書所以取名《武夷新集》之原因道：「蓋山林之士不忘維桑之情，雕篆之文竊懷敝帚之愛」，故其詩作多爲唱和酬答，較無甚深意；其文多是墓志、碑碣、表狀。紀昀評其詩云：「大致宗法李商隱，而時際昇平，舂容典贍，無唐末五代衰颯之氣」（同上）；而王士禛《居易錄》亦謂「警策絕少」。實則，此集作品有許多乃寫於其謫守外郡時，故其中眼界和詩境均比在秘閣唱酬時要開闊得多，如〈初至郡齋書事〉詩寫道：

> 拋去京華遠，年逢旱暵餘。群胥同黠馬，比戶甚枯魚。
> 煦嫗心空切，澄清志莫舒。棼絲殊未治，錯節詎能除。
> 聽訟棠陰密，行春柳影疏。賓筵求婉畫，僧舍問眞如。
> 踰月窺除日，經時絕傳車。素餐徒自飽，投刃豈曾虛。
> 盈耳嫌敲扑，堆床厭簿書。故園無數舍，長日歸歎歟。
>
> （《武夷新集》卷一）

此寫初離京師至處州任職之感受，詩裏將眼中所見，心中所感，如實道出。天災、人禍接連不斷，百姓生活無以聊賴，看在初出州郡的詩人眼中，實有如熱鍋上之螞蟻，然而政事之整頓，並不如想像中容易，故三、四兩聯，將詩人焦急心情表露無遺。而後半之敘寫郡中生活，除了聽訟、賓筵、問僧外，盈耳的只是拷打犯人的聲音，斥目的只是滿案的簿書，故鄉雖近在咫尺，卻拘于官守，不能回去探親，只得望鄉長歎。此詩文詞寫實清新，與《西崑酬唱集》之風格大相逕庭，或許這是詩人初次經歷如此深切眞實的經驗，故在詩歌中對百姓寄與眞摯之同情。〈中春喜雨〉一詩，應是詩人至處州次年之作，其詩中流露出身爲父母官，面對百姓喜逢甘霖之歡忻，亦衷心爲其興奮，其詩寫道：

> 土膏初脈起，東作向農時。隱轔雷車轉，霏微雨足垂。
> 龍蛇爭奮躍，桃李漸離披。流潤先從葉，餘波更及私。

謳謠耕父喜，滲漉稻畦滋。連夜空階滴，愁吟水部詩。

（《武夷新集》卷一）

如此與民同甘苦、共歡憂之感受，在詩人未出宮掖之前，應是不曾有過的經驗。由於楊億眞心爲國盡忠，爲民造福，所以能眞切地感受到社會的脈動以及百姓的心聲，從他自請知外州郡的決定來看，雖對其仕宦升進略有滯緩之處，然對其藝術創作生涯而言，無疑卻具有擴展題材、開闊詩境的大幫助。吾人從其詩題諸如〈己亥年郡中夏旱遍禱群望喜有甘澤之應〉、〈郡民以歲稔刑清相率爲齋以報善政永嘉晶從事賦詩紀其事因依韻足成一百言以謝之〉、〈聞北師克捷喜而成詠〉，以及詩句如「疲民深喜猶安堵」（〈邵齋即事書懷十二韻呈諸官〉）、「潮平聚漁市，木落見人家。吏隱偏知幸，民謠豈敢誇」（〈到郡滿歲自遣〉）、「時和人富壽，卒歲好優遊」（〈己亥年十月十七大雪〉）、「隴上勸耕勤問訊，棠陰聽訟且躊躇」（〈春郊即事〉）等，皆可見詩人與百姓休戚與共、憂樂相通之心態。此亦爲《武夷新集》中較具特殊風格、較有意義之內容；其餘則多爲送往迎來的唱酬之作，雖無多大意義，但卻有「雄渾穩重」之譽。〔註43〕

楊億詩歌既學義山，又主張「歷覽遺編，研味前作，挹其芳潤」（《西崑酬唱集・序》），故其詩歌多用經史騷賦，予人組織華麗、用典繁富之感受。如〈淚二首〉即大量運用《詩經》、《左傳》、《史記》、《漢書》、《後漢書》、《韓非子》、《列子》之典故，以及雜用宋玉、杜甫、杜牧、張文恭等人之詩賦，使人讀起來有支離破碎、味同嚼臘之感；但如〈此夕〉：

此夕秋風獵敗荷，玉鉤斜影轉庭柯。

鮫人淚有千珠迸，楚客愁添萬斛多。

錦里琴心誰滌器，石城桃葉自橫波。

程鄉酒薄難成醉，帶眼頻移奈瘦何。（《西崑酬唱集》卷下）

〔註43〕《南浦詩話》卷二引《小草齋詩話》云：「宋初詩如王元之、楊大年皆守唐人法度，然黃州新奇，時有出入；武夷篇篇雄渾穩重，如〈南涼院〉……，他皆此類，難以句摘；至於表啓儷語，尤極溫贍。」

此詩雖亦化用宋玉、庾信等人詩賦，以及《博物志》、《漢書》、《華陽國志》及《初學記》等書典故，但卻能別開生面，使詩篇渾如天成，並與自己此夕磊落不平之心境相愜，此即前人所謂的「組織工致」。當然，喜摭拾前人詩句、堆砌典故乃楊億詩一大弊病，但若不如此，便無以顯示其「取材博贍」、「學有根柢」。而且楊億詩中有許多內容是對眞宗的規諷、對國勢的擔憂以及對朝政上之感憤，這些都是不能直接表露者，故作者只能「借古人酒杯以澆胸中塊壘」，將其掩藏於意蘊富之典故中。

　　《宋史》本傳稱：「億天性穎悟，自幼及終不離翰墨。文格雄健，才思敏捷，略不凝滯。對客談笑，揮翰不輟」，此正如歐陽脩《歸田錄》稱楊億作文時「揮翰如飛，文不加點」，「頃刻之際，成數千言」的「一代文豪」本色。他不但注重辭采之典麗，也重視言之有文，故常「戒其門人，爲文宣避俗語」。〔註44〕《後山詩話》載有一則楊億之〈傀儡〉詩：「鮑老當筵笑郭郎，笑他舞袖太郎當。若教鮑老當筵舞，轉更郎當舞袖長」，此詩將一般人喜於嘲弄他人之阿諛諂媚，不想當角色一旦轉移，自己或許比他人更加徹底地表現出人類的劣根性，所謂「五十步笑百步」者即此意，而詩人以舞袖動作比喻，可謂貼切精采，故陳師道稱其「語俚而意切，相傳以爲笑」。語俚而能不俗，此不過是詩人之小技，他所追求的仍是言之有文的詩文，所以魏泰《臨漢隱居詩話》稱其「作詩務積故實，而語意淺切」，而趙去非序《對床夜語》則謂其「一洗浮靡，而尙事實」，此雖評價不一，但均重視其爲詩態度之嚴謹。

　　楊億詩雖以用典精麗著稱，但其中亦有雖經鍛鍊卻不用故事的佳句，如〈因人話建溪舊居〉：

　　　　聽話吾廬憶翠微，石層懸瀑濺巖扉。
　　　　風和林籟披襟久，月射溪光擊汰歸。
　　　　露畹荒涼迷草帶，雨牆陰濕長苔衣。

─────────────
〔註44〕歐陽脩語，見《歸田錄》卷一。

終年已結南枝戀，更羨高鴻避弋飛。(《西崑酬唱集》卷下)

全詩詞藻清麗，對仗工整，音節和諧，尾聯雖用典故，然不解典故亦不害對詩意之理會。此詩題爲〈因人話建溪舊居〉，前六句亦能針對舊居描寫，然尾聯筆鋒一轉，卻將個人憂讒畏譏、想早日脫離是非環境之心態借懷念舊居之景物曲致表現，筆法實在高妙。朱熹曾評其詩云：「巧中猶有混成底意思，便巧得來不覺」(《朱子語類》卷一三九)，以此詩觀之，可謂與朱氏評語相符。

今人之言西崑，大多以楊億、劉筠、錢惟演三人並稱，如歐陽修《六一詩話》即云：「楊大年與錢、劉數公唱和，自《西崑集》出，時人爭效之，詩體一變」，而《儒林公議》亦云：「億在兩禁，變文章之體。劉筠、錢惟演輩皆從而效之，時號楊、劉」；然亦有以爲楊億詩有學於錢、劉者，如葛立方《韻語陽秋》卷二便道：

> 咸平、景德中，錢惟演、劉筠首變詩格，而楊文公……詩
> 格與錢、劉亦絕相類，謂之西崑體。……又嘗以錢惟演詩
> 二七聯如「雪意未成雲著地，秋聲不斷雁連天」之類，劉
> 筠詩四十八聯如「溪淺未破冰生硯，鑪酒新燒雪漢天」之
> 類，皆表而出之，紀之於《談苑》。且曰：「二公之詩，學
> 者爭慕，得其格者，蔚爲佳詠」，可謂知所宗矣。文公鑽仰
> 義山於前，涵泳錢、劉於後，則其體製相同，無足怪者。

此處除提到楊億詩學義山外，並謂其「涵泳錢、劉於後」，故三人「體製相同，無足怪」。此種觀點，南宋劉克莊並不同意，他在《後村詩話後集》卷一中云：

> 余按：首變詩格者，文公也。自歐陽公諸老，皆謂崑體自
> 楊、劉始，今文公乃異與二人，若已無與者，前輩謙厚，
> 不爭名如此。文公亦詠〈漢武〉云：「力通青海求龍種，死
> 諱文成食馬肝。待詔先生齒編貝，卻教索米向長安」，〈明
> 皇〉云：「河朔叛臣驚舞馬，渭橋遺老識眞龍。蓬山鈿合空
> 傳信，回首風濤百萬重」，比之錢、劉，尤爲老健。

劉氏此說，乃指詩人謙厚，自甘居於錢、劉二人之後，甚且極力推崇

二人詩學成就。然自歐陽脩以來，諸家多謂崑體詩乃楊、劉首倡，以時代言，歐陽脩比葛立方更爲接近崑體詩人，對事實記載或較正確；而以《西崑酬唱集》唱和時之情形來看，錢、劉雖較楊億年長，但就當時的文學地位言，楊億顯然高出二人一截；就首唱的篇數看，楊億多達四十三篇、劉筠十九篇、錢惟演九篇，在七十篇作品中，以楊億爲唱首者佔了將近三分之二，因此他在序文中所言「托驥」、「續貂」，完全是自謙之詞。

楊億詩雖有「弄斤操斧太甚」、「破碎雕鏤」之病〔註45〕，然宋祁於前引〈石中立墓志銘〉中稱其「以雄渾奧衍革五代之弊」，《續資治通鑑長編》卷八十五亦載眞宗對臣之言：「億之詞筆，冠映當世，後學皆慕之」，王旦亦云：「如劉筠、宋綬、晏殊輩，相繼屬文，有貞元、元和風格者，自億始也」，此皆推崇其掃弭五代淺薄蕪鄙詩文之功。清全祖望亦對楊億等人之崑體表示推崇之意，其《鮚埼亭集‧宋紀紀事序》云：

> 宋詩之始也，楊、劉諸公最著，所謂西崑體者也。說者多
> 有貶詞，然一洗西崑之習者歐公，而歐公未嘗不推服楊、
> 劉，猶之草堂之推服王、駱也。（卷三十二）

對於楊億等人詩歌推崇者，不僅歐陽脩而已，稍後的黃庭堅亦在〈次韻楊明叔見餞〉詩中，將楊億與王禹偁對宋代詩風的貢獻，略爲提出自己的看法：「元之如砥柱，大年如霜鶚。王楊立本朝，與世作郛郭」。以客觀的角度來研究或看待楊億等人之詩歌是應當且必要的，因爲如此方能瞭解詩歌的藝術價值及特色，並彰顯詩人眞正的面貌。紀昀在《四庫全書總目‧武夷新集提要》中，曾對石介以〈怪說〉譏諷西崑體詩之雕鏤典麗很不以爲然，並批評吳之振作《宋詩鈔》而不錄楊億詩集，是爲「隨聲附和」之觀念偏差，並謂「觀蘇軾深以介說爲謬，

〔註45〕張表臣《珊瑚鉤詩話》卷一云：「篇章以含蓄天成爲上，破碎雕鏤爲下。如楊大年西崑體，非不佳也，而弄斤操斧太甚，所謂七日而混沌死也。」

至形之於奏牘，知文章之不可以一格限矣」（卷一五二），此種說法十分中肯，亦可見楊億詩帶給宋詩的影響。

二、劉　筠

　　劉筠（971～1031），字子儀，大名（今屬河北）人。宋眞宗咸平元年（998）進士，爲館陶縣尉。以楊億推薦，擢爲大理評事、秘閣校理。後任大名府觀察判官，預修《圖經》及《冊府元龜》，推爲精敏。及《冊府元龜》成，進左正言、直史館，修起居注。召試中書，遷左司諫、知制誥，加史館修撰，出知鄧州、陳州，入爲翰林學士。當丁謂與李迪罷相時，由劉筠起草制書。不久，丁謂復入相，使劉筠另外起草，劉筠不肯，後令晏殊起草。宋眞宗久病，丁謂擅政，劉筠言：「奸人用事，何可一日居此！」遂請外任，以右諫議大夫知盧州。宋仁宗即位，再爲翰林學士，拜御史中丞，進禮部侍郎、樞密直學士、知潁州。召回再任翰林學士承旨，同修國史兼龍圖閣直學士，再出知盧州，天聖九年病卒於盧州，年六十一。

　　《宋史·劉筠傳》載：「（劉筠）景德以來，居文翰之選，其文辭善對偶，尤工於詩。初爲楊億所識拔，後遂與齊名，時號『楊、劉』。凡三入禁林，又三典貢部，以策論升降天下士，自筠始。性不苟合，臨事明達，而其治尙簡嚴」（卷三百五），由此段記載可知：劉筠作文尙對偶，尤工於詩。其著作有《冊府應言》、《榮遇》、《禁川》、《肥川》、《中司》、《汝陰》、《三入玉堂》等七集。今存詩篇，除《西崑酬唱集》所收七十首外，僅存《肥川小集》一卷（見《兩宋名賢小集》），餘他書存佚計二十二首，詩句三十六聯。

　　劉筠初爲楊億識拔，故對其執禮甚恭。其後常與楊億、錢惟演等屢相唱和，因其詩作思想內容與藝術風格均相當接近，人稱「西崑體」。其詩風典麗精工，以義山詩爲學習對象，間倣唐彥謙詩之用事、對偶。《石林詩話》卷中即云：

　　　　楊大年劉子儀皆喜唐彥謙詩，以其用事精巧，對偶親切。

　　黃魯直詩體雖不類，然不以楊、劉為過。

劉筠作品對於真宗造宮觀以求神仙、耗費大量錢財無益實用，時有諷諭。以《西崑酬唱集》中之名篇〈漢武〉為例：

　　漢武天臺切絳河，半涵非霧鬱嵯峨。

　　桑田欲看他年變，瓠子先成此日歌。

　　夏鼎幾遷空象物，秦橋未就已沉波。

　　相如作賦徒能諷，卻助飄飄逸氣多。（卷上）

宋真宗咸平、景德年間，知樞密院事王欽若等慫恿真宗崇信符瑞，京師四裔紛紛附會天象，虛呈祥瑞。至大中祥符元年（1008）遂有「天書」降臨；四年，真宗因而東封泰山，使此鬧劇呈現最高潮。當朝野內外瀰漫著一片虛妄的吉祥喜慶氣氛時，一些有識見之士大夫均覺不安，故在「天書」未降臨之前，以「漢武」為題，通過雄才大略而偏偏崇敬鬼神之漢武故事，借古喻今，以示微諷。劉筠此詩與楊億「蓬萊銀闕浪漫漫」一首，是其中最佳作品。此詩以狀物起興，寫漢武帝之好為崇臺峻樓，奉巫祠神。《史記・孝武紀》載：「乃作通天臺，置祠具其下，將招來神仙之屬。」《索隱》：「案漢書舊儀，臺高三十丈，去長安二百里，望見長安城也」（卷十二），可見天臺之高聳，直可深入雲霄、切近銀河；而「半涵非霧」，則將天臺含雲吐霧之縹緲氛氳染出，以見其嵯峨空靈，故「鬱嵯峨」三字安排於二句殿末，便覺工切而自然。次聯是從麻姑之事切入，仍承上點明漢武帝築天臺之目的，第四句則急轉直下，猛然將直欲凌雲之天子拉回人世。武帝元光三年（前 132），黃河在瓠子口潰決，經二十餘年之修治終無成效。而方士欒大卻說：「臣之師曰：『黃金可成，而河決可塞，不死之藥可得，仙人可致也。』」（《史記》卷二八〈封禪書〉）當時武帝「方憂河決，而黃金不就」（同上），乃於元封二年（前 109）親臨瓠子口督塞，後「既臨河決，悼功之不成，乃作歌曰：『瓠子決兮將奈何？皓皓旰旰兮閭殫為河！……』」（同上書卷二九〈河渠書〉）劉筠截取漢武塞河決之側面，形象地指出其求仙夢之幻滅。此二句詩運用倒裝句法，轉折雖顯突兀但卻流蕩妥貼，以「桑田」置前，

正可接續首聯天臺入雲所予人之仙氣感受,而「瓠子」一起,則頓然給人洪水浩淼之衝擊與震撼,有力地傳達此詩所要表達的旨意。頸聯則順上聯之轉折蕩開,以夏禹所作象徵九州統一之九隻寶鼎寫起,關聯到漢武帝封禪祈神之事。詩人之重點在說明:漢武自元鼎元年(前116)發現夏鼎、元封元年東封泰山之後,至其去世之二十餘年間,雖遍封五岳四瀆,求仙不止而終無效驗。此正與當年秦始皇多次封禪東巡,築跨海石橋以尋諸神的舉動一樣愚昧。此處詩人放筆開拓出上下數千年盛衰興亡的廣大時空境界,言外之意則在諷諭真宗,勿以祥瑞為可憑依,而當以前王之覆轍為鑒戒。尾聯之筆法則是由放而收,寫司馬相如本以〈大人賦〉諷仙家之虛妄,但因鋪張過甚,結果「天子大悅,飄飄然有凌雲氣游天地之間意」(《漢書‧司馬相如傳》)。詩人身為館臣,認為所能作者也只是同司馬相如般之以詩諷諭,唯恐真宗見到此詩後,會像漢武帝一般辜負臣下一片曲衷,故以含義深長的期望和感歎作收。此詩通篇用典,卻不覺其堆垛;語言典麗精工,卻含蓄而的當;內容充實而結構精巧,既有崑體組織細密的特點,又能於詩律中縱橫捭闔,故能於典麗精工中見跌宕迴旋之勢,且能得其興寄遙深之旨,可謂崑體中之佳作。

　　劉筠詩亦有清峭感愴風格者,其「右砌獨登溫樹密,前旌雙抗嶺雲高」〔註46〕、「蟠桃三竊成何味,上盡鼇頭跡轉孤」、「天媧貪忙為靈匹,幾時留巧向人間」〔註47〕等詩句,均可感受此種詩風。在《西崑酬唱集》中之詩作,屬此種風格者亦不少,上節已言及,今再舉一例以證:

> 殺青和墨度流年,飽食無功鬢颯然。
> 卻憶侯封安邑棗,不能兄事魯褒錢。
> 千峰月白猿啼樹,六幕風高鶚在天。
> 招隱詩成誰擊節,願傾家釀載漁船。(卷下〈偶作〉)

〔註46〕〈李秦州〉詩,見《詩史》「西崑錢劉麗句」條引。
〔註47〕二聯均無詩題,分見趙令畤《侯鯖錄》卷三與葉庭珪《海錄碎事》卷二。

此詩首句以「殺青和墨度流年」起句，繼之「飽食無功鬢颯然」，容易令人以爲詩人便是在如此筆墨中虛度時光，飽食無功。實際上，據《宋史》本傳載，當時詩人是在祕閣編書的文學之臣，因其卓有文采，所作每被「推爲精敏」，常被眞宗召至崇和殿「賦歌詩，帝數稱善」，照理說詩人應覺十分愜意才對，但詩人卻表現出不願尸位素餐之心志。《史記‧貨殖列傳》載：「安邑千樹棗，燕秦千樹栗，蜀漢千樹桔，……此其人皆與千戶侯等。」（卷一二九）意謂家資富有如同封侯之爵。又《晉書‧魯褒傳》載魯褒有感於世風之貪鄙，乃著〈錢神論〉以諷之，文云：「爲世神寶，親愛如兄，字曰孔方」（卷九四）。詩人於頷聯借這兩個典故表達自己不肯向財勢屈服，而甘於清貧的操守和氣節便在此得到了生動的體現。頸聯轉爲寫景，此種寥廓高遠的景象似乎傳達出詩人渴望自由馳騁的心意，而「鶚在天」一詞，則源自《漢書‧鄒陽傳》所云：「臣聞鷙鳥累百，不如一鶚」（卷五一）。後世常以「一鶚」形容卓然不群之傑出之士，詩人或以此自況，想尋求一自由無拘的天地。故尾聯即謂自己願如古代詩人左思、陸機般地載著家釀泛舟湖上，過著自由自在的生活，只是此種心願有誰能夠擊節歡賞呢？此詩刊落華藻，自抒懷抱，用典妥貼而無冗蕪僻澀之病，詞清氣朗，是崑體清峭感愴一格之傑作。

　　劉筠詩鍛鍊之精警，上節「崑體詩之藝術特色」中已多舉其聯句，今再舉諸詩話所見數例以證：歐陽脩《六一詩話》在駁眾人譏誚崑體詩「多用故事」、「語僻難曉」時，即舉劉筠的〈館中新蟬〉的「風來玉宇烏先轉，露下金莖鶴未知」聯，以爲「雖用故事，何害爲佳句」；又舉其「峭帆橫渡官橋柳，疊鼓驚飛海岸鷗」一聯，以爲「不用故事，又豈不佳乎？」魏泰《臨漢隱居詩話》亦曰：「楊億劉筠作詩務積故實，而語意輕淺。……予見劉子儀詩句有『雨勢宮城闊，秋聲禁樹多』，亦不可誣也。」以上所舉，皆眾所熟知之名聯。在司馬光《溫公續詩話》中，有一則劉筠作〈堠子詩〉的小故事：

　　劉子儀與夏英公同在翰林，子儀素爲先達。章獻臨朝時，

子儀主文，在貢院，聞英公爲樞密副使，意頗不平，作〈堤
子詩〉云：「空呈厚貌臨官道，大有人從捷徑過。」

此則故事，表現出劉筠不甘屈居夏竦之後，故以自己之光明磊落厚實
比喻碉堡之盡忠職守，而將不循正路卻能捷足先登者之行徑曲折道
出，所謂「大有人從捷徑過」者，實爲形象而深刻，既可吐露自己抑
鬱不平之胸懷，亦未實指其人，然其中又可令人感受被譏諷者之存
在。如此以寫景兼寓抒懷之筆，可謂高妙之至，無怪歐陽脩稱道：「此
蓋其雄文博學，筆力有餘，故無施而不可」（《六一詩話》），凡此皆證
明劉筠爲詩之精鍊。

劉筠與楊億、錢惟演三人同爲崑體之代表，其實聲名以楊億最
著；然以清峭詩風而論，劉筠最爲高妙，以歐陽脩舉崑詩佳聯特舉劉
筠二詩爲代表，便可知其詩歌造詣之精鍊。其得校太清樓書乃因楊億
之識拔，然楊億卻稱其與錢惟演爲「首變詩格」，雖其中有前輩謙遜
之意存在，唯其能三入禁林，又三典貢部，其詩文之影響亦不可小覷。

三、錢惟演

錢惟演（962～1034），字希聖，臨安（浙江杭州）人，吳越王錢
俶之子。隨父歸宋，爲右衛將軍，歷右神武將軍。博學能文，咸平三
年（1000）召試學士院，以筠起草立就，眞宗稱善，改太僕少卿，獻
《咸平聖政錄》。命直秘閣，預修《冊府元龜》，詔與楊億分別撰序。
除尙書司封郎中、知制誥。大中祥符八年（1015）爲翰林學士，坐私
謁事罷之。尋遷尙書工部侍郎，再爲學士、會靈觀副使，又坐貢舉失
實，降給事中。後累遷至樞密副使、工部尙書。仁宗即位，進兵部，
後拜樞密使。曾先附丁謂，共逐寇準，後丁謂以擅權欺罔得罪，又擠
丁謂以自解。宰相馮拯厭其爲人，上奏惟演乃太后姻家，不宜參與機
政，遂出爲保大軍節度使、知河陽。終於崇信軍節度使，卒贈侍中，
謚思，後改謚文僖。

錢惟演文辭清麗，名與楊億、劉筠相上下。《宋史》本傳謂其「於

書無所不讀，家儲文籍侔秘府」（卷三一七），歐陽脩《歸田錄》亦載其「坐則讀經史，臥則讀小說，上廁則閱小詞，蓋未嘗頃刻釋卷也」，而他也曾對人說：「學士備顧問，不可不該博」（《中國文學大辭典》頁 4839），可見其愛好讀書之精神。他一生著述亦頗豐富，據《宋史》、《隆平集》、《東都事略》之記載，計有《典懿集》三十卷，《樞庭擁旄》前後集、《伊川漢上集》若干卷，以及《金坡遺事錄》、《飛白書敘錄》、《逢辰錄》、《秦王供奉錄》、《奉藩書事》、《家王故事》等。今所存者，僅《玉堂逢辰錄》一卷、《家王故事》一卷、《金坡遺事》一卷而已。而其詩除《西崑酬唱集》之五十五首外，今《全宋詩》另從他籍載入十六首，詩句三十五聯。其詩除〈送張無夢歸天台山〉為七古、〈送僧歸護國寺〉為五古外，餘皆為近體。

　　錢惟演詩宗李商隱，辭采妍華，精工穩切。如〈送劉綜學士出鎮并門〉之「置酒軍中樂，聞笳塞上情」、〈賦遠山〉之「高為天一柱，秀作海三峰」〔註48〕以及「劉伶醉夜梅花地，海客仙槎粉水天」、「雲容忽變千峰險，草色相沿百帶長」、「平河千里經春雪，廣陌三條盡日風」、「鶴伴鳴琴公事晚，鳥驚調角戌城秋」〔註49〕等詩句，鍛鍊亦極精警。歐陽脩曾推崇錢惟演詩句之警絕，其云：

> 西洛故都，荒臺廢沼，遺跡依然，見于詩者多矣。惟錢文傳公一聯最為警絕，云：「日上故陵煙漠漠，春歸空苑水潺潺」。（《六一詩話》）

歐公不只推崇〈西洛故都〉此聯，並謂「錢詩好句尤多」，上舉諸聯亦可稍見端倪。方回《瀛奎律髓》亦數稱錢惟演詩，如評〈秋日小園〉之「千戶嫩菊金螢亂，百本衰荷鈿扇攲」為崑體之「怪麗」（卷十二）者；而〈南朝〉、〈漢武〉、〈明皇〉等詠古詩，除為方回稱許外，紀昀《刊誤》亦謂其「議論頗得義山之一體」（卷三），尤其〈漢武〉之「立

〔註48〕二詩分見《古今詩話》及《東都事略》。
〔註49〕以上詩聯均載錄於《錦繡萬花谷》前，分見其書卷二、三、七、十三。

候東溟邀鶴駕，窮兵西極待龍媒。甘泉祭罷神光滅，更遣人間識玉杯」
四句，縱使是愛挑剔崑體詩之紀昀，亦推崇其「深穩」（同上）；宋敏
求《春明退朝錄》中載有錢惟演二則戲詩，其文云：

> 錢文僖留守西都，而應天院有三聖御像，去府僅十里，朔
> 望集眾官朝拜，未曉而往，拜畢，三杯而退。文僖戲爲句
> 曰：「正好睡時行十里，不交談處飲三杯」；又有人送驢肉，
> 復曰：「廳前捉到須依法，盒內盛來定付廚」。

二詩雖然戲謔，但卻對仗工整，可見其平日爲詩素來講求精鍊。

錢惟演詩多堆砌典故、內容空虛，然亦有雖用典，而情味甚佳者。
如倣李商隱〈無題〉詩作法之〈無題三首〉，便是有意之作：

> 誤語成疑意已傷，春山低斂翠眉長。
> 鄂君繡被朝猶掩，荀令薰爐冷自香。
> 有恨豈因燕鳳去，無言寧爲息侯亡。
> 合歡不驗丁香結，祇得淒涼對燭房。（《西崑酬唱集》卷上）

〈無題〉詩從晚唐李商隱開始，大抵有不便直述之隱衷時，權以「無
題」標目，詩人既得以發其志慮，讀者亦可由詩中自由想像；唯因義
山之〈無題〉詩，乃衍《楚辭》餘緒，時有託寓，故往往旨趣難求。
元好問所云：「詩家總愛西崑好，獨恨無人作鄭箋」，主要乃指義山此
類〈無題〉詩作。而《西崑酬唱集》中之〈無題三首〉由楊億首唱，
劉筠和錢惟演各如數唱和。此詩既爲唱和，則可以從三人詩意中互相
發明，以得其彷彿。此和詩首句即出以「誤語成疑意已傷」，應是有
所指陳。按之楊億詩中所云：「才斷歌雲成夢雨，斗迴笑電作嗔霆」，
可知是「大年必有失檢之言，遂爲忌者所乘，故有此首句」；〔註50〕
而錢詩次句「春山低斂眉翠長」，則延續楊詩之「不待萱蘇躅薄怒，
開階鬥雀有遺翎」而來，寫君臣之間的暫時失歡，而以美人之低首蹙
眉，刻畫其含愁可憐之情態。此處化用卓文君眉色望如遠山和西施心
痛時眉尖若蹙之典故。次聯則用鄂君子皙和東漢荀彧之典故來說明君

〔註50〕鄭再時語，見《箋注》，頁457。

恩尚未遽斷，以安慰對方莫再悲傷。頸聯兩句，則用趙飛燕私通宮奴燕赤鳳和息夫人寧爲息侯三年不言之典故，探究對方所以失歡愁苦之原因所在。案楊詩前有「湘蘭自古傳幽怨，秦鳳何年入杳冥」及「祗待傾城終未笑，不曾忘國自無言」之語，而「湘蘭」句乃取屈原〈九歌・湘夫人〉「沅有茝兮醴有蘭，思公子兮未敢言」之意，是知一切之憂愁乃緣自思念公子（君王）所引起，而此愁苦思念又因「誤語成傷」所形成，故一時之失慎，便產生如此嚴重後果。尾聯「合歡不驗丁香結，祗得淒涼對燭房」結語哀婉沉綿，合歡本是用以平息人們忿怒之花木象徵，然今卻無法用以鐲除所愛之人的忿怒，以致令人愁結不解，只得獨自悵惘淒涼。此處又回應楊億之「合歡鐲忿亦休論，夢蝶翩翩逐怨魂」，將美人之幽怨，透過重重典故，曲折表達。此詩在布局上，以「誤語成疑」生發，反覆極寫愁怨之態，再以「有恨」、「無言」探究誤語成因，而尾聯則將詩意拉回，回應首句所提「意已傷」，如此開闔起結，包蘊密致而紆徐迴環，尤能切合當事人內在的思緒。嚴格說來，此詩之情味甚佳，然典故堆垛過多，如未能知曉典故原意，或許詩歌效果便要大打折扣。

　　錢惟演詩亦有不用故實，而情感眞摯、清雋可喜者。如〈送客不及〉詩：

　　　橋闉川長恨已多，斑騅嘶斷隔雲羅。
　　　遙山幾疊迷朱斾，芳草經時駐玉珂。
　　　高鳥可能追夕照，綠楊空自拂微波。
　　　短轅白鼻何由得，目送層樓一雁過。(同上書卷下)

此詩把因送客人而沒有趕上，空對遠去之雁影的感慨，凝聚於八句由景物構成之詩中。全詩四層，一一疊進，反覆吟詠摩歎。尤其是五六兩句「高鳥可能追夕照，綠楊空自拂微波」，以遠向夕陽飛去的鳥影暗示心靈隨之而去的惜別之情，又以楊柳拂波暗示自己羈留難行的惆悵之思，上下遠近相互疊襯變化，詩人佇立遠眺之愁苦心境立刻騰涌畫面，其寫情可謂眞切細膩；而全詩迴環反覆，重疊映襯，結構亦甚

爲精致，是屬崑體清峭感愴之作品。他如〈小園秋夕〉、〈霜月〉、〈秋夕池上〉諸詩均爲《西崑酬唱集》中清雋之作。宋釋文瑩《湘山野錄》卷上載有一首錢惟演之〈謫居漢東撰曲〉，其詩云：

> 城上風光鶯語亂，城下煙波春拍岸。
> 綠楊芳草幾時休，淚眼愁腸先已斷。
> 情懷漸變成衰晚，鸞鑑朱顏驚暗換。
> 昔年多病厭芳樽，今日芳樽惟恐淺。

此詩作於錢氏晚年謫居漢東時，詩中將年華老去者之哀傷，借聞見戶外一切春天景象之活潑躍動、生氣盎然，來反襯詩人遲暮之悲愁，全詩不用任何典故，卻語意眞切，情感濃郁，爲詩人今存作品中難得之有眞情實感的佳作。

錢惟演在爲人方面頗爲人所詬病，因爲他曾附從權相丁謂，依附劉妃，力擁劉妃爲后，並在眞宗病重時主張皇帝崩後由劉后聽政。在此種關係利害上，他與丁、劉結爲姻親。而劉后崩後，他又迎合仁宗之意，主張以劉后配祀眞宗，因此爲正直之士所不齒。而其曾對人云：「吾平生不足者，惟不得於黃紙上押字爾。」(《宋史》本傳) 可見其名利之心深重，爲達目的，不惜採取爲人所不齒之各項手段。其〈對竹思鶴〉詩：「瘦玉蕭蕭伊水旁，風宜清夜露宜秋。更教仙驥旁邊立，盡是人間第一流。」〔註51〕陳衍之《宋詩精華錄》中評此詩云：「有身分，是第一流人語。」(卷一) 對此詩之命意而言，陳衍之評論可謂貼切肯綮，然今人趙昌平對此卻頗有微詞，其以爲陳衍「忘了知人論世，忘了說明錢惟演是否夠得上『第一流人』」，故以爲「『第一流』云云，實有所不稱」(《宋詩鑑賞辭典》，頁39)，趙氏評此詩雖云「頗有佳處」，但結語卻將詩品與人品連繫，而以爲「畢竟是經不起深究的」(同上)，此或可代表中國歷來讀書人在品評前人作品時所常有之態度，故錢惟演作品不甚爲後人所稱，其作品亦亡佚殆盡，恐亦與此

〔註51〕此時見吳曾《能改齋漫錄》卷十一「錢文僖賦竹詩唱踏莎行」條，《全宋詩》卷九五收錄此詩，題爲〈賦竹寄李和文公〉。

態度有很大關係。

　　錢惟演之為人雖常遭人詬病，然其詩文成就則是有目共睹，雖不能稱為大家，但對宋初詩文的確有很大的影響，而且對宋代詩文的發展也提供了某種程度的養分，其功蹟實不容抹滅。而其在北宋文學史上之最大貢獻，乃在獎掖後進，提拔人才。他身為崑體詩派三位領袖之一，但卻造就了一批反對西崑之古文家。魏泰《東軒筆錄》卷三載道：

> 錢文僖公惟演生貴家，而文雅樂善出天性。晚年以使相留守西京，時通判謝絳、掌書記尹洙、留守推官歐陽脩，皆一時文士，游宴吟詠，未嘗不同。洛下多水竹奇花，凡園囿之勝，無不到者。

邵溫伯《聞見錄》亦云：

> 謝希深、歐陽永叔官洛陽時，同游嵩山。自潁陽歸，暮抵龍門香山，雪作，登石樓望都城，各有所懷。忽于煙靄中有策馬渡伊水來者，既至，乃錢相遣廚傳、歌妓至，吏傳公言曰：「山行良勞，當少留龍門賞雪，府事簡，勿遽歸也。」錢相遇諸公之厚此！

不僅謝絳、尹洙、歐陽脩等古文家受到錢惟演之喜愛與尊崇，連梅堯臣等著名詩人亦受其推重，故代表北宋詩文改革之作家，可說是在錢惟演幕下形成，其對北宋詩文改革運動可謂有莫大的推掖之功。

第三節　西崑體詩之評價

一、西崑體與白體、晚唐體之比較

　　宋初詩壇，歷經白體、晚唐體與崑體之遞嬗，雖未能綻放璀燦的光芒，但各種詩歌體派因應著時代的需要和脈動而出現，亦有其不可磨滅的功績。每一種詩風均有其個別特色，亦有其不足之處，今依其創作形式、詩歌內容、藝術成就及詩歌理論諸方面略作比較，俾能更清楚瞭解諸體派之特性：

（一）、在創作形式上：

宋初詩歌創作，是以近體、特別是五七言律詩爲主，卻絕少古體之作。除白體之王禹偁有約百首古體（包括歌行）外，只田錫《咸平集》有古風、歌行體之擬古作品，而晚唐體詩人中林逋只有五古四首，九僧中僅簡長、行肇、文兆、惠崇等有少數五古詩；崑體詩人中，除錢惟演現存詩篇有二首古詩外，餘者闕如。可見宋初詩歌創作形式較呆滯、少變化，故不足以激盪出尖新節奏、產生自我風格。

大致白體詩布局謀篇多按部就班，力求詩境的平易、用韻的和諧與結構的嚴謹，然此亦步亦趨的方式，易流於板滯；以賈島、姚合爲宗主之晚唐體詩派則專力描摹景物，雖能深刻思之，但體式以五律佔絕大多數，以求景聯工仗警策，因此詩風整鍊有餘而丰采不足，縱有佳句難成佳篇；至於西崑體詩則將講究華麗字句、多用故事，作爲文學創作形式美的主要標準，以致雖能革除白體末流淺直鄙俗及晚唐體纖小瑣屑積弊，但堆砌餖飣、雕琢太甚，漸失本眞，亦是其發展之致命傷。梅堯臣在〈答韓三子華韓五持國韓六玉汝見贈述詩〉曾云：「邇來道頗喪，有作皆言空。煙雲寫形象，葩卉詠青紅。……經營唯切偶，榮利因被蒙」，其中之「煙雲寫形象」、「經營唯切偶」等即是針對崑體詩講究藻飾聲律而發，而以「道頗喪」稱之，可見其末流之弊。

簡言之：重近體而輕古體，重形式而輕內容，乃崑體、晚唐二體所同，亦其詩歌發展較受限制之處；而白體在詩歌體式方面則較此二體稍爲活潑多變。

（二）、在詩歌內容上：

白體在反映現實和關懷民生上稍有成就，寄寓謫情之作亦有可觀成績。宋初唱酬風氣雖由白體詩人帶動，然而唱和有時不免成爲官場應酬交際之手段和工具，其旨在炫耀學識才華，故其內容多屬流連山水、應酬客套之作，內蘊較爲貧狹。而白體所以獨霸宋初詩壇，即因唱和盛行之故，《二李唱和集》爲此中產物，徐鉉亦以唱和興動宋初

詩風，王禹偁則以唱和磨鍊詩筆，致居制誥、翰林之職；晚唐體詩歌內容除卻山林風雲，依舊是水月花鳥，雖有唱和之作，不脫周遭景物與個人生活範圍，只是語意較白體精潔清澹，故其描摹景致誠工，然題材狹隘，格局偪仄，其詩歌內容在三體中最稱乏善可陳。曾棗莊評論白體詩和晚唐體詩之缺失云：「宋初的白體詩，除王禹偁等少數人外，有白居易的淺顯語言，卻缺乏白居易的深切內容；宋初的晚唐體，除魏野、林逋、寇準等外，有賈島、姚合的詩境狹窄，卻缺乏他們的孤峭精工。宋初多數白體、晚唐體詩人的共同毛病就在于不脫于唐人窠臼，內容淺俗，詩律粗疏，缺乏書卷氣，缺乏興味，經不住反復吟詠。」（《論西崑體》，頁5）此種說法，大體而言是正確的。

　　西崑體以唱酬名集，其中除詠史與感時抒懷之作有較佳表現外，餘多堆砌飣餖，今人陳植鍔即謂：「整部《西崑酬唱集》基本上是一批堆砌典故的餖飣和獺祭」﹝註52﹞，而廣西人民版之《中國古代文學詞典》在釋「西崑體」一詞時，亦云：「西崑體以描寫內廷侍臣優游生活為主，或詠宮廷故事，或詠男女愛情，或詠官僚生活，而以詠物為多。內容單薄、感情虛假，堆砌典故。鋪陳辭藻，有如獺祭，詩味不濃」（第一卷，頁357），可見其詩歌內容亦多為人詬病。

　　白體詩人多身居高位，崑體詩人亦多館閣大臣，故其唱酬作品內容、題材多有相似之處，於此亦可見其承傳之跡。陳植鍔所謂：「《西崑酬唱集》的出現，正是宋初唱和詩風發展到登峰造極的一個必然產物」、「白氏元和體的唱和詩風是《西崑酬唱集》的濫觴，西崑體乃是元和體的一個變種﹝註53﹞，此話值得吾人深思。

（三）、在藝術成就上：

　　白體詩人王禹偁詩歌自然流暢、明白如話，其以文入詩、以口語入詩之創作方式開宋人以文為詩先聲；其詩歌之散文化和議論化之傾

﹝註52﹞見陳植鍔鍔〈試論王禹偁與宋初詩風〉頁289。
﹝註53﹞同上註，頁290。

向，則初具宋詩風貌。其提倡杜詩、爲杜詩於眾人不爲之時，復開有宋一代尊崇杜詩之風。其倡導以傳道明心爲詩文創作目的之文學主張，及積極創作易道、易曉之詩歌，以革除僻澀難曉之詩弊，亦爲北宋詩歌革新提供前進的路徑及方向；晚唐體詩人林逋之詠梅詩寫梅精神特出，帶動宋人對花木禽鳥之描摹風氣，唯其詩「情調柔弱，同時又囿於近體的格律，缺少豪氣與魄力」，且由於「內容閑適，缺乏時代氣息，不能起轉變風氣的積極作用」。〔註54〕然晚唐體詩人服膺賈島、姚合就眼前景物深刻思之的構思方式和創作態度，則爲其後宋人取法，轉化爲宋詩以冷靜、理性見長之詩風；西崑體以學問爲詩之創作方式，亦開啓宋詩多用典故之端，而其創作清廓五代蕪鄙之氣，則爲宋初詩文革新掃除部分障礙。禾戈在〈幸歟不幸歟——從李商隱到西崑體〉一文中談到：「平心而論，西崑體對當時疲軟衰頹的詩壇是有『強心』作用的，比起姚（合）賈（島）爲代表的晚唐體來，它沒有那種細碎狹小的弊病，內涵也開闊些、色彩也明麗些，像把荒疏的小園變成了華麗的殿堂；比起白（居易）體來，已沒有那種俚俗滑易的毛病，語言精致凝煉些、內涵也深沉含蓄些，像把一間簡陋的茅棚變成了雕樑畫棟、廊廡曲折的樓閣。」此種譬喻雖然未直接說出崑體詩的藝術特色，然透過比方亦可明瞭崑體詩較白體、晚唐體在組織上更加華麗，詩句錘鍊上更加精警，內容意涵上更加繁富變化。崑體以富麗堂皇之辭，一改白體、晚唐體坦夷俚俗之氣及細碎褊小之境，反映宋詩草創時期由政局穩定、經濟繁榮所帶來之審美觀和民俗的變化。而崑體詩有意識的爲淘汰白體與晚唐體詩末流弊病所作的各項努力，乃成爲詩文革新精神之先導。

整體而言，宋初三體之藝術成就並不高，但非如清吳喬所言之「宋人先學樂天、無可（案應爲無本，即賈島），繼學義山，故失之輕淺綺靡」（《圍爐詩話》卷五），蓋成就之高低與才華之高下和時代之環境、氣運亦有絕大之相關。然此三個體派之詩歌創作方法、精神和態

〔註54〕引文見劉大杰《中國文學發展史》第二十章〈宋代的詩〉，頁 689、670。

度，對後來宋世詩歌之發展亦有某些示範和啓發作用。

（四）、在詩歌理論上：

宋初三體所以較不爲人所重視，除其仍承襲唐風而較乏自我面貌外，在詩歌創作能力方面缺乏一有氣魄的大家引領，以致無法薈萃成風，創作高質量之佳篇，是其詩歌發展上的一大滯礙；而且宋初詩人普遍缺乏詩歌理論，因此無法突破原有窠臼，另開新局，這在延續體派命脈、弘揚體派詩風方面，更是一大致命傷害。

在宋初三朝中，稱得上有詩歌理論者，惟白體王禹偁一人，其「明道傳心」及「易道易曉」的詩歌主張，對宋詩之影響深遠；但因晚年多謫，生活不安定，直接造成創作質量的衰減，而個性之剛直、年壽之不永，亦爲其無法有效轉變宋初詩風的潛在因素。繼白體之後主盟詩壇的崑體詩人，雖學識淵博，高居館閣，然亦無明顯的詩歌理論以提昇其詩歌創作素質，更遑論樹立宋詩獨特面貌。宋初詩歌發展的困窘在此，其欲振乏力之重要癥結也在此，必待歐陽脩、梅堯臣等人以實際詩歌理論和創作來摧廓，宋詩方能展現其嶄新風貌。

崑體、白體與晚唐體詩之比較已略如上述，諸體各有其先天上之限制，亦有其後天之偏敧，然而如何的客觀判斷，給予適當、合理之比較，以探索其發展軌跡，才是正確的研究方式。誠如紀昀在評楊億〈書懷寄劉五〉時所言：「諸體各有所長，各有所短，在學者別自觀之。概毀概譽，皆門戶之見也。」（《瀛奎律髓刊誤》卷六）信哉斯言，研究者不能不審愼從事。

（附）宋初三體詩風、內容對照表

	白　　體	晚唐體	西　崑　體
共同特點	沿襲唐風		
活動期間	宋太祖、太宗朝	約太宗、眞宗朝	眞宗朝
代表作家	徐鉉、李昉、王禹偁	林逋、寇準、九僧	楊億、劉筠、錢惟演

作家身分	多身居高位	多山野隱士、僧人	多館閣大臣
師法對象	白居易	賈島、姚合	李商隱
詩歌內容	反映現實、唱和酬贈	多抒山林之趣	多應酬唱和
詩歌風格	淺近易曉、不尚雕飾	重五言近體、孤峭精工	堆砌詞藻、排比故事

二、對宋詩發展之正面意義

(一)、對宋詩改革與發展有示範作用

　　《西崑酬唱集》自編成起，雖曾風靡一時，然後世對崑體之評價卻一直貶多於褒。今人王昭範在〈西崑酬唱集箋注序〉中曾感慨地說道：「自歐、梅代興而宋詩成，亦自歐、梅變體而後，唐人之風格掃地以盡。西崑之詩猶唐賢風格也，況一時作者率皆學問淹博，興象不乏，主持宋初之壇坫者數十年，言宋詩者可廢耶？」此乃為其無法為後世所重而叫屈；實際上，崑體作家之「學問淵博」不僅表現在詩歌創作方面，他們在文筆方面，亦有突出的表現。如陳師道《後山詩話》便謂：「楊文公刀筆豪贍，體亦多變，而不脫唐末與五代之氣。又喜用古語，以切對為工，乃進士賦體耳。」而以前引宋祁〈石中立行狀〉稱楊億「工文章，彩縟閎肆，匯類古今，氣象魁然，如貞元、元和，以此倡天下而為師」之評語看來，崑體詩人之詩文創作不可能對宋詩一無影響。

　　翁方綱曾謂唐宋之詩：「一時自有一時神理，一家自有一家精液」，並云：「如入宋之初，楊文公輩雖主西崑，然亦自有神致，何可盡祧去之。而晏元獻、宋元憲、宋景文、胡文恭、王君玉、文潞公，皆繼往開來，肇起歐、王、蘇、黃盛大之漸」（均《石洲詩話》卷三）。翁氏語著眼於宋詩發展過程中，西崑體詩所扮演承先啟後、「繼往開來」之貢獻，故主張評選詩歌必須「平心易氣」，不可「執一而論」（同上），洵為的見。他在同書卷中復言：

　　　　宋初之西崑，猶唐初之齊梁；宋初之館閣，猶唐初之沈、

宋也。明啓大路，正要如此，然後篤生歐、蘇諸公耳。但
較唐初，則少陳射洪一輩人，此後來所以漸薄也。

將西崑比作「唐初之齊梁」，乃從詩歌辭采之典麗富艷評論。唐初詩
人如虞世南、上官儀、沈佺期、宋之問等，或爲陳、隋舊人，或處唐
初齊、梁詩風籠罩之下的作家，故喜於追求辭藻與格律，如虞世南之
〈中婦織流黃〉詩：「寒閨織素錦，含怨斂雙蛾。綜新交縷澀，輕脆
斷絲多。衣香逐舉袖，釧動應鳴梭。還恐裁縫罷，無信達交河」（《全
唐詩》卷三六）、宋之問〈古意呈補闕喬知之〉：「盧家少婦鬱金堂，
紫燕雙棲玳瑁梁。九月寒砧催木葉，十年征戍憶遼陽。白狼河北音書
斷，丹鳳城南秋夜長。誰謂含愁獨不見，更教明月照流黃」（《沈佺期
詩集校注》卷二），二詩均辭采典麗、音律嚴謹，與崑體講究格律、
重視辭采之詩風相侔，清人吳喬即謂：「讀楊、劉諸公詩，如入季倫
之室，綺疏繡闥，絲竹肥鮮」（《圍爐詩話》卷五），可見二者皆具形
式嚴整、音律和諧之特色。而「宋初之館閣，猶唐初之沈、宋」，則
著眼於其講究聲律及詩歌創作所表現之臺閣氣象。西崑體詩歌多爲律
體，尤其《西崑酬唱集》中均爲近體，且以七律獨多，五律次之，可
見崑體之精於律體，故能屬對精密，錦繡成文。且有意變革當時淺易、
瑣屑詩風，猶如沈、宋之改革律體，其精神、魄力均雄偉壯闊，此即
所謂「開啓大路，正要如此」，這正是歐陽脩等人詩文革新精神之所
自也。

　　從崑體自身以學問爲詩及立意深遠之特點及對宋代後起詩人之
影響來看，其風貌雖似唐音，其實已始具宋骨，在唐宋之變中，有承
先啓後的作用。此種作用，是包括王禹偁在內的任何宋初詩人所不能
替代的。

（二）、矯正宋初詩藝蕪鄙積弊

　　在宋人眼中，西崑體之出現，具有某種革新的性質。如田況《儒
林公議》雖曾不滿於崑體章奏之類的雕琢，但亦認爲自五代以來一直
存在詩壇的蕪鄙卑弱詩風，實賴崑體諸家之努力而得以掃除。其文云：

> 楊億在兩禁變文章之體，劉筠、錢惟演輩從而效之，時號
> 楊、劉。三公以新詩更相屬和，極一時之麗。億復編敍之，
> 題曰《西崑酬唱集》，當時佻薄者謂之西崑體。其他賦頌章
> 奏，雖頗傷於雕摘；然五代以來蕪鄙之氣，由茲盡矣。

而其他宋人亦以爲西崑之詩歌，的確改變有宋以來對五代蕪鄙舊習之
沿襲，而一新詩格，開出宋詩新局。如楊億之《楊文公談苑》即云：

> 近世錢惟演、劉筠首變詩格，得其格者蔚爲佳詠。

而歐陽脩之《六一詩話》亦云：

> 楊大年與錢、劉諸公唱和，自西崑體出，時人爭效之，詩
> 體一變。

葛立方《韻語陽秋》謂錢、劉二人首變宋詩格調：

> 咸平、景德中，錢、劉并變詩格。（卷二）

而劉克莊則以爲：

> 首變詩格者，（楊）文公也。（《後村詩話》後集卷一）

方回則認爲首變宋初詩格的是楊億和劉筠，其言云：

> 楊文公億，字大年，首與劉筠變國初詩格，學李義山。（《瀛
> 奎律髓》卷二七）

不論何種說法，他們均將宋初之白體與晚唐體認爲是沿襲五代舊習之
詩派，而西崑體則是對此五代餘習的變革。

宋初詩壇，徐鉉、王禹偁等人學白居易，九僧、魏野等人學習賈
島、姚合，雖各有所得，但前者往往流於淺直鄙俗，後者詩境狹小、
瑣屑。故崑體詩人以沉博絕麗之義山詩爲典範，「至少在客觀上帶有
矯正五代以來詩藝粗陋的積弊的意味」［註55］，而且也使宋初詩歌在
藝術上有了更高一層的進境。如方回在評楊億〈南朝〉詩時云：

> 組織華麗，蓋一變晚唐詩體、香山詩體，而效李義山。（《瀛
> 奎律髓》卷三）

評錢惟演〈始皇〉詩亦云：

> 此崑體一變，亦足以革當時風花雪月、小巧呻吟之病，非

〔註55〕見莫礪鋒〈西崑體派〉頁54。

才高學博，未易到此。(同上)

此處之「風花雪月，小巧呻吟」即指當時流行之以九僧詩爲代表的晚唐體。而《西崑酬唱集》中之〈始皇〉、〈漢武〉、〈明皇〉、〈成都〉等詠史諸詩，所詠詩歌即以古事爲鑑旨在諷諭眞宗謹愼當時國家之重大施爲，在詩歌題材上堪稱一變。除此之外，其他詩歌亦有與時事關聯者，鄭再時說明自己爲《西崑酬唱集》作箋注之動機云：「千年來評西崑者，但取其麗辭，與玉谿生字比句較。玉谿之詩，既經後人注出當時事實，非徒託空言，而西崑則無問其意旨安在者，余竊疑之，乃蒐討出典，以明其辭，考覈時事，以顯其意。」(《西崑酬唱集箋注‧自序》) 此鄭氏以爲崑體諸家所爲詩歌並非如前人所云只是撏撦義山詩歌或堆砌典故而已，必有其不得已之事實存在。而紀昀評楊億諸人之〈南朝〉所云：「此詠古數章卻有意思，議論頗得義山之一體」(《瀛奎律髓刊誤》卷三)，亦證實崑體詩人所發並非空言。評諸人〈漢武〉則云：「便欲眞逼義山」(同上)，此種徵史以發議論，「組織華麗」之詩風，較之以平易淺切爲特徵的白體詩，亦可謂之一變。故對宋初充斥五代蕪鄙風氣之詩壇而言，西崑有「首變國初風格」之功。

（三）、提供藝術營養

宋仁宗時，以歐陽脩爲首的詩文革新，對宋初白體、晚唐體、西崑體作了總結性的反省，但他們未始不在一些方面受到崑體詩歌的影響。上引方回評錢惟演〈始皇〉中曾謂西崑體詩「久而雕篆太甚，則又有能言之士變爲別體，以平淡易深刻。時勢相因，亦不可一律立論也」，此即指崑體在北宋詩歌史上之貢獻，乃以「深刻」勝淺薄；北宋詩文革新之貢獻則是「以平淡勝深刻」，以平易流暢的詩風，取代西崑體的過份雕篆。〔註56〕然方回評楊億〈南朝〉詩時又云：「歐、梅既作，尋又一變，然歐公亦不非之，而服其工」，此則說明歐陽脩等人雖對其雕琢過份之處加以革新，但並不排除其鍛鍊工整之創作方

〔註56〕參見曾棗莊《論西崑體》，頁 76。

法。故張綖序《西崑酬唱集》時云：「《西崑集》蓋學義山而過者，六一翁恐其流靡不返，故以優游坦夷之辭矯而變之，其功不可少，然未嘗不有取于崑體也。」(《箋注》，頁27) 仁宗天聖年間，歐陽脩和梅堯臣等曾在西京留守錢惟演手下任職，與錢惟演詩歌往還，其詩風明顯受到崑體的影響。再從詩歌審美觀點來看，楊億、歐陽脩均不喜歡杜詩，《中山詩話》即云：「楊大年不喜杜工部詩，謂爲村夫子。……歐公亦不甚喜杜詩，謂韓吏部絕倫」，在此點上，他們表現了共同之時代傾向。此外，歐、梅注重詩歌立意，思緒深遠，此亦與崑體近而與白體、晚唐體爲遠。

在歐、梅之後的王安石，雖較歐陽脩強調詩歌之「適用」與「有補於世」，但其實際上乃是從西崑體詩過渡到江西詩派的橋樑。其詩講究學問，大量用典，而晚年對義山詩和崑體「亦或喜歡」(《冷齋夜話》卷四)，故晚年詩作對仗精嚴工整，技巧十分細密，又好用疊字，多似崑體作風。如王安石〈文成〉詩：「文成五利老紛紛，方丈蓬萊但可聞。萬里出師求寶馬，飄然空有意凌雲」(《臨川先生文集》卷三十)，此首詠史詩，於取事立意上均與楊億〈漢武〉接近，可見王安石受西崑的影響。

繼王安石之後，黃庭堅亦受西崑之影響。葉夢得《石林詩話》曾謂：

> 楊大年、劉子儀皆喜唐彦謙詩，以其用事精巧，對偶親切。
> 黃魯直詩體雖不類，然不以楊、劉爲過。(卷中)

此所謂黃魯直「不以楊、劉爲過」者，即如袁枚所云：

> 以山谷之奧峭，宜薄西崑矣，而詩云：「元之詩砥柱，大年若霜鶚。王楊立本朝，與世作浮郭」。(《隨園詩話》卷一)

西崑體在藝術上之摸索，爲後來之詩文革新提供了有益的借鑑，故主張文道並重之歐陽脩、梅堯臣等人一方面以平淡曉暢的詩風矯正崑體過於追求詞章典故之缺失，另一方面亦不廢從西崑詩派中汲取藝術營養，黃庭堅便是學習崑體詩之嚴格句律，以創作詩歌，故「不以楊、

劉爲過」。朱弁《風月堂詩話》卷下曾云：

> 義山亦自覺，故別立門戶成一家。後人挹其餘波，號西崑
> 體，句律太嚴，無自然態度。黃魯直深悟此語，乃獨用西
> 崑體功夫，而造老杜渾成之境，今之詩人少有及者。此禪
> 家所謂更高一著也。

雖然此說王若虛曾加以反駁：

> 朱少章（弁）論江西詩律，以爲用西崑功夫而造老杜渾全
> 之地，予謂用崑體功夫必不能造老杜之渾全，而至老杜之
> 地者亦無事乎崑體功夫，蓋二者不能相兼耳。（《滹南詩話》
> 卷三）

但王氏所指乃「用崑體功夫必不能老杜之渾全」、「至老杜之地者亦無
事乎崑體功夫」，此說無庸置疑，唯王氏並未否認江西詩派用崑體嚴
格詩律之功夫。實則吾人從朱弁所言亦可發現山谷詩和義山詩及西崑
體之間的聯繫與區分：在「資書以爲詩」方面，三家實有共通之處，
蓋崑體詩人久居朝廷，飽讀詩書經史，對白體之淡泊無味甚至俚俗以
及晚唐之小巧呻吟、貧乏狹窄感到不滿，故選定以辭采典麗、組織精
美之義山詩爲學習對象。而「資書以爲詩」，不僅是後來之江西詩派，
亦是崑體詩人所引以爲傲者；而在學杜上，則山谷與義山相通，楊億
雖說曾批評老杜爲「村夫子」，然據上節討論楊億詩歌內容及特色時，
亦曾發現其化用杜詩之處亦不在少數，故未可一概視之。據此而論，
山谷與崑體詩之關係，可謂非比尋常，無怪乎清人賀裳云：

> 魯直好奇，兼喜使事，實陰效錢、劉，而變其音節，致多
> 矯揉詰屈，不能自然。（《載酒園詩話》）

崑體之後的宋詩作家，詩歌雖與西崑大異，然「陰效」之處確實存在，
故其對楊、劉均表示相當程度的尊敬，如歐陽脩云：「楊、劉風采，
令人傾想」（〈與蔡君謨帖〉），蘇軾之謂「使楊億尙在，清忠鯁亮之士
也，豈得以華靡少之？」（〈議學校貢舉狀〉），黃庭堅之將楊億與王禹
偁並稱，而謂「王楊立本朝，與世作郛郭」（〈次韻楊明叔見餞十首〉
之七）。今人張白山於《宋詩散論》中評論崑體對宋詩之貢獻時即云：

「他們在發展宋詩抒情寫景的纖細、創造意境的空靈、運用語言的聲律、色彩和形象化，以及注意詩歌形式的結構美諸多方面是做出一定貢獻的」(〈論宋詩流派〉)，此洵非虛言。

由上所述，可以明瞭崑體詩對宋代詩歌所提供之藝術營養，實超乎一般人對其所作之負面理解和評價，故吾人在對批評對象敘論時，實應作全面性之探討，作全盤之考量，不宜遽爾輕評，以免失之膚泛，甚至扭曲誤導其真正意涵。對於崑體之失，吾人不無須諱言，然於其真正價值，亦不可輕爾忽之。

三、衰落之原因

西崑體僅在真宗朝盛行三十餘年，其盛也驟，其衰也速，究其原因，大致可分成二部分：(一)詩歌創作之障礙；(二)詩歌風氣之轉變。

(一)詩歌創作之障礙

1．內容貧乏，缺少情味：

在後世的評論中，崑體詩最常受人詬病者，莫過於他們僅知堆砌典故，摭撏模倣。對於詩歌的內容未加關注，致所創作詩歌常是雜湊飣餖，索然無味。這在當時，已遭到有識之士的詬病，甚至以嚴辭指斥，如石介〈怪說中〉即批評崑體道：

> 綴風月，弄花草，淫巧侈麗，浮華纂組，刓鎪聖人之經，破碎聖人之言，離析聖人之意，蠹傷聖人之道。(《徂徠石先生全集》卷五)

現代學者也多指責崑體「內容貧乏」、「沒有創作熱情的要求和表現」〔註57〕，如張白山《宋詩散論》即明白說道：

> 西崑體流派的歌詩所描寫的盡是華燈綺宴、投壺弈棋、語笑喧嘩的事情，缺乏生命力，這也是使他們無法長期盤據詩壇的主要原因之一。(〈論宋詩流派〉頁35)

〔註57〕見劉大杰《中國文學發展史》第十七章〈宋代的社會環境與文學發展〉，頁585。

由於崑體詩缺乏深沉的情感內容，因此語言上之精巧便流於形式。其學義山詩之用典，多憑知識記憶之堆垛，而非以感情融化典故；以典故代替某些詞彙，而非以典故暗示感受與體驗。故其典故並不能產生動人的力量，頂多是一些「單純的替代代詞」；〔註 58〕本希望以典實補救空虛，以精麗補救浮艷，然其結果竟變得堆砌板滯，「奄奄無生氣」。〔註 59〕王安石〈張刑部詩序〉曾云：

> 楊、劉以文詞染當世，學者迷其端原，靡靡然窮日以摹之。粉墨青朱，顛錯叢雜，無文章黼黻之序。其屬詞籍事，不可考據也。方此時，自守不污者少矣。(《臨川先生文集》卷八四)

崑體詩在楊、劉的追隨者「迷其端原，靡靡然窮日以摹之」的情況下，逐至捨本逐末，走向極端，釀成流弊。《詩大序》云：「情動于中而形于言，言之不足，故嗟嘆之」，劉勰《文心雕龍・情采》亦主張：「吟詠情性，以諷其上」，而譏斥「遠棄風雅」之「爲文造情」，此皆表明詩文之創作，乃因情而發，非爲達某種目的而強自作態。中國文學史研究委員會編《新編中國文學史》即對崑體作家詩歌批評道：

> 錢惟演的〈淚〉是用若干沒有眞實感情的「淚典」敷衍成篇的，楊億的〈梨〉更是毫無具體形象，只有漫無邊際的懸想和堆砌，顯然都只是一種煞費苦心的文學遊戲而已。(頁412)

而中國社會科學院文學研究所編《中國文學史》亦謂其：「內容單薄，感情虛假，堆砌典故，雜湊成章」、「毫無內容，僅祇玩弄詞章典故」〔註 60〕，故知崑體不能再邁向更高更遠之進境，最主要原因之一乃在其詩歌內容貧乏，缺乏情味。

2・擷撦礫裂：

宋釋文瑩在其《玉壺清話》中曾記載宋眞宗時，因樞密直學士劉

〔註 58〕禾戈語，見〈幸歟不幸歟——從李商隱到西崑體〉頁 67。

〔註 59〕見《宋詩選繹》，頁 5。

〔註 60〕見《論西崑體》，頁 10 引。

綜出鎮并門，兩制館閣皆以詩送行，因進呈真宗，當時「方競務西崑體，磔裂雕篆」（卷一），而宋真宗「深究深雅」，故親選其平淡的詩句八聯，其中包括楊億、劉筠、錢惟演等人之詩各一首。以楊億等崑體詩人之才學，其詩僅各被選上「關榆漸落邊鴻遠，誰勸劉郎酒十分」、「極目關山高倚漢，順風雕鶚遠凌秋」、和「置酒軍中樂，聞笳塞上情」一聯，可見雕篆之工夫並未獲真宗之喜愛。《蔡寬夫詩話》曾云：

> （義山）用事深僻，語工而意不及，自是其短。世人反以為奇而效之，故崑體之弊，適重其失，義山本不至是云。

崑體詩學義山，然其因審美觀點較強調華麗，故以「用事深僻」與「語工」為創作詩歌的學習手法。然何焯《義門讀書記》以為：「義山詩在議論感慨，專以對仗求之，只是崑體諸公面目耳」（卷五八），故對專門以用事、對仗之崑體詩，評價不高。故又謂：「西崑祇是雕飾字句，無論義山之高情遠識，即文從字順，猶有閒也」（同上書卷五七），此則又批評崑體詩非僅雕飾之弊病，縱使在文字方面也不及義山之流暢。

崑體之堆砌餖飣，素為人所譏。除劉攽《中山詩話》有俳優戲謔崑體「撏撦義山」之笑劇外，清王夫之主張「心靈人所自有，而不相貸」（《薑齋詩話》卷下），故其對於堆砌餖飣之崑體詩十分排斥，以為其乃「獺祭魚」，「除卻書本子，則更無詩」（同上）；而吳喬《答萬季埜詩問》更直謂「楊劉學義山而不能流動，竟成死句」，可見崑詩之撏撦磔裂實為太過。張表臣《珊瑚鉤詩話》謂：

> 篇章以含蓄天成為上，破碎雕鎪為下。如楊大年西崑體，非不佳也，而弄斤操斧太甚，所謂七日而混沌死也。（卷一）

所謂的「破碎雕鎪」，即是指為求詞采之華美而割裂文義、剽竊詩句。如紀昀《瀛奎律髓刊誤》批評崑體詩人〈成都〉諸篇，頻頻以「雜湊無章」、「不相連貫」、「粗而無味」（卷三）之語譏之，蓋諸人多就蜀事拼湊成篇，故意旨常無法連貫，以致形成支離之故事詩，雖說方回稱「劉錢二公泛詠蜀事，亦各有工處」，但此乃針對字句之整鍊而言，

非爲全篇布局置評，故紀氏乃曰：「此所謂有句無篇」（同上）。今人李修生在所編著之《中國文學史綱要·宋遼金元文學》中曾批評崑體詩派說：

> 這個詩派注重音節鏗鏘，詞采精麗，又喜用典故，是表現才學工力的詩歌。然而雕采過甚，失之浮艷；又因爲標榜學習李商隱，把流當作源，過分地模仿和仿傍，使作品失去活力。浮艷和摛扯是西崑體的大病。（頁10）

李氏雖然承認其音律嚴整，詞采精麗，是以才學工力見勝之詩派，但對其過份雕采與模仿所造成的「浮艷」與「摛扯」弊端，亦不諱言「是西崑體的大病」。于元芳在爲《箋注》作〈序〉時曾云：

> 吾觀西崑之善者，固已長諷曲諭，足繼風騷矣。下者或積叢雜，而羌無意緒，昔人譏之是也。（《箋注》，頁9）

于說於西崑之長，頗曲成鄭（再時）說，然其能將崑體區別類分，指出其湊泊餖飣之缺弊，亦有可取之處。而李鼎彝《中國文學史》亦謂：崑體詩雖「能以巧艷之詞，極有組織的發表出來，雍容典贍，沒有唐末五代衰颯的氣象」，然亦認爲「『偷』、『浮』、『對』便是本派文學的致命傷」（第十二章〈宋代文學〉，頁228）。

崑體缺乏情味、摛撏碟裂之詩文，到宋仁宗時便遭受各方之指責與圍剿。宋仁宗於天聖年間曾下詔去文體之浮靡，石介則在景祐年間著〈怪說〉以詆楊、劉；以歐陽脩、梅堯臣、蘇舜欽等人爲主之詩文革新運動，亦極力以平易流暢之詩風矯正崑體末流之堆積故實，語僻難曉。在此種情況之下，崑體之衰微，乃勢所必然。

（二）、詩歌風氣之轉變

徐渤《筆精》曾稱讚崑體作家之詩歌「組織華麗」、「用事精確，對偶森嚴」（卷四），此正道出西崑詩之藝術特色。華麗之詩風，一向爲崑體詩人所好；然其爲追求華麗詩風，故而雕篆摛撏，多用典故麗句，以致末流只求詩歌形式之精麗，而不顧內容之是否充實有意義。清顧嗣立《寒廳詩話》即對定遠先生之評論：「西崑之流敝，使人厭

讀麗詞」，頗表贊同。

　　崑體詩人以詩風華麗著稱，但亦曾因詞涉浮艷，而曾遭受眞宗之下詔譴責。今《宋大詔令集》卷一九三載：

> 國家道莅天下，化成域中。敦百行于人倫，闡六經于教本，冀斯文之復古，期末俗之還淳。而近代以來，屬詞之弊，侈靡滋甚，浮艷相高，忘祖述之大猷，競雕刻之小技，爰從物議，俾正源流。咨爾服儒之文，示乃爲學之道。夫博聞強識，豈可讀非聖之書？修辭立誠，安得乖作者之制？必思教化爲主，典訓是思，無尚空言，當遵體要。仍聞別集眾製，鏤版已多，儻許攻乎異端，則亦誤于後學。式資誨誘，宜有甄明。今後屬文之士，有辭涉浮華、玷于名教者，必加朝典，庶復素風。

李燾《續資治通鑑長編》卷七十一載：「御史中丞王嗣宗言：『翰林學士楊億、知制誥錢惟演、秘閣校理劉筠唱和〈宣曲詩〉，述前代掖庭事，詞涉浮靡。』上（眞宗）曰：『詞臣，學者宗師也，安可不弇其流宕？』乃下詔諷勵學者，自今有詞屬浮艷，不遵典式者，當加嚴譴。其雕印文集，令轉運使擇部內官看詳，以可者錄奏。」《長編》注文引江休復《嘉祐雜志》云：「上（眞宗）在南衙，嘗詔散樂伶丁香畫承恩幸，楊、劉在禁林作〈宣曲詩〉，王欽若密奏，以爲寓諷，遂著令戒僻文字。」由此可知，楊、劉等人之遭詩禁，「辭涉浮華」、「玷于名教」乃表面理由，實際是因詩歌內容刺及宮掖隱私，以致遭小人讒譖，爲眞宗所忌，乃下令禁毀。紀昀《四庫全書總目‧西崑酬唱集提要》有云：「眞宗之詔，緣於〈宣曲〉一詩有『取酒臨邛』之句，陸游《渭南集》有〈西崑詩跋〉言其始末甚詳，初不緣文體發也。」（卷一八六）可見崑體當時被禁，乃因詞涉宮廷禁忌，而寓諷諭上位之意，故遭眞宗反感所致。其實，祥符詔令非但未能使崑體詩歌消聲匿跡，反而助成其泛濫，因其後之二十年正是西崑詩鼎盛之時期。當然西崑詩之盛行，不能說崑體詩人之才學努力沒有功勞，然而時代之蓬勃發展，亦讓崑體詩躬逢其會，以至能配合時代脈動，開出其光采

之生命，吾人亦可說：崑體詩是時代發展之受惠者。

　　時代既能助成某一詩派之興起，亦可摧使同樣詩派衰微，以至消失。宋代詩文經過太祖、太宗、眞宗三朝之刻意提倡，奠定了厚實的基礎。到仁宗朝時，更因人文薈萃，大家蜂出，以致詩歌創作能擺脫唐詩羈絆，建立眞正屬於宋人的風調。宋人於詩所刻意追求的是「平淡」，尤其是仁宗朝之後，歐、梅等人極力提倡「平淡」之詩風。如梅堯臣所云「作詩無古今，惟造平淡難」〔註61〕、蘇軾〈評韓柳詩〉謂「所貴乎枯澹者，謂其外枯而中膏，似澹而實美，淵明、子厚之流是也」〔註62〕、黃庭堅〈與王觀復書三首〉所言「平淡而山高水長，似欲不可企及」〔註63〕等，均爲要求詩歌淡化其形式、深化其內蘊之主張，此主張於明清兩代被大多數詩人奉爲圭臬，然此種詩歌主張於宋初已肇其端。王禹偁〈答張扶書〉即云：「夫文，傳道而明心也，古聖人不得已而爲之也。……既不得已而爲之，又欲乎句之難道邪？又欲乎義之難曉邪？必不然矣。」（《小畜集》卷十八）今人秦寰明認爲：宋初白體詩所追求的那種「淺易而近理」的特點，在某種意義上是蘇軾「似澹實美」之說的成因之一。〔註64〕而且他還進一步說道：

> 宋初的幾個皇帝，詩風多傾向白體，而崑體詞取妍華，雕章麗句，失平淡自然之旨，在詩歌的審美追求上，是有悖時代潮流，此即西崑體在宋代乃至元明清三代不受人重視的潛在原因。（〈西崑體的盛衰與宋詩詩風的演進〉，頁63）

此種說法雖未能將崑體興衰之眞切意義道出，然而卻指出崑體所以無法在宋世盛行不墜的原因之一，乃在「有悖時代潮流」。故崑詩之興衰與時代潮流有著極密切之關係，也可說崑詩「興也時代潮流，衰也時代潮流」。

〔註61〕見《宛陵先生集》卷四六〈讀邵不疑學士詩卷杜挺之忽來因出示之……〉。
〔註62〕見《東坡題跋》卷二〈評韓柳詩〉。
〔註63〕見《宋文鑑》卷一百二十。
〔註64〕參見秦寰明〈西崑體的盛衰與宋初詩風的演進〉一文。

四、後世之評價

後世對崑體詩文之評價，可以說是貶多於褒。如穆修〈答喬適書〉云：

> 今世子習尚淺近，非章句聲偶之詞不置耳目，浮軌濫轍，
> 相跡而奔，靡有途焉。（《穆參軍集》卷中）

此所謂「章句聲偶之詞」即指崑體四六之重聲律對偶而言，故穆修從「力為古文」的角度來反對西崑之浮濫。其次，范仲淹之〈尹師魯河南集序〉亦云：

> 洎楊大年以應用之才獨步當世，學者刻詞鏤意，依稀彷彿，
> 未暇及古。其間甚者專事藻飾，破碎大雅，反謂古道不適
> 於用，廢而弗學者久之。（《范文正公全集》卷六）

范仲淹主要批評西崑體模擬前人，無病呻吟，無益於規諫和勸諫，並且指責他們：

> 因人之尚，忘己之實，吟詠性情而不顧其分，風雅比興而
> 不觀其時。故有非窮途而悲，非亂世而怨，華車有寒苦之
> 述，白社為驕奢之語，學步不至，效顰則多，以至靡靡增
> 華，惜惜相濫，仰不主乎規諫，俯不主乎勸誡。（同上卷〈唐
> 異詩序〉）

此則主要是從文章要真實地反映現實，要有益於政教的角度來批評西崑體。以上所述，乃從西崑的文章表現來加以批評；至若詩歌之批評，以下略分正面評價、負面評價與綜合批評三方面敘述：

（一）、正面評價

1.歐陽脩《六一詩話》：

> 老先生輩患其多用故事，至于語僻難曉。殊不知自是學者
> 之弊，如子儀〈新蟬〉云：「風來玉宇烏先轉，露下金莖鶴
> 未知」，雖用故事，何害為佳句？又如大年「峭帆橫渡官橋
> 柳，疊鼓驚飛海岸鷗」，其不用故事，又豈不佳乎？蓋其雄
> 文博學，筆力有餘，故無施而不可，非如前世號討人者，
> 區區于風草木之類，為許洞所困者也。

案此段話前面各章屢見，然細味其內容涵義，大致有以下數點：(1)、指出楊、劉諸人之詩有多用典故者，亦有不用典故者，並非全然「語僻難曉」。(2)、即使多用故事，也祇是「學者之弊」，因楊億諸人「雄文博學，筆力有餘，故無施而不可」。(3)、歐陽修於此將西崑體與「區區于風雲草木」之晚唐體詩區別開來〔註65〕，也就是說楊、劉之作並非如石介〈怪說〉中所云以「綴風月，弄花草」為特徵。又：

2・劉克莊《後村詩話前集》卷二：

> 君謨以詩寄歐公，公答云：「先朝楊、劉風采，聳動天下，至今使人傾想。」世謂公尤惡楊劉之作，而其言如此，豈公特惡其碑板奏疏，礫裂古文為偶儷，而其詩之精工律切者自不可廢歟？

案劉氏此言亦可分為二部份敘述：其一，歐陽脩所不喜歡者乃「礫裂古文為偶儷」之「碑板奏疏」，因其專事藻飾，不從古道，無益於規諫和勸誡，故對其產生厭惡，欲革之而後快；其二，對於「精工律切」之詩歌，則「自不可廢」，蓋律詩本以對仗工整、音律和諧為主要要求，所以能夠「聳動天下」，「至今使人傾想」。

3・馮舒、馮班《評點才調集・李商隱詩總評》：

> 溫、李、楊、劉用事皆有古法，比物連類，妥貼深穩。（《箋注》，頁66）

又云：

> 崑體諸人甚有壯偉可敬處，沈宋不過也。（同上）

案清人對西崑之評價較高，尤其是馮舒、馮班不僅推崇義山詩，也推崇效法義山詩之楊、劉諸人，故其謂崑體楊、劉為詩用事皆有古法，較之唐初臺閣體之沈佺期與宋之問亦不遑多讓，甚至其壯偉處，沈、宋亦不能過。此可謂推崇之至。

〔註65〕案曾棗莊《論西崑體》，頁387曾將此處所言「區區于風雲草木」之晚唐詩人創作題材，誤植於許洞身上，謂「歐陽脩在這裏把西崑體與『區區于風雲草木』的許洞區別開來」，乃受文字所迷誤，此實為許洞難九僧，而非許洞詩歌題材限於風雲草木。

4・馮武《評閱才調集凡例》：

馮武於《評閱才調集凡例》中曾謂馮舒、馮班「兩先生俱右西崑而闢江西」，而其在〈重刻西崑酬唱集詩序〉中亦主張以西崑派之「儒雅清越」以救江西詩派的「鄙野」和「樸樕」。其言曰：

> 今江西之説，詩家之快利藥物也，深入肺腑，十牛不能挽，則其橫溢顛之蹶之，禍可憂也。苟不以是書（案指《西崑酬唱集》）整飾之、救正之，文焉而去其鄙野，典焉而去其樸樕，儒雅清越，以入乎三百六義之中，則風雅之道其能無愧于有唐一代之文藻與？（《箋注》，頁30）

此馮氏以恢復有唐風雅之觀點，而主張以西崑之儒雅救江西之弊。

5・朱俊升〈重刻西崑酬唱集詩序〉：

> 西崑之制，昉于有唐；酬唱之篇，殷乎前宋。歌風詠雪，情宛轉以相關；刻玉雕金，句琳琅而可誦。無心契合，詩成應不讓元和；有意規撫，賦就亦能追正始。清新體格，俱流香艷于行間；細膩風流，一洗叫囂于腕下。樹五七言之壁壘，致足相當；追三十六（指李、溫、段成式）之風流，真能學步。（《箋注》，頁31）

朱氏此序，將崑體創作體式之淵源說得很清楚，亦將其藝術成就擬之元和、正始諸家，以為可與之媲美。而其組織華麗、鍛鍊精警及用典繁富之藝術特性，於此亦充分涵括，可謂稱譽至極。案紀昀《四庫全書總目・西崑酬唱集提要》謂：「馮舒、馮班本主西崑一派，武其猶子，故於是書極其推崇」（卷一八六），其說極是。

6・《四庫全書總目・西崑酬唱集提要》：

> 其詩宗法李商隱，詞取妍華，而不乏興象。……要其取材博贍，練詞精整，非學有根柢，亦不能熔鑄變化，自名一家，固亦未可輕詆。（卷一八六）

案紀氏此說，洵為持平之論：既不一昧偏袒，亦不無理指摘，頗能道出崑體詩家以才學工力專勝之風格特色。

7・《四庫全書簡明目錄・西崑酬唱集提要》：

> 所作皆尊李商隱體，大抵音節鏗鏘，詞采精麗。後歐、梅
> 繼出，詩格一變，億等之派遂微。然其組織工緻，鍛鍊新
> 警之處，終不可磨滅，故至今猶有傳本焉。

此說亦持論平允，頗能道出西崑體之特色。

8·祖望之〈西崑酬唱集跋〉：

> 自吾邑楊文公倡為西崑體，當時即有異議。南宋之末，其
> 書遂不絕如縷。元明以來，名儒老輩，至有不得見為憾
> 者。……竊謂古今掊擊西崑之論，層見迭出，要皆便于空
> 疏不學之人，不知其精工律切之處，實可自名一家。世人
> 耳食者多，相與束之高閣，深可慨歎。(《箋注》，頁32)

祖氏與楊億為同邑，故其論述感情意氣多出，然由其跋中亦可得知崑
體所以不受元祐以下諸人喜愛之原因。

由上所述可知：崑體詩自出現伊始，即有異議聲浪。而自歐陽脩、
梅堯臣諸人以「平淡」詩風倡導創作以來，《西崑酬唱集》幾乎是「不
絕如縷」，直至清代方有馮氏昆仲倡為崑體。整體看來，清人是比起
宋、金、元、明之人都更為看重《西崑酬唱集》的。

（二）、負面評價：

1·石介〈怪說中〉：

> 今楊億窮妍極態，綴風月，弄花草，浮巧侈麗，浮華篆組，
> 刓鏤聖人之經，離析聖人之意，蠹傷聖人之道。……其為
> 怪大矣！(《徂徠石先生全集》卷五)

〈怪說下〉：

> 夫堯、舜、禹、湯、文王、武王、周、孔之道，萬世常行
> 不可易之道也。佛、老以妖妄怪誕之教壞亂之，楊億以淫
> 巧浮偽之言破碎之。吾以攻乎壞亂破碎我聖人之道者，吾
> 非攻佛、老與楊億也。(同上)

石介此說，主要是從維護孔孟之道出發來反對西崑體詩文。當然，石
介以「綴風月，弄花草」概括崑詩題材是有誤的，此在前面論述中已
陸續辯明。不過也正因其不斷地猛烈攻擊楊億，如在〈與君貺學士書〉

云：「自翰林楊公唱淫辭哇聲，變天下正音四十年，眩迷盲惑，天下
瞶瞶晦晦，不聞有雅聲」（卷十五），〈祥符詔書記〉：「楊亦學問通博，
筆力宏壯，文字所出，後生莫不愛之。然破碎大道，雕刻元質，非化
成之文，而古風遂變」（卷十九）；持續攻擊駢儷雕篆之文，如〈與裴
員外書〉云：「自柳河東、王黃州、孫漢公輩相隨而亡，世無文公儒
師，天下不知準的。……文之本日壞，枝葉競出；道之源益分，波派
彌多。天下悠悠，其誰與最？輕薄之徒，得斯自鳴，故雕巧篆組之辭
遍漢九州而世不禁也，妖怪詭誕之說肆行天地間而不禦也」（卷十
六），如〈上趙先生文〉云：「今之爲文，其主者不過句讀妍巧、對偶
的當而已；極美者不過事實繁多，聲律調諧而已。雕鎪篆刻傷其本，
浮華緣飾喪其眞，于教化仁義、禮樂刑政，則缺然無仿佛者」（卷十
二）等，其對蠹傷聖人之道的崑體詩及楊億，攻擊可謂不遺餘力。朱
熹《五朝名臣言行錄》卷十云：「有楊億、劉筠者，……守道尤嫉之，
以爲孔門之大害，作〈怪說〉三篇以排佛、老及楊億。于是新進後學，
不敢爲楊、劉體，亦不敢談佛、老。」由此看來，石介〈怪說〉及其
他篇章，對崑體之發展，影響十分深遠。

2・朱弁《風月堂詩話》：
　　西崑體句律太嚴，無自然態度。（卷下）
此言崑體重在聲律嚴謹，而未能「造老杜渾全功夫」（王若虛《滹南
詩話》卷三）。

3・蔡啟《蔡寬夫詩話》：
　　義山詩合有過人，若其用事深僻，語工而意不及，自是其
　　短。世人反以爲奇而效之，故崑體之弊，適重其失。
此從崑體學義山詩之用典深僻晦澀及對偶嚴整精工批評崑詩。

4・陸游《老學庵筆記》：
　　《西崑酬唱集》中詩何曾有一字無出處者，便以爲追配少
　　陵，可乎？（卷七）
陸游此評則點出崑體詩之「無一字無出處」，不能擺脫唐人籠罩，樹

立自己之風格，更遑論「追配少陵」。

　　5・王世貞《藝苑巵言》：

　　　　義山浪子，薄有才藻，遂工儷對。宋人慕之，號爲西崑，
　　　　楊、劉輩竭力馳騁，僅爾窺藩。（卷四）

明代文人一向尊唐貶宋，故看不起宋詩，更看不起西崑體詩。此處謂
義山薄有才藻，遂工儷對，而崑體諸人竭力馳騁，卻僅能窺其藩籬而
已，則王氏之意其格調卑弱，不言可喻。

　　6・何焯《義門讀書記》：

　　　　西崑祇是雕飾字句，無論義山之高情遠識，即文從字順，
　　　　猶有間也。（卷五七）

西崑詩人好以才學爲詩，愛掉書袋，故多用典故，堆砌成文，以致被
何焯譏爲「祇是雕飾字句」，又因崑體所重乃在字句之華美，故於義
山之「高情遠識」，未嘗留心；既以摹倣義山詩爲創作主要方式，故
不管學習成效如何，終是他人附影，故以「有間」形容其間差距。

　　7・游國恩等主編《中國文學史》：

　　　　他們缺乏眞正的生活感受，寫出來的詩大都內容單薄，感
　　　　情虛假，寫來寫去，無非爲了搬弄幾個陳腐的典故。

游氏等以崑體詩人多身居館閣，人生經歷較單薄，故所寫詩歌內容多
不夠豐實，感情亦不夠眞摯，而游氏等論其創作亦在堆垛雕篆，故給
予較低之評價。

　　8・中國文學史研究委員會編《新編中國文學史》：

　　　　西崑派是以《西崑酬唱集》的產生爲標志的一個文學派流，
　　　　他們都是典型的貴族文人和御用詞臣，創作的內容不外是
　　　　歌功頌德、粉飾太平。……他們創作的目的以及與此相聯
　　　　繫的風格上的特點，不過是以唱和爲滿足，以字句華麗爲
　　　　誇耀的文字遊戲而已。（頁412）

此說較游氏《中國文學史》所犯之毛病更爲嚴重，游氏僅就其詩歌內
容指陳其弊端，雖有語氣過偏之處，然不若此書對崑體之誤會深。文
中不但充斥階級意識，而且陳述多處失實，如「御用詞臣」一詞，如

以諸人身分言，多爲高官館臣，可稱爲皇帝服務之人，此詞勉強可以套用。如以內容看，《西崑酬唱集》中多諷諭上位之詠史詩，且未出現「歌功頌德」之字眼及實際內容，也非在「粉飾太平」。如〈宣曲〉之刺宮廷內事，〈漢武〉、〈始皇〉、〈明皇〉諸詠史詩之指斥迷信等，此書與劉大杰《中國文學發展史》評西崑之見解類似：「宋初由楊億、劉筠、錢惟演領導的西崑詩派，一味追蹤李商隱，重對偶，用典故，尚纖巧，主妍華，造成僅有形式缺乏思想內容的虛浮作風」（頁689），然該書對崑體之評價可說是失之於主觀，未能深入理解其眞正內容。

　　9·楊牧之〈《西崑酬唱集》爭議〉：

> 這部詩集的主要傾向確實是思想貧乏，缺乏眞情實感，雕章琢句，玩弄詞藻典故。他們倣效李商隱的形式，卻比李商隱更雕飾和晦澀；他們模擬李商隱的風格，卻學不來李商隱的深思與摯情。（頁60）

楊氏此評確實一針見血地將崑體主要缺點道出，這也是崑體所易爲人詬病之處。

（三）、綜合評論

　　1、吳調公〈李商隱對北宋詩壇的影響〉：

> 西崑的詩，從內容說，大體包括如下：（一）詠物。……（二）香艷。……（三）詠史。……（四）歌頌帝王功德。……（五）無病呻吟，抒發無名的愁恨悵觸。詠物、愛情、詠史，這一類作品，確都包含著李商隱常寫的題材，其中也確有不少佳作，但到了西崑派手中，卻是無法與之相提並論的。二者藝術造詣的懸殊固然是一個重要因素，但更重要的是西崑派缺少商隱的那種「巧囀豈能無本意」的、處於坎坷境界的深切吟徊的創作情緒。……從詩歌形式和技巧說，西崑體幾乎完全是寫的近體，還包括五言排律。他們醉心於詞采的綺麗、典故的繁富、對仗的工切。這些的確是李商隱的特長，然而卻並不能算是他的主要的藝術成就。西崑派中有些人不分主次、不加取捨地模仿他，而且

> 把其中的糟粕變本加厲地擴大，這就失去了商隱的精髓
> 了。……總的來說，西崑體算不得是真正善於承傳李商隱
> 詩歌的流派。

吳氏此評較詳要地敍說出西崑詩派的優缺點，其注意到西崑詩派成員
各人的具體情況並不完全相同的差異性，以及此詩派在藝術技巧方面
錘煉之精湛，如音節的諧暢、詞藻的丰美等，都是出於義山詩的一脈
承傳，只是在某些方面較之義山稍有遜色，故以「算不得是真正善於
承傳李商隱詩歌的流派」稱之，持論可謂公允有據。

　　2、蕭瑞峰〈重評《西崑酬唱集》中的楊億詩〉：

> 楊億學習李商隱，雖然更多地著眼於其形式上的特點，卻
> 也繼承了他關心時政的精神，寫出了不少借古諷今，有一
> 定意義的作品。而時人、後進學習楊億，則僅僅汲取其組
> 織辭章、驅遣典故的技巧，而置思想內容於不顧，一味講
> 求形式的華美、典雅，這就完全本末倒置，難免把西崑體
> 領入一條既不可進、又不可退的死胡同，一天天地僵死了。
> 於是，歐陽修不得不再以優遊坦夷之途矯而變之，一方面
> 有取於崑體，一方面則大力革除崑體流弊，把詩歌創作引
> 上健康發展的道路。然而正如楊億學習李商隱的用事深
> 密，遂致有些詩堆砌過甚，這不能由李商隱負責一樣，後
> 進效法楊億的組織工致、鍛煉新警，卻墮入以字謎爲詩的
> 惡趣，終使詩道頹壞，這也不能由楊億負責。

蕭氏此說雖有爲楊億解脫過失之嫌，但亦指出部份崑體發展之真相，
其評論較侷限於楊億詩歌，亦較主觀地傾向對崑體詩表示好評。

　　「西崑體」作爲一個詩派，只是在宗法李商隱和追求雕琢濃麗的
風格上基本一致，並非有組織的文學社團，但《西崑酬唱集》中的一
些詩篇，在宋初的文壇上，「不能不說是具有一定史料價值的作品」
〔註66〕，故在對西崑評論時，不能不針對其各項長處及缺失作具體評
論，方能作到客觀公允，亦能給予後學者較正面而深刻的認識和瞭解。

〔註66〕王仲犖語，見《西崑酬唱集注》序。

第四節　宋詩之改革運動

　　宋初文學，因承襲唐末五代餘風，故頗多習弊，一時之間尙難袪除，且宋初乏具文學理論之大家，故詩文各有所偏，然其蕪鄙頹敝之氣則同。今人曾毅《中國文學史》曾對此階段之文學風氣作過如此描述：「宋初文學，承唐末五季之流，爲聲偶者浮麗，攻古文者笨拙，學西崑者脂粉塗附，好晚唐者又蕪野爲累。物極則返，氣運之待轉者，蓋有如窮冬之候矣」（頁 76），其將宋初文學比喻作「窮冬之候」，可謂生動之至、貼切之至。

　　崑體詩由於處在北宋初期六十年的最後階段，且因作家眾多，影響廣泛，其追求晚唐華麗詩風的傾向十分明顯，其所造成的典麗雕琢之風，亦被後人視作宋初詩風的代表。其詩歌之優秀者，雖然深得義山詩之精髓，然而就藝術成就而論，亦不過是義山詩歌「藝術美的學習與再現」〔註67〕，並未在原有基礎上加以開拓以樹立自己的風格。但其時人及後學者在學習崑體之典麗詩歌創作中，卻形成堆垛典故、捃摭模仿、思想貧乏、缺少情味等流弊，故其成爲北宋中期詩文革新運動的主要斥責對象，是不足爲奇的。元袁桷〈書鮑仲華詩後〉即云：

> 宋太宗、眞宗時，學詩者病晚唐菱茶之失，有意于玉台文館之盛，飾組彰施，極其麗密，而情思流蕩，奪于援據，學者病之。至仁宗朝，一二巨公浸易其體，高深者極屬，摩雲決川，一息千里，物不能以逃遁，考諸《國風》之旨，則蔑有餘味矣。歐陽子出，悉除其偏而振挈之，豪宕悅愉悲慨之語，各得其職。（《清容居士集》卷四九）

此處之「飾組彰施」即指崑體重視華麗綺艷之詩風，而「情思流蕩，奪于援據」則指其堆砌典故，以致情味索然之弊，故成爲後來詩歌革新之主要對象。

　　以歐陽脩爲主的詩文革新運動，一方面對雕琢太甚、漸失本眞的西崑末流，以「優游坦夷」的詩風加以矯正，一方面卻不忘汲取崑體

〔註67〕許總語，見《宋詩史》，頁91。

詩歌的優點，以增厚宋詩在建立自己風調的基礎。葉夢得《石林詩話》
卷上即云：

> 歐公詩，始矯崑體，專以氣格爲主，故其詩多平易疏暢，
> 律詩所到處，雖語有于倫，亦不復問。……然公詩好處，
> 豈專在此。如〈崇徽公主手痕〉詩：「玉顏自昔爲身累，肉
> 食何人與國謀」，此是兩段大議論，而抑揚曲折，發見於七
> 字之中，婉麗雄勝，字字不失相對，雖崑體之工，亦未易
> 比。言所會處，如是乃爲至到。

「婉麗雄勝，字字不失相對」即學習崑體組織華麗、鍛鍊精警之優點。
明代張綖〈西崑酬唱集序〉亦言：

> 楊、劉諸公倡和《西崑集》，蓋學義山而過者。六一翁恐其
> 流靡不返，故以優游坦夷之辭矯而變之，其功不可少，然
> 亦未嘗不有取於崑體也。（《箋注》，頁27）

所謂「有取於崑體」者，其實是對其詩歌藝術成就和經驗，加以努力
汲取、吸收。關於此點，今人許總說得好：「從詩歌藝術形式本身的
發展看，由於其賴以存在的語言音韻表達系統的巨大穩固性，宋詩新
天地的開闢如果割斷了唐之前乃至宋初詩歌藝術的創作經驗，也無疑
是不可能的。實際上，宋詩在對唐季、邇來詩壇創作態度和傾向加以
拒斥的同時，對其藝術成就和經驗是努力接受的。宋詩藝術表現容量
空前擴大，正可視爲對唐以前詩學空間的包容；宋詩藝術風格特徵獨
開新徑，也正可視爲對唐以前詩學經驗的審察和反思的結果。」（《宋
詩史》，頁99）在此段敘述中，吾人可以發現，宋詩之發展正植基於
對唐詩的包容與接受，方能成就其面目，正如吳之振在《宋詩鈔·序》
中所云：「宋人之詩，變化於唐，而出其所自得，皮毛盡落，精神獨
存」，宋詩與唐詩並沒有切斷其間關係的。

　　北宋之詩文革新運動，除了對唐末五代的詩歌是一種革新外，實
際上也可看作是對傳統詩歌的一項挑戰。因爲從王禹偁、石介、柳開
等人不斷提出有關文學與聖賢之道聯繫的關係以來，宋初文壇便逐漸
瀰漫此種復古風潮，尤其當崑體以華靡艷麗之面貌出現以後，更倍受

衛道者之抨擊與詆毀。石介之〈怪說〉三篇，可以說是對西崑攻擊最烈的一個高潮，然而由於當時崑體聲勢正值巔峰，而推廣復古者既無顯赫官位，又無師友獎勵，且乏亮麗耀眼之創作實績，故對當時詩風之震撼力較少，亦無足以掃除崑體浮艷之風。然而藉由石介諸人之努力，待歐陽脩、梅堯臣諸人一出，以其優秀之文學理論為革除崑體浮靡詩風的利器，再以出色的創作成績作為清掃崑詩的後盾，最後終能完成對唐代餘習的摧廓，而建立屬於自己面貌宋詩風調。王昭範於〈西崑酬唱集箋注序〉所云：「自歐、梅代興而宋詩成，亦自歐、梅變體而後，唐人之風格掃地以盡」（《箋注》，頁 12）者，即指此。宋詩在如此環境下孕育成長，便造就了與傳統詩歌顯然不同的獨特風貌。

在歐陽脩力主詩文改革時，梅堯臣是輔佐歐公最力的詩人之一。如《四庫全書總目‧宛陵集提要》即云：

> 宋初詩文尚沿唐末五代之習，柳開、穆修欲變文體，王禹偁欲變詩體，皆力有未逮，歐陽脩崛起為雄，力復古格。於時曾鞏、蘇洵、蘇軾、蘇轍、陳師道、黃庭堅等皆尚未顯，其佐修以變文者尹洙，佐修以變詩體者則堯臣也。（卷一五三）

《石洲詩話》亦云：

> 自楊、劉首倡接踵玉溪，臺閣鉅公先以溫麗為主。其時布衣韋帶之士何能孤鳴復古，而獨宛陵志在深遠，力滌浮濫，故其功不可沒，而其所積則未厚也。昔人所云：「去浮靡之習於崑體極弊之際，存古淡之道於諸大家未起之先」，斯為確評定論耳。（卷三）

其實與梅堯臣同佐歐陽脩進行詩歌改革，尚有蘇舜欽和石延年等人，尤其蘇舜欽之詩歌成就與梅堯臣不分軒輊，同樣具宋人精神，故屢為歐陽脩所稱，亦是永叔主持詩文革新的得力助手。葉燮《原詩》云：

> 宋初襲唐人之舊，如徐鉉、王禹偁輩，純是唐音。蘇舜欽、梅堯臣出，始一大變，歐陽脩亟稱二人不置。（卷一〈內篇上〉）

翁方綱《石洲詩話》亦云：

談理至宋人而精，說部至宋人而富，詩則至宋而益加細密。
蓋刻抉入裏，實非唐人所能囿也。……善夫劉後村之言曰：
國初詩人如潘閬、魏野，規規晚唐格調；楊、劉則又專爲
崑體，蘇、梅二子稍變以平澹豪傑，而和之者尚寡；至六
一公歸然爲大家，學者宗焉。（卷四）

此即謂梅堯臣與蘇舜欽同以「平澹豪傑」之詩風變革楊、劉艷麗崑體；
然此亦說當梅、蘇之時，其力尚不足以盡除崑體之弊，因其缺乏顯赫
之勢位推動詩歌理念，必待歐陽以其才學與勢位配合方能作徹底之清
滌。然後人亦有以蘇、梅爲開宋詩一代面目者，如葉燮《原詩》便稱：

開宋詩一代之面目者，始于梅堯臣、蘇舜欽二人。自漢、
魏至晚唐，詩雖遞變，皆遞留不盡之意，即晚唐猶存餘地，
讀罷掩卷，猶令人屬思久之。自梅、蘇變盡崑體，獨創生
新，必辭盡于言，言盡于意，發揮鋪寫，曲折層累以赴之，
竭盡乃止。才人伎倆，騰踔六合之類，縱其所如，無不可
者，然含蓄淳泓之意，亦少衰矣。（卷四〈外篇下〉）

葉氏便以梅堯臣和蘇舜欽二人爲宋詩之奠定者。而沈德潛《說詩晬語》
卷下亦云：

宋初臺閣倡和，多宗義山，名西崑體（自注：以義山爲崑
體者非是），梅聖俞、蘇子美起而矯之，盡翻科臼，蹈屬發
揚，才力體製，非不高於前人，而淵涵淳濇之趣無復存矣。
歐陽七言古，專學昌黎，然意言之外，猶存餘地。

此亦稱讚梅、蘇二人力矯西崑而使宋詩一變，然其缺點則是以直言道
盡，無復「淵涵淳濇之趣」，其實這可算是宋詩的缺點，也可說是宋詩
的特色。梅堯臣在〈答韓三子華韓五持國韓六玉汝見贈述詩〉中曾云：

聖人于詩言，曾不專其中。因事有所激，因物興以通。
自下而磨上，是之謂《國風》，《雅》章及《頌》篇，刺美
亦道同。
不獨識鳥獸，而爲文字工。屈原作《離騷》，自哀其志窮。
憤世嫉邪意，寄在草木蟲。邇來道頗喪，有作皆言空。
煙雲寫形象，葩卉詠青紅。人事極諛諂，引古稱辯雄。

> 經營唯切偶，榮利因被蒙。遂使世上人，只以一藝充。
>
> 以巧比戲弈，以聲喻鳴桐。……（《梅堯臣集編年校注》卷十六）

〈答裴送序意〉詩亦云：

> 我于詩言豈徒爾，因事激風成小篇。辭雖陳陋頗剋苦，未
> 到二《雅》安忍捐。安取唐季二三子，區區物象磨窮年。（同
> 上書卷十五）

蘇舜欽〈上三司副使段公書〉云：

> 言也者，必歸於道義。道與義澤于物而後已，至是則斯爲
> 不朽矣。故每屬文，不敢雕琢以害正。（《蘇舜欽集》卷九）

其〈石曼卿詩集序〉復云：

> 詩之作，與人生偕者也。人函愉樂悲鬱之氣，必舒于言，
> 能者財之傳于律，故其流行無窮，可以播而交鬼神也。（同
> 上書卷十三）

由此可以看出，梅堯臣等人是反對講究形式的西崑體和晚唐體，要求
詩歌注重內容思想，恢復以《詩經》、《離騷》爲代表的優秀傳統。而
梅、蘇等人在批評晚唐、宋初詩風之餘，亦大量創作古體詩，力圖以
簡樸的形式、不加修飾的語言，直接反映社會和自己的政治見解。

　　以歐陽脩爲主之詩文革新運動，主要活動時間是在仁宗朝，而活
躍於宋初後期詩壇的晚唐體、西崑體詩人均在仁宗即位（1023）前後
相繼謝世；〔註68〕這對宋詩之變革提供了一有利時機，而眾人即以韓
愈「以文爲詩」、「以議論爲詩」之藝術技巧創作，以表現宋詩清新脫
俗之風格。劉熙載《藝概》卷二即載：

> 東坡謂歐陽公「論大道似韓愈，詩賦似李白」，然試以歐詩
> 觀之，雖曰似李，其刻意形容處，實于韓爲逼近耳。

〔註68〕晚唐體詩人魏野卒於眞宗天禧三年（1019）、寇準卒於仁宗即位之年
　　　（天聖元年）、林逋卒於天聖六年（1028）；西崑體詩人楊億卒於眞
　　　宗天禧四年（1020）、劉筠卒於天聖九年（1031）、錢惟演則較晚辭
　　　世，其卒於仁宗景祐元年（1034），是年蘇舜欽始進士及第，而梅堯
　　　臣則於該年落第。是知當晚唐、崑體諸家凋零後，歐、梅、蘇諸人
　　　始大力提倡詩文革新運動，以救其弊。

似韓愈處主要體現在詩歌的議論化與散文化的傾向上，這對形成宋詩的風格有很深的影響。〔註69〕許總在《宋詩史》中說到：

> 具有獨特風貌的「宋調」，形成於北宋中期。以歐陽修、梅堯臣、蘇舜欽爲代表的詩歌復古運動作爲這一時期詩壇的主流，依倚著儒學復興的文化土壤以及政治文化走向一體的的時代背景，一方面表現出儒家政教詩學的濃厚色調和正統觀念，另一方面又造成政治社會意識的空前強化，在「邇來道頗喪，有作皆言空」（梅堯臣〈答韓三子華韓五持國韓六玉汝見贈述詩〉）、「安取唐季二三子，區區物象磨窮年」（梅堯臣〈答裴送序意〉）的認識的前提下，在宋初晚唐詩風的批判與變革之中，宋詩也同時完成了議論化、理性化的特徵建構，走上了價值取向藝術風格的轉換進程。(頁5)

此種看法是正確的。由於歐、梅等人盡棄唐音，獨立門戶，以至形成宋詩自我風格，即所謂「宋調」。及至蘇軾、黃庭堅崛起，宋詩發展呈現高峰，而「宋調」完成成熟，且以詩人個性的充分發揮而表現出豐富多彩的形態；高峰之後，由黃、陳合流，凝聚成「江西詩派」，於是「宋調」的基本特質便成爲創作之規範與固定的模式。〔註70〕明胡應麟云：

> 六一雖洗削西崑，然體尚平正，特不甚當行耳。推轂梅堯臣詩，亦自具眼。至介甫創撰新奇，唐人格調始一大變。蘇、黃繼起，古法蕩然。（《詩藪·外編》卷五）

胡氏此段敘述，即明白道出宋詩建立自己風調的軌跡。詩至蘇、黃，已脫盡唐詩皮毛，而北宋詩歌革新之工作便算大功告成了。

〔註69〕參見《中國古代文學史長編》（宋遼金卷）第三章，頁131。
〔註70〕參見《宋詩史》，頁12。

第八章　結　論

　　詩歌自詩經、楚騷、漢賦之發展，至唐代而達到前所未有的傲人
巔峰，綻放出眩目盪魂，撼人心魄的瑰麗光采，且其餘光持久不去。
宋詩繼唐詩輝煌之後，如何在唐詩已有基礎上擷芳汰蕪，推陳出新，
以創作既有唐詩迷人之興味，又能樹立自己獨特格調之詩歌，以與之
並駕齊驅，甚或超越唐詩之成就，便成爲宋代詩人所面對之嚴肅課題。

　　宋初詩歌，在一般研究文學史者甚或治詩者心目中毫不起眼，常
覺得它無甚價值，不足一觀。甚至只要談到宋初詩歌便嗤之以鼻，裹
足不前，故而宋初詩集便遭束之高閣，蒙塵生垢，甚或任令漫漶散佚，
更遑論爲這塊詩歌園地開關耕治，以重發其光采。今人處唐宋之後，
可以客觀欣賞唐宋詩之美，並對其詩歌內容及藝術特色作相應之闡述
抉發，不必爲唐詩避諱，亦不必爲宋詩爭強，只要如實舉發、參觀印
證，便能各得其美，恰如其分。宋初六十餘年詩壇，非僅西崑一派，
只是崑體詩人之主盟宋初末期，而其末流習弊，便成爲後來詩文革新
運動直接聲討的對象。在此宋初六十餘年的時光，先繼有白體、晚唐
體、西崑體之產生，吾人只有摒棄所有成見，直接進入當代時空，直
接從宋初詩人詩文集中去體貼其心靈、生命，方能爲其詩歌作出如實
的呈現，開發其幽光，亦能爲唐宋詩之流衍變化，找出眞正之軌跡。
宋初詩風體派發展之研究，不在爲宋初請命，而是要讓世人瞭解在宋

詩園地中，有一塊不可忽視卻正趨蕪廢之詩歌荒原。此項研究，不袛是在陳述宋初詩風體派之區別，更要讓治學者明瞭宋初詩歌於唐、宋詩歌在折衝變化之中所扮演之關鍵價值，捨去此段發展過程，便無由窺知宋詩建立自己風貌之全豹；不知宋初詩歌特色，則對宋中葉歐陽脩等人所發起之詩文革新運動的認知終將落空，故本文撰作之動機在此，目的也在此。

　　時代環境與詩歌發展是密不可分的。宋初詩歌在宋太祖、太宗等刻意調養生息下逐漸滋潤成長，由於帝王們之愛好、提倡，爲宋初詩歌帶來莫大助力；然由於詩歌本身發展的規律，宋朝初期並未隨著趙宋的易祧建國而具有嶄新獨特的詩歌風貌，所呈現的事實是大規模承襲晚唐詩風。唯宋初詩人如王禹偁等，在此唐風籠罩之環境下，仍企圖努力以散文入詩、以議論入詩等表現手法，爲宋詩尋求更進一步的發展。而崑體詩人則創作大量用典之繁富詩歌，追求「無一字無來歷」之風氣，亦爲形成有別於唐詩之宋詩先驅。有鑑於自太祖至眞宗朝之詩歌是以中晚唐詩風爲其主調，與仁宗朝之後的宋詩大變革時期詩風有明顯差異，故歷來多將歐陽脩等人推動詩文革新運動之前的時期歸爲北宋初期。在此階段之詩歌，雖有人指其偏於接受唐詩影響，未能作積極之創作發展，但如陳衍等文學批評家卻獨具慧眼，以爲西崑諸人之風格、氣韻，可比唐初四傑。誠見若無宋初詩人之諸般努力，亦無以誘發歐、蘇等人之大器流行。方回之〈送羅壽可詩序〉明確標舉宋初詩壇依詩風區分有「白體」、「崑體」、「晚唐體」三個體派，這是明智可取的論斷。只是他只羅列三個詩派，而沒有區別年代先後的說法，卻造成後人以爲宋初三派詩風並存的錯覺，以致形成對宋初詩風興起先後的敘述失實，或有以西崑體直接承紹晚唐和五代者，或有以爲王禹偁反對西崑體者，或有以爲宋初詩壇以晚唐體之風行爲先導者，凡此錯誤，均緣於對宋初三體興起之時代先後認識不清，故本文即以白體、晚唐體和西崑體這「宋初三體」之間的遞嬗、演變，作較爲詳盡的論述、抉發。

　　趙宋建國之後，在詩壇最早盛行的詩體是白體詩。此詩派以唐代
詩人白居易平易且富情味的詩風爲正宗，又稱爲「樂天體」或「香山
體」。此詩派主盟宋太祖、太宗二朝四十年詩壇，至眞宗朝崑體詩崛
起之後方趨式微。其主要詩人有徐鉉、李昉和王禹偁等人，其中尤以
王禹偁最爲傑出。白居易詩歌，在晚唐、五代便已蔚成風氣，張爲《詩
人主客圖》首列白居易，稱其爲「廣大教化主」，可見其受推崇之程
度。趙宋立國，文苑政壇多五代十國之士大夫，尤其主掌文壇之徐鉉
兄弟及南唐詩人如韓熙載、李建勛及由後周入宋之李昉等均以平易詩
風爲宗，在他們進入宋朝後，成爲宋初白體的代表。由於他們的帶動，
元白詩歌唱和之風迅速瀰漫整個宋初詩壇，上至天子，下至武夫走
卒，人人皆以能吟誦一二詩歌爲榮。在宋初幾位帝王提倡下，唱酬詩
歌便成當時官場應酬之重點活動，且成爲社會上一種重要之交際方
式，連隱逸之士亦在所不免。白體詩歌之主要內容爲唱和酬贈、反映
現實、寄寓譎情、描寫田園與詠物等，其中以反映現實之詩歌成績較
突出，頗能箕紹白居易諷諭詩之精神。而徐鉉與李昉二人，不僅是宋
初白體詩派的開創者，而且在入宋後在宋庭擔任重要職務，對宋初文
化的振興頗具貢獻，也是宋初文壇的重要力量。

　　宋初白體，王禹偁最爲大家。其詩歌除早期學習白居易之閑適詩
和唱酬詩外，貶謫商州後則始仿效樂天諷諭詩，其七言歌行，無論是
深刻寓意之作，嚴峻議論之作，活潑輕快之作，在聲音、節奏、內容、
體式方面體現了白居易新樂府的精神風貌。其在詩歌語言方面學習白
居易採取樸素自然、通俗易懂的語彙入詩；在思想內容上繼承其「惟
歌生民病」的主張，深刻的披露當時官場、社會的弊陋與生民的困頓
苦難；在藝術表現方面，則紹承其以美刺方式突顯鮮明之是非觀念與
強烈之愛憎情感的手法，和以傳統比興手法託物言志、以事喻理的創
作技巧。而追求詩歌反映現實，關懷民生方面，他也繼承了杜詩中的
現實精神。王禹偁盛贊杜甫詩的成就，不只是在「繼往」和「集大成」
方面，更重要的是其能「開詩世界」。他在眾人迷戀忘返於白居易晚

期唱和詩風之際，能夠提倡詩效杜甫，爲杜詩於人所不爲時，是開有宋一代尊崇杜詩之先風，其功不可磨滅。李白「頌而諷，以救時」、「僻而奧，以矯俗」、「清而麗，以見才」的文學主張及詩文創作，深爲王禹偁讚佩，故其部分樂府在內容及吟詠節奏方面，亦絕類李白古樂府之興味，此其在李白歌詩中汲取營養之表現。王禹偁之詩歌藝術所異於宋初諸家之特色約有下列數項：

（一）首爲反映現實之精神，此種深刻反映現實社會弊端及因各種天災人禍帶給百姓苦難的詩篇，在其同時或稍後之詩人創作中可謂寥若晨星，故其此類創作，於當時詩人中更是彌足可貴。

（二）王禹偁之詩歌與同時期之白體詩人相比，風格較顯多樣化，尤其在商州期間所創作的一些極具民歌風味的詩什，更是宋初詩人所無者，其內容通俗易懂，語言淺白自然，可謂宋詩語言通俗化，以口語入詩的先聲。

（三）因王禹偁古風歌行多效李白古體的放達，且其素來推崇韓愈的文章，也學習韓愈文章「易」的一面，故其許多詩歌均有明顯採用散文語法或以散文結構爲詩，尤其是古體長篇，如〈謫居感事〉、〈酬安祕丞歌詩集〉之類，多以單行素筆直寫胸中所見，故其可謂宋詩散文化之先驅。

（四）以議論入詩，雖非始自宋人，然至宋代，談史論政、談詩論藝之詩較之唐詩更有進展，且更有成績。此乃宋人重視詩歌之社會功能時所必須發展之途徑之一。而王禹偁之詩歌即具有濃厚之議論化傾向，尤其是謫居期間的詩什，不管是倡和或感懷，不管是近體或古體，均可見議論之蹤跡，而且其議論內容均十分深刻，而且飽含感情、語言精鍊、韻律和諧，此爲王禹偁服膺白居易主張詩歌應有所爲而爲的結果，這也開啓了歐陽脩、梅堯臣、蘇舜欽等人在「以議論爲詩」方面的大門，影響十分深遠。

（五）王禹偁詩中多有以物喻物或以己方人之詩，其以物比況者，多爲議論不平之事；以己比諸前賢時，則多抒發一己之衷心喜望

或深沈之悲哀。在後者中，尤以同遭貶謫之前輩詩人屈原與賈誼之身世，最易引起詩人之共鳴，而每當詩人念及壯志未酬或將終老謫宦時，馮唐之身影便浮現腦海，故詩人常以比喻手法，將心中苦悶或自身境遇與前賢比況，其次數逾五十次，此亦為其詩歌之特色之一。王禹偁之詩歌藝術能在宋初形成自己之特色，乃因其有不同於當時詩壇之文學理論。他面對北宋初期深受晚唐五代靡豔風氣影響的文壇，便提倡「傳道而明心」之文學理論作為創作詩文之目的，企圖通過復古之過程，以革除詩文弊病，達到維護「斯文」之目的，並主張為文應師法六經，及韓愈文章之「句易道」、「義易曉」，以落實施政、化俗功效。而他在詩歌創作方面不但能體現「言志」、「緣情」二大體系，且其審美觀點著重在平易雅正的標準上，因其主張用詩歌來移風易俗、感化人心，而平易自然、風雅端正之詩文便是發揮潛移默化之最好素材。王禹偁在詩歌創作和文學理論方面曾深切地影響宋詩發展，吳之振盛稱其「獨開有宋風氣」，使歐陽脩得以「承流接響」，他在宋代詩歌的真正地位便在為「歐、蘇先聲」，其精神和成就值得喝采與肯定。

　　宋初晚唐詩派之興起，乃緣於白體詩普遍缺乏變化，已無法滿足新一代知識分子之需要，且其末流所顯現之平易淺俗詩風，也開始引起詩人們之普遍不滿；在外在環境上，由於國家政治安定、社會經濟漸趨繁榮，促使文化學術及知識分子素養獲得顯著提昇，故對於詩歌之體式、藝術表現有更強烈之要求，於是部分詩作群體便選擇以晚唐詩風中之構思精巧來替代白體之淺俗平易，此詩作群體便被稱為「晚唐體」；而另外一些以「雕章麗句」的藝術形式為特色者，便被稱作「西崑體」。宋初晚唐體奉賈島、姚合為宗主，其共同特色則以描摹風物為主。楊慎評此派詩人「忌用事」、「惟搜眼前景物而深刻思之」，頗能切中其詩歌創作態度及創作方法之特點。他們工於錘鍊詩句，「每首必有一聯工，又多在景聯」。主要詩人有九僧、寇準、林逋、魏野和潘閬等，其中聲名最著者為林逋，其詠梅諸作清澹高遠，神韻特出，

膾炙人口；身份最特殊者爲寇準，其以朝廷高官投身於以緇流、隱士
爲主之晚唐體詩歌創作中，成績斐然，胡仔稱其「詩思悽惋，蓄富於
情者」，縱使富貴之時所作詩歌，亦柔麗傷感；九僧則專精五律，多
寫生活瑣事與自然小景，其刻苦、鍛鍊，甚獲方回賞識，以爲梅堯臣
與陳師道等人之成績乃奠基於九僧之努力上。晚唐體之構思精巧、幽
峭清麗，與西崑體之致力藻飾、組織華麗，雖風格有異，但在追求更
高藝術形式之精神和態度上，二者基本上是相通的；而其追求警麗詩
風之精神爲崑體所取，對崑體之興盛有推助之功；其改革白體末流平
俗淺易之審美趣味，又被南宋永嘉四露藉以改革江西詩派之襲積故
典；其精巧構思之創作方式，亦爲其後宋人取法，轉化爲宋詩以冷靜、
理性見長之詩風，故其影不可謂不明顯。

　　繼白體之後，執宋初詩壇牛耳者爲西崑體派。此詩派以組織華
麗、鍛鍊精警及用典繁富爲其特色，其所以稱爲「崑體」，主要是以
楊億所編纂之《西崑酬唱集》而得名。此書之編纂，緣於眞宗時，參
預編修《歷代君臣事跡》(後定名爲《冊府元龜》) 之館臣文士，於「歷
覽遺編，研味前作」之後，希慕詩歌之「雕章麗句，膾炙人口」，故
以餘暇作詩唱酬，楊億乃將之編輯成冊，取「玉山策府之名」以之名
書，時約眞宗大中祥符元年。此書作者應爲十七人，絕大多數是因參
與編纂工作而一起唱和者；其詩篇計二百五十篇，內容以唱酬贈答、
詠物、詠史及感時抒懷爲主，其中詠史諸篇，多爲諷諭眞宗之作，成
績最見精采。此書以酬唱名集，乃奠立在白體與晚唐體之唱和基礎
上，是宋初唱和詩風極度發展之產物，其作品內容和題材與初起之白
體多有相同，可見其中傳承之跡。

　　崑體詩之興起，除與晚唐體詩有共同之內在需求外，於外在環境
上，時處宋世各項建設欣欣向榮之際，國家需要提昇文化水準，而朝
廷也需較爲典雅富麗之詩文歌頌當代偉業，粉飾太平，崑體詩人率多
抱負絕世之才，遇上太宗、眞宗等好文之主，自然更能聲馳四方。崑
體詩人之主要師法對象爲李商隱，其審美觀點較偏向華美典麗之詩

風，故工儷對，喜用事，頗能發揮義山詩辭華麗、對仗工切及用典繁富之特點，然生搬硬套之習所在多見，致遭「搯撦」之譏。其詩歌藝術除組織華麗、鍛鍊精警、用典繁富之特點外，兼有清峭感愴之風格，且其純用以七律爲主之近體詩創作，亦其詩歌藝術之一大特色。此派詩人以楊億、劉筠、錢惟演爲主，餘如丁謂、張詠詩近王禹偁風格，劉騭詩屬崑體清峭感愴一格，李宗諤詩精警如晚唐體，而晁迥他詩則純然白體。崑詩重近體而輕古體，重形式而輕內容，此與晚唐體同，然亦其發展較受限制之處；唯其以學問爲詩之創作方式，亦開啓宋詩多用典故之端；其有意識地爲淘汰白體與晚唐體詩末流弊病所作的各項努力，則成爲北宋詩文革新精神之先導。故其對宋詩之改革與發展具有示範作用，亦有矯正宋初詩藝蕪鄙積弊之功；其詩歌創作，更爲後來之宋詩提供了藝術營養，可見崑體詩之價值所在。崑體氣象未必不佳，然其詩歌普遍內容貧乏、缺乏情味，且多患搯撦碟裂之病，故仁宗朝之後，以歐陽脩、梅堯臣、蘇舜欽等人爲主之詩文革新，主張以「平淡」詩風掃除崑體之浮艷，故崑體乃漸趨式微。

　　宋初三體之興盛衰微，明顯地隨著時代的脈動起伏，雖然他們仍籠罩在晚唐詩風的影響下，未能開出眞正屬於自己的獨特風格；但不可否認的，「宋調」的許多特質，已在此時蘊釀、萌發。吾人研究宋詩之生發形成以至獨立，自不能略此而不談，否則便無由了解其遞嬗流衍，亦無法清楚唐宋詩之間的轉折變化了。

引用及參考書目

一、引用書目

（一）

1. 《騎省集》，宋・徐鉉，四庫全書本。
2. 《二李唱和集》，宋・李昉、李至，宸翰樓叢書本。
3. 《小畜集》，宋・王禹偁，四部叢刊本。
4. 《小畜外集》，宋・王禹偁，四部叢刊本。
5. 《林和靖詩集》，宋・林逋，浙江古籍，1992 年 8 月第二次印刷。
6. 《鉅鹿東觀集》，宋・魏野 1952 年貴池劉氏影宋刊本。
7. 《逍遙集》，宋・潘閬，知不足齋叢書本。
8. 《忠愍公詩集》，宋・寇準，四部叢刊本。
9. 《增廣聖宋高僧詩選》（收入《南宋群賢小集》），宋・陳起，台北藝文，民國 61 年 6 月。
10. 《武夷新集》，宋・楊億，四庫全書本。
11. 《肥川小集》，宋・劉筠，四庫全書本。
12. 《西崑酬唱集》，宋・楊億編、徐幹校，台北廣文，民國 71 年 8 月。
13. 《西崑酬唱集箋注》，鄭再時，齊魯書社，1986 年 1 月。
14. 《西崑酬唱集注》，王仲犖，北京中華，1980 年 12 月。

（二）

1. 《唐宋詩三千首——瀛奎律髓》，元・方虛谷編，清・紀曉嵐批點，北京中國書店，1990 年 3 月。
2. 《宋詩鈔》，清・吳之振等輯，台北台灣商務，萬有文庫本。

3. 《宋詩略》，清‧汪景龍、姚壎所編，清乾隆三十四年刊本。

4. 《宋詩精華錄》，清‧陳衍，曹中孚校注，成都巴蜀書社，1992 年 3 月。

5. 《宋詩選繹》，不著撰人，台北學海，民國 63 年 3 月。

6. 《宋詩選注》，錢鍾書，台北木鐸，民國 73 年 9 月。

7. 《宋元明詩評註》，王文濡，台北廣文，民國 70 年 12 月。

8. 《宋人七絕選》，毛谷風，北京書目文獻，1987 年 3 月。

9. 《百家唐宋詩新話》，傅庚生、傅光等，成都四川文藝，1989 年 5 月。

10. 《宋詩鑑賞辭典》，繆鉞等撰，上海辭書，1990 年 9 月第 3 次印刷。

11. 《全宋詩》，傅琮璇等主編，北京大學，1991 年 7 月。

（三）

1. 《宋詩紀事》，清，厲鶚，台北鼎文，民國 60 年 9 月。

2. 《宋詩研究》，胡雲翼，台北宏業，民國 61 年 2 月。

3. 《宋詩史》，許總，重慶出版社，1992 年 3 月。

4. 《宋詩散論》，張白山，上海古籍，1984 年 9 月。

5. 《宋詩概說》，日‧吉川幸次郎著，台北聯經，民國 77 年 9 月第 4 次印行。

6. 《宋詩》，房開江，上海古籍，1991 年 1 月。

7. 《宋詩派別論》，梁昆，台北東昇，民國 69 年 5 月（又收於高雄復文《宋詩論文選輯》第一冊）。

8. 《宋詩論文選輯》，黃永武、張高評，高雄復文，民國 77 年 5 月。

9. 《宋詩綜論叢編》，張高評編，高雄麗文，1993 年 10 月。

10. 《江西詩社宗派研究》，龔鵬程，台北文史哲，民國 72 年 10 月。

11. 《詩詞散論》，繆鉞，台灣開明，民國 68 年 3 月台 6 版。

12. 《中國美學史資料類編‧文學美學卷》，吳調公，江蘇美術，1990 年 6 月。

13. 《中國古代文學詞典》，劉蘭英等編，廣西人民，1986 年 2 月。

14. 《唐詩百話》，施蟄存，上海古籍，1988 年 4 月第 2 次印刷。

15. 《唐詩答客問》，張天健，北京學苑，1991 年 7 月第 2 次印刷。

16. 《百家唐宋詩新話》，傅庚生、傅光選編，成都四川文藝，1989 年 5 月。

17. 《唐宋詞選注》，張夢機、張子良編著，台北華正，民國 78 年 9 月修訂 10 版。

（四）

1. 《中國詩史》，葛賢華，中華文化出版事業委員會，民國 47 年 9 月。

2. 《中國文學史》，曾毅，台北文史哲，民國 66 年 6 月台 1 版。

3. 《中國詩歌流變史》，李曰剛，台北文津，民國 76 年 2 月。

4. 《簡明中國文學史教程》，朱靖華、李永祜主編，濟南齊魯書社，1988 年 1 月。

5. 《中國古代文學史長編》（宋遼金卷），郭預衡主編，北京師範學院，1993 年 1 月。

6. 《中國文學史》，游國恩等編，台北五南，民國 79 年 11 月。

7. 《中國文學史綱要》（宋遼金元文學），李修生，北京大學，1988 年 5 月第 3 次印刷。

8. 《兩宋文學史》，程千帆、吳新雷，高雄麗文，1993 年 10 月。

9. 《新編中國文學史》（試印本），中國文學史研究委員會，高雄復文，未撰出版年月。

10. 《宋元文史研究》，陳樂素主編，廣東人民，1988 年 9 月。

11. 《文史論叢》，宋海屏，台北新文豐，民國 67 年 5 月。

12. 《兩宋文史論叢》，黃啓方，台北學海，民國 74 年 10 月。

13. 《王禹偁研究》，黃啓方，台北學海，民國 68 年 4 月。

14. 《王禹偁事跡著作編年》，徐規，北京中國社會科學，1982 年 4 月。

15. 《中國科學文明史》，不著撰人，台北木鐸，民國 77 年 9 月初版。

（五）

1. 《春秋左傳注疏》，唐·孔穎達等，台北藝文，十三經注疏本。

2. 《詩經注疏》，唐·孔穎達等，台北藝文，十三經注疏本。

3. 《論語譯注》，楊伯峻，新店源流，民國 71 年 10 月再版。

（六）

1. 《史記》，漢·司馬遷，北京中華，1973 年 4 月北京第 6 次印刷。

2. 《漢書》，漢·班固，北京中華，1975 年 4 月第 3 次印刷。

3. 《穆天子傳》，晉·郭璞注，上海古籍，1991 年 12 月。

4. 《拾遺記》，前秦·王嘉，上海古籍，1991 年 12 月。

5. 《晉書》，唐・房玄齡等，北京中華，1974 年 11 月。

6. 《南史》，唐・李延壽，北京中華，1975 年 6 月。

7. 《北齊書》，唐・李百藥，北京中華，1972 年 11 月。

8. 《唐國史補》，唐・李肇，上海古籍，1991 年 12 月。

9. 《續資治通鑑長編》，宋・李燾，上海古籍，1986 年 2 月。

10. 《宋朝事實類苑》，宋・江少虞，上海古籍，1981 年 9 月。

11. 《直齋書錄解題》，宋・陳振孫，上海古籍，1987 年 11 月。

12. 《郡齋讀書志》，宋・晁公武，四部叢刊本。

13. 《宋史》，元・脫脫等撰，北京中華，1977 年 11 月。

14. 《續資治通鑑》，清・畢沅，長沙岳麓書社，1992 年 1 月。

15. 《宋論》，清・王夫之，台北洪氏，民國 70 年 10 月再版。

16. 《宋會要輯稿》，清・徐松輯，北京中華，1987 年 11 月北京第 2 次印刷。

17. 《宋元學案補遺》，清・王梓材、馮雲濠輯，四明叢書約園刊本。

18. 《四庫全書總目》，清・紀昀，台北藝文，民國 68 年 12 月 5 版。

19. 《四庫全書簡明目錄》，清・紀昀等，台北世界，民國 64 年 1 月 3 版。

20. 《四庫全書簡明目錄》，清・紀昀等撰，台北世界，民國 64 年 1 月 3 版。

21. 《鐵琴銅劍樓藏書目錄》，清・瞿鏞，北京中華，1990 年 3 月。

22. 《隋唐五代史》，呂思勉，台北九思，民國 66 年 9 月。

23. 《金明館叢稿二編》，陳寅恪，上海古籍，1980 年。

24. 《宋人軼事彙編》，丁傳靖，台北台灣商務，民國 71 年 9 月台 2 版。

25. 《四庫全書總目提要補正目錄》，胡玉縉編，台北木鐸，民國 72 年 8 月。

26. 《唐才子傳校注》，孫映逵校注，北京中國社會科學，1991 年 6 月。

27. 《唐詩紀事校箋》，王仲鏞，成都巴蜀書社，1992 年 3 月第 2 次印刷。

（七）

1. 《莊子集釋》，郭慶藩輯，台北華正，民國 69 年 10 月。

2. 《孟子譯注》，楊伯峻，新店源流，民國 72 年 9 月再版。

3. 《世說新語校箋》，徐震堮，北京中華，1991 年 7 月第 4 次印刷。

4. 《列子譯注》，嚴北溟譯注，上海古籍，1992 年 7 月第 3 次印刷。

（八）

1. 《詩人主客圖》，唐・張爲，（收錄於《歷代詩話續編》，台北木鐸，民國 77 年 7 月）。

2. 《涑水紀聞》，宋・司馬光，上海古籍，1991 年 12 月。

3. 《宋景文筆記》，宋・宋祁，上海古籍，1992 年 7 月。

4. 《春明退朝錄》，宋・宋敏求，上海古籍，1992 年 7 月。

5. 《中山詩話》，宋・劉攽，（收於《歷代詩話》，台北木鐸，民國 71 年 2 月）。

6. 《後山詩話》，宋・陳師道，（收於《歷代詩話》，台北木鐸，民國 71 年 2 月）。

7. 《苕溪漁隱叢話》，宋・胡仔，台北長安，民國 67 年 12 月。

8. 《滄浪詩話》，宋・嚴羽，（收錄於《歷代詩話》，台北木鐸，民國 71 年 2 月）。

9. 《蔡寬夫詩話》，宋・蔡啓，（收錄於郭紹虞輯《宋詩話輯佚》下冊，北京中華，1987 年 5 月第 2 次印刷）。

10. 《詩話總龜》，陳・阮閱，台北廣文，民國 62 年 9 月。

11. 《聞見錄》，宋・邵伯溫，上海古籍，1991 年 12 月。

12. 《詩史》，宋・蔡居厚，（收錄於郭紹虞輯《宋詩話輯佚》下冊，北京中華，1987 年 5 月第 2 次印刷）。

13. 《新編四六寶苑群公妙語》，宋・祝穆，台北廣文，民國 62 年 9 月。

14. 《經進東坡文集事略》，宋・蘇軾，台北世界，民國 49 年 11 月。

15. 《容齋三筆》，宋・洪邁，台北廣文，民國 60 年 9 月。

16. 《海錄碎事》，宋・葉庭珪，四庫全書本。

17. 《二老堂詩話》，宋・周必大，（收於《歷代詩話》，台北木鐸，民國 71 年 2 月）。

18. 《後村詩話》，宋・劉克莊，台北廣文，民國 60 年 9 月。

19. 《優古堂詩話》，宋・吳开，（收錄於《歷代詩話續編》，台北木鐸，民國 77 年 2 月）。

20. 《詩林廣記》，宋・葉正孫，台北廣文，民國 62 年 9 月。

21. 《習學記言》，宋，葉適，上海古籍，1992 年 7 月。

22. 《六一詩話》，宋・歐陽脩，（收於《歷代詩話》，台北木鐸，民國 71 年 2 月）。

23. 《臨漢隱居詩話》，宋・魏泰，（收於《歷代詩話》，台北木鐸，民國

71 年 2 月）。

24. 《東軒筆錄》，宋·魏泰，上海古籍，1991 年 12 月。

25. 《庚溪詩話》，宋·陳巖肖，（收錄於《歷代詩話續編》，台北木鐸，民國 77 年 7 月）。

26. 《卻掃編》，宋·徐度，上海古籍，1992 年 7 月。

27. 《玉清詩話》，宋·文瑩，台北廣文，民國 60 年 9 月。

28. 《玉壺野史》（《玉壺清話》），宋·文瑩，上海古籍，1991 年 12 月。

29. 《竹坡詩話》，宋·周紫芝，（收於《歷代詩話》，台北木鐸，民國 71 年 2 月）。

30. 《東都事略》，宋·王稱，四庫全書本。

31. 《西清詩話》，宋·無爲子，台北廣文，民國 62 年 9 月。

32. 《彥周詩話》，宋·許顗，（收於《歷代詩話》，台北木鐸，民國 71 年 2 月）。

33. 《青箱雜記》，宋·吳處厚，上海古籍，1991 年 12 月。

34. 《溫公續詩話》，宋·司馬光，（收於《歷代詩話》，台北木鐸，民國 71 年 2 月）。

35. 《湘山野錄》，宋·釋文瑩，上海古籍，1991 年 12 月。

36. 《鞏溪詩話》，宋·黃徹，（收錄於《歷代詩話續編》，台北木鐸，民國 77 年 7 月）。

37. 《儒林公議》，宋·田況，上海古籍，1991 年 12 月。

38. 《雲麓漫抄》，宋·趙彥衛，上海古籍，1992 年 7 月。

39. 《風月堂詩話》，宋·朱弁，台北廣文，民國 62 年 9 月。

40. 《澠水燕談錄》，宋·王闢之，上海古籍，1991 年 12 月。

41. 《石林詩話》，宋·葉夢得，（收錄於《歷代詩話》，台北木鐸，民國 71 年 2 月）。

42. 《珊瑚鉤詩話》，宋·張表臣，（收於《歷代詩話》，台北木鐸，民國 71 年 2 月）。

43. 《侯鯖錄》，宋·趙令畤，上海古籍，1992 年 12 月。

44. 《洪駒父詩話》，宋·洪芻，（收錄於郭紹虞輯《宋詩話輯佚》下冊，北京中華，1987 年 5 月第 2 次印刷）。

45. 《娛書堂詩話》，宋·趙與虤，（收錄於《歷代詩話續編》，台北木鐸，民國 77 年 7 月）。

46. 《韻語陽秋》，宋·葛立方，（收錄於《歷代詩話》，台北木鐸，民國

71 年 2 月）。

47. 《石林燕語》，宋・葉夢得，上海古籍，1992 年 7 月。

48. 《對床夜語》，宋・范晞文，知不足齋叢書本（藝文百部叢書之二九）。

49. 《古今詩話》，宋・李頎，（收錄於郭紹虞輯《宋詩話輯佚》下冊，北京中華，1987 年 5 月北京第 2 次印刷）。

50. 《梅澗詩話》，元・韋居安，（收錄於《歷代詩話續編》，台北木鐸，民國 77 年 7 月）。

51. 《藝苑卮言》，明・王世貞，（收錄於《歷代詩話續編》，台北木鐸，民國 77 年 7 月）。

52. 《都玄敬詩話》，明・都穆，台北廣文，民國 69 年 9 月（又稱《南濠詩話》，收錄於《歷代詩話續編》，台北木鐸，民國 77 年 7 月）。

53. 《麓堂詩話》，明・李東陽，（收錄於《歷代詩話續編》下冊）。

54. 《升庵詩話》，明・楊慎，（收錄於《歷代詩話續編》，台北木鐸，民國 77 年 7 月）。

55. 《雪濤小書》，明・江進之，台北廣文，民國 60 年 9 月。

56. 《西湖游覽志餘》，明・田汝成，台北世界，民國 52 年 7 月。

57. 《詩藪》，明・胡應麟，台北廣文，民國 62 年 9 月。

58. 《徐氏筆精》，明・徐渤，上海古籍，1992 年 7 月。

59. 《一瓢詩話》，清・薛雪，（收錄於《清詩話》，台北木鐸，民國 77 年 9 月）。

60. 《薑齋詩話》，清・王夫之，（收錄於《清詩話》，台北木鐸，民國 77 年 9 月）。

61. 《甌北詩話》，清・趙翼，台北廣文，民國 60 年 9 月。

62. 《西河詩話》，清・毛奇齡，台北廣文，民國 60 年 9 月。

63. 《帶經堂詩話》，清・王士禎，北京人民文學，1963 年 11 月。

64. 《隨園詩話》，清・袁枚，台北文史哲，民國 75 年 6 月。

65. 《歷代詩話考索》，清・何文煥，台北藝文，民 48 年 8 月再版。

66. 《遼詩話》，清・周春，（收錄於《清詩話》，台北木鐸，民國 77 年 9 月）。

67. 《師友詩傳錄》，清・郎槐廷，（收錄於《清詩話》，台北木鐸，民國 77 年 9 月）。

68. 《石洲詩話》，清・翁方綱，台北廣文，民國 60 年 9 月。

69. 《漫堂說詩》，清・宋犖，（收錄於《清詩話》，台北木鐸，民國 77

年 9 月)。

70. 《貞一齋詩話》，清・李重華，（收錄於《清詩話》，台北木鐸，民國 77 年 9 月)。

71. 《寒廳詩話》，清・顧嗣立，（收錄於《清詩話》，台北木鐸，民國 77 年 9 月)。

72. 《讀書敏求記》，清・錢曾，海仙館叢書本（藝文百部叢書集成之 60)。

73. 《載酒園詩話》，清・賀棠，（收錄於《清詩話續編》，台北木鐸，民國 72 年 12 月)。

74. 《東泉詩話》，清・馬星翼，台北新文豐，民國 76 年 6 月台 1 版。

75. 《西崑發微》，清・吳喬，台北廣文，民國 62 年 9 月。

76. 《圍爐詩話》，清・吳喬，台北廣文，民國 62 年 9 月。

77. 《履園譚詩》，清・錢詠，（收錄於《清詩話》，台北木鐸，民國 77 年 9 月)。

78. 《養一齋詩話》，清・潘德輿，清道光十六年刊本。

79. 《原詩》，清・葉燮，（收錄於《清詩話》，台北木鐸，民國 77 年 9 月)。

80. 《說詩晬語》，清・沈德潛，（收錄於《清詩話》，台北木鐸，民國 77 年 9 月)。

81. 《南浦詩話》，清・梁章鉅，台北廣文，民國 66 年 1 月。

82. 《不敢居詩話》，清，撰者不詳，台北廣文，民國 62 年 9 月。

83. 《人間詞話》，王國維，台北弘道，民國 70 年 6 月。

84. 《談藝錄》，錢鍾書，台北藍燈，民國 76 年 11 月。

85. 《射鷹樓詩話》，林昌彝，上海古籍，1988 年 12 月。

86. 《美學》，德・黑格爾，北京商務，1986 年 12 月北京第 5 次印刷。

（八）

1. 《昭明文選》，梁・蕭統，台北學海，民國 66 年 9 月。

2. 《增補六臣註文選》，梁・蕭統撰、唐・李善等註，台北華正，民國 68 年 5 月。

3. 《文心雕龍注》，梁・劉勰撰、王利器注，台北學海，民國 69 年 9 月再版。

4. 《玉臺新詠箋注》，陳・徐陵編、清・吳兆宜注，北京中華，1992 年 9 月第 2 次印刷。

5. 《聖宋文選》・宋・不著撰人，四庫全書本。

6. 《宋文鑑》，宋·呂祖謙，北京中華，1992 年 3 月。

7. 《後村千家詩》，宋，劉克莊輯，清康熙四十五年揚州詩局刊本。

8. 《全芳備祖》，宋·陳景沂，上海古籍，1992 年 5 月。

9. 《錦繡萬花谷》，宋·不著撰人，上海古籍，1991 年 8 月。

10. 《古今歲時雜詠》，宋·蒲積中，四庫全書本。

11. 《全上古三代秦漢三國六朝文》，清·嚴可均校輯，北京中華，1991 年 10 月北京第 5 次。

12. 《全上古三代文》，清·嚴可均校輯（收入《全上古三代秦漢三國六朝文》），北京中華版。

13. 《全（劉）宋文》，清·嚴可均校輯（收入《全上古三代秦漢三國六朝文》），北京中華版。

14. 《全晉文》，清·嚴可均校輯（收入《全上古三代秦漢三國六朝文》），北京中華版。

15. 《全後周文》，清·嚴可均校輯（收入《全上古三代秦漢三國六朝文》），北京中華版。

16. 《全唐詩》，清·彭定求等編，北京中華，1990 年 2 月第 4 次印刷。

17. 《離騷九歌九章淺釋》，繆天華，台北東大，民國 67 年 11 月修訂初版。

18. 《古詩海》，丁如明等撰，上海古籍，1992 年 1 月。

19. 《全漢賦》，費振剛等輯校，北京大學，1993 年 4 月。

（九）

1. 《魏武帝集》，魏·曹操，（收入《三曹集》），長沙岳麓書社，1992 年 10 月。

2. 《陳思王集》，魏·曹植，（收入《三曹集》），長沙岳麓書社，1992 年 10 月。

3. 《沈佺期詩集校注》，唐·沈佺期撰、連波等校注，鄭州中州古籍，1991 年 11 月。

4. 《李白全集編年注釋》，唐·李白撰、安旗主編，成都巴蜀書社，1990 年 12 月。

5. 《杜詩鏡銓》，唐·杜甫撰、清·楊倫箋注，台北里仁，民國 70 年 8 月。

6. 《石右丞集箋注》，唐·王維撰、清·趙殿成箋注，上海古籍，1992 年 11 月。

7. 《白居易集箋校》，唐‧白居易著、朱金城箋校，上海古籍，1988年12月。

8. 《司空表聖文集》，唐‧司空圖，四庫全書本。

9. 《溫飛卿集箋注》，唐‧溫庭筠著、清‧曾益等箋注，台北里仁，民國70年1月。

10. 《穆參軍集》，宋‧穆修，四庫全書本。

11. 《范文正公集》，宋‧范仲淹，四部叢刊本。

12. 《徂徠石先生全集》，宋‧石介，光緒十年濟南尚志書院刊刻本。

13. 《歐陽修全集》，宋‧歐陽修，台北華正，民國64年4月台1版。

14. 《蘇舜欽集》，宋‧蘇舜欽，台北漢京，民國73年7月。

15. 《梅堯臣集編年校注》，宋‧梅堯臣撰、朱東潤編年校注，台北源流，民國72年4月。

16. 《清獻集》，宋‧趙抃，四庫全書本。

17. 《臨川先生文集》，宋‧王安石，四部叢刊本。

18. 《蘇軾文集》，宋‧蘇軾，北京中華，1992年9月北京第3次印刷。

19. 《東坡題跋》，宋‧蘇軾‧津逮秘書本。

20. 《山谷詩》，宋‧黃庭堅，長沙岳麓書社，1992年2月。

21. 《淮海居士長短句》，宋‧秦觀，上海古籍，1992年12月第2次印刷。

22. 《欒城後集》，宋‧蘇轍，北京中華，1990年8月（收入《蘇轍集》第三冊）。

23. 《宋景文公集》，宋‧宋祁，佚存叢書本（藝文百部叢書集成之80）。

24. 《陳與義集校箋》，宋‧陳與義撰、白敦仁校箋，上海古籍，1990年8月。

25. 《稼軒詞編年箋注》，宋‧辛棄疾撰、鄧廣銘箋注，台北華正，民國78年3月。

26. 《渭南文集》‧宋，陸游，四庫全書本。

27. 《永嘉四靈詩集》，宋‧徐照等，浙江古籍，1985年5月。

28. 《天台續集》，宋‧李庚輯，四庫全書本。

29. 《桐江續集》，元‧方回，四庫全書本。

30. 《清容居士集》，元‧袁桷，四部叢刊本。

31. 《中州集》，金‧元好問，台灣商務，民國62年12月。

32. 《珂雪齋文集》，明‧袁中道，台北偉文，民國65年9月。

33. 《陳忠裕公全集》，明・陳子龍，清嘉慶八年斡山草堂刊本。

34. 《由拳集》，明・屠隆，台北偉文，民國 66 年月。

35. 《忠雅堂集校箋》，清・蔣士銓，上海古籍，1993 年 12 月。

36. 《遺山論詩詮證》，王禮卿，中華叢編審委員會，民國 65 年 4 月。

37. 《書信集》，魯迅，北京人民，1989 年北京第 4 次印刷。

38. 《李商隱詩歌集解》，劉學鍇、余恕誠，北京中華，1992 年 5 月北京第 2 次印刷。

二、參考書目

（一）

1. 《兩宋名賢小集》，宋・陳思，四庫全書本。

2. 《宋詩紀事補遺》，清・陸新源，台北鼎文，民國 60 年 9 月。

3. 《宋百家詩存》，清・曹庭棟，四庫全書本。

4. 《宋元詩會》，清・陳焯，四庫全書本。

5. 《御選宋詩》，清・張豫章等奉敕編，四庫全書本。

6. 《御選唐宋詩醇》，清・乾隆十五年敕編，台北中華，民國 60 年 1 月。

7. 《唐宋詩舉要》，清・高步瀛選注，台北學海，民國 74 年 3 月。

8. 《千首宋人絕句校注》，清・嚴長明錄，浙江古籍，1988 年 6 月。

9. 《宋人絕句三百首》，房開江等選，貴州人民，1984 年 8 月。

10. 《宋代絕句賞析》，陳友冰等，安徽文藝，1987 年 3 月。

11. 《宋詩三百首》，金性堯，台北書林，民國 79 年 10 月。

12. 《宋人絕句的詩情畫意》，遲乃義，吉林大學，1991 年 10 月。

（二）

1. 《中國文學批評史》，郭紹虞，台北明倫，民國 59 年 11 月。

2. 《中國文學批評通論》，傅庚生，台北經氏，民國 65 年 2 月。

3. 《中國文學評論》（第二冊），劉守宜主編，台北聯經，民國 66 年 12 月。

4. 《北宋文學資料彙編》，黃啓方編輯，台北成文，民國 67 年 9 月。

5. 《禪學與唐宋詩學》，杜松柏，台北黎明，民國 67 年 12 月。

6. 《中國文學批評史大綱》，朱東潤，台北開明，民國 68 年 8 月。

7. 《中國歷代文論選》，郭紹虞，台北華正，民國 69 年 4 月。

8. 《中國文學理論批評史》，侯敏澤，北京人民，1981 年 5 月。

9. 《中國文學論集》，朱東潤，北京中華，1983 年 4 月。

10. 《中國文化新論》（文學篇），蔡英俊等，台北聯經，民國 72 年 4 月。

11. 《中國文學史》，葉慶炳，台北學生，民國 72 年 8 月再版。

12. 《中國文學論集續篇》，徐復觀，台灣學生，民國 72 年 9 月。

13. 《中國古代文學創作論》，張少康，北京大學，1983 年 12 月。

14. 《古典文學論探索》，王夢鷗，台北正中，民國 73 年 4 月。

15. 《唐宋文學論集》，王水照，濟南齊魯書社，1984 年 7 月。

16. 《中國歷代文學論著精選》（上中下），不著撰人，台北華正，民國 73 年 8 月。

17. 《李商隱詩研究論文集》，中山大學中文系主編，台北天工，民國 73 年 9 月。

18. 《中國山水詩研究》，王國瓔，台北聯經，民國 75 年 10 月。

19. 《中國文學史論文選集續編》，羅聯添編，台灣學生，民國 74 年 2 月。

20. 《古代文藝創作論集》，徐中玉，北京中國社科，1985 年 8 月。

21. 《中國文學理論》，劉若愚著、杜國清譯，台北聯經，民國 74 年 8 月第 2 次印行。

22. 《文學理論資料彙編》，華諾文學編譯組，台北丹青，民國 74 年 10 月。

23. 《照隅室古典文學論集》，郭紹虞，台北丹青，民國 74 年 10 月。

24. 《中國文學講話（七）》（兩宋文學），中華文化復興運動推行委員會、國家文藝基金管理委員會主編，台北巨流，民國 75 年 6 月。

25. 《中國文學史論文選集》（三、四），羅聯添編，台灣學生，民國 75 年 9 月第 2 次印刷。

26. 《陸侃如古典文學論文集》，陸侃如，上海古籍，1987 年 1 月。

27. 《中國文學理論史》，成復旺等，北京北京，1987 年 7 月。

28. 《論學集林》（宋代文學），呂思勉，上海教育，1987 年 12 月。

29. 《文學探討擷英（上下）》（《中國社會科學》文學論文集），中國社會科學編輯部，陝西人民，1988 年 7 月。

30. 《中國文學概論》，袁行霈，台北五南，民國 77 年 9 月。

31. 《中國文學史》（唐宋時期），彭丙成、文昌元主編，華中師大，1988 年 10 月。

32. 《宋元文學史稿》，吳組緗、沈天祐，北京大學，1989 年 5 月。

33. 《中國文學發展史》，劉大杰，台北華正，民國 78 年 7 月。

34. 《宋詩之傳承與開拓》，張高評，台北文史哲，民國 79 年 3 月。

35. 《中國文論類編》，賈文昭主編，福州海峽文藝，1990 年 12 月。

36. 《唐代文學研究》（第三輯），中國唐代文學學會等主編，廣西師大，1992 年 8 月。

37. 《通變編》，徐中玉主編，北京中國社科，1992 年 9 月。

38. 《中國文學批評史》，羅根澤，台北明倫，不著年月。

（三）

1. 《詩論》，朱光潛，台北正中，民國 63 年 4 月。

2. 《詩論新編》，朱光潛，台北洪範，民國 71 年 5 月。

3. 《中國詩學設計篇》，黃永武，台北巨流，民國 65 年 6 月。

4. 《中國詩學鑑賞篇》，黃永武，台北巨流，民國 65 年 10 月。

5. 《中國詩學思想篇》，黃永武，台北巨流，民國 68 年 4 月。

6. 《中國美學史論集》，林同華，江蘇人民，1984 年 4 月。

7. 《中國藝術精神》，徐復觀，台灣學生，民國 73 年 10 月。

8. 《詩與美》，黃永武，台北洪範，民國 73 年 12 月。

9. 《中國古代美學藝術論》，朱光潛等，台北木鐸，民國 74 年 9 月。

10. 《中國美學史大綱》，葉朗，台北滄浪，民國 75 年 9 月。

11. 《中國古代文藝美學概要》，皮朝綱，四川社科院，1986 年 12 月。

12. 《山水與美學》，伍蠡甫，台北丹青，民國 76 年 1 月。

13. 《美學再出發》，朱光潛，台北丹青，民國 76 年 2 月。

14. 《中國美學史》（第一卷），李澤厚、劉綱紀主編，台北谷風，民國 76 年 2 月。

15. 《中國古代美學範疇》，曾祖蔭，台北丹青，民國 76 年 4 月。

16. 《中國古代美學範疇》，不著撰人，台北木鐸，民國 76 年 7 月。

17. 《中國美學的開展》（上下），葉朗，台北金楓，1987 年 7 月。

18. 《詩美的積澱與選擇》，楊匡漢，北京人民文學，1987 年 10 月。

19. 《興的源起——歷史積澱與詩歌藝術》，趙沛霖，北京中國社科，1987 年 11 月。

20. 《中國美學史》（第二卷），李澤厚、劉綱紀主編，台北谷風，民國 76 年 12 月。

21. 《詩歌形態美學》，盛子潮、朱水涌，廈門大學，1987 年 12 月。

22. 《古代中國人的美意識》，日・竺原仲二著，魏常海譯，北京大學，1987 年 12 月。

23. 《中國藝術精神》，徐復觀，台灣學生，民國 77 年 1 月。

24. 《中國古代古代藝文思想漫話》，徐壽凱，台北木鐸，民國 77 年 9 月。

25. 《性格組合論》，劉再復，台北新地，民國 77 年 9 月。

26. 《中國美學思想史》，敏澤，齊魯書社，1989 年 4 月。

27. 《華夏美學》，李澤厚，台北時報文化，民國 78 年 4 月。

28. 《中國詩歌藝術研究》，袁行霈，台北五南，1989 年 5 月。

29. 《古典文藝美學論稿》，張少康，台北淑馨，民國 78 年 11 月。

30. 《詩歌美學》，謝文利，北京中國青年，1991 年 4 月第 2 次印刷。

31. 《詩學・詩觀・詩美》，陳良運，江西高校，1991 年 8 月。

32. 《藝術與詩中的創造性直覺》，法・雅克馬利坦著，劉有元等譯，北京三聯，1991 年 10 月。

33. 《藝術論》，托爾斯泰著，耿濟之譯，台北金楓，1987 年 7 月。

34. 《藝術創造工程》，余秋雨，台北允晨，民國 79 年 3 月。

35. 《美學與意境》，宗白華，台北淑馨，民國 78 年 4 月。

36. 《論文學藝術的美與規律》，王暢，石家莊花山文藝，1989 年 8 月。

37. 《美的歷程》，李澤厚，台北金楓，1991 年 4 月再版。

38. 《中國詩學之精神》，胡曉明，江西人民，1991 年 5 月。

39. 《中國古代心理詩學與美學》，童慶炳，北京中華，1992 年 3 月。

40. 《詩的藝術》，黃鋼，新疆大學，1992 年 5 月。

41. 《萬川之月——中國山水詩的心靈境界》，胡曉明，北京三聯，1992 年 6 月。

42. 《中國美學論稿》，王興華，天津南開大學，1993 年 3 月。

43. 《中國美學史資料選編》（上下），中國文史資料編委會，台北輔新，民國 73 年 9 月。

44. 《中國古典美學叢編》（上中下），胡經之主編，北京中華，1988 年 1 月。

（四）

1. 《宋代政教史》，劉伯驥，台灣中華，民國 60 年 12 月。

2. 《宋元明經濟史稿》，李劍農，台北華世，民國 70 年 12 月。

3. 《宋代的商業與城市》，馬潤潮著、馬德程譯，中國文化大學，民國 74 年 8 月。

4. 《宋代社會研究》，朱瑞熙，台北弘文館，民國 75 年 4 月。

5. 《兩宋史研究彙編》，劉子健，台北聯經，民國 76 年 11 月。

6. 《宋代學術思想研究》，金中樞，台北幼獅，民國 78 年 3 月。

7. 《宋代政治史》，林瑞翰，台北正中，民國 78 年 7 月。

8. 《宋代文學與思想》，台灣大學中國文學研究所主編，台灣學生，民國 78 年 8 月。

9. 《國際宋代文化研討會論文集》，孫欽善等主編，四川大學，1991 年 10 月。

10. 《宋代文化史》，姚瀛艇主編，河南大學，1992 年 2 月。

11. 《北宋文化史述論》，陳植鍔，北京中國社科，1992 年 3 月。

12. 《宋代司法制度》，王云海主編，河南大學，1992 年 7 月。

13. 《宋代教育》，苗春德主編，河南大學，1992 年 7 月。

14. 《宋代地域經濟》，程民生，河南大學，1992 年 8 月。

15. 《中國宋代哲學》，石訓等，河南人民，1992 年 12 月。

（五）

1. 《宋人生卒考示例》，鄭騫，台北華世，民國 66 年 1 月。

2. 《中國歷代名人年譜總目》，王德毅編，台北華世，民國 68 年 1 月。

3. 《宋人傳記資料索引》，昌彼德、王德毅等編，台北鼎文，民國 73 年 4 月。

4. 《中國歷史大辭典》（宋史），鄧廣銘、程應鏐主編，上海辭書，1984 年 12 月。

5. 《文藝美學辭典》，王向峰主編，遼寧大學，1987 年 12 月。

6. 《宋詩研究論著類目初稿》，張高評編，自印，1988 年 5 月。

7. 《中國大百科全書》（中國文學），中國大百科全書出版社編輯部，北京中國大百科全書，1988 年 9 月。

8. 《全唐詩典故辭典》，范之麟、吳庚舜主編，湖北辭書，1989 年 2 月。

三、引用期刊論文

1. 〈白居易及其諷諭詩〉，游國恩，《人民文學》，1953 年第 2 期。

2. 《王禹偁及其詩》，梁東淑，台大中研所碩士論文，民國 61 年 6 月。

3. 〈談詩歌中的議論〉，劉慶福，《北京師大學報》，1979 年第 5 期。

4. 〈宋詩不應輕視——與蘇者聰同志商榷〉，江上春、江山紅，《淮陰師專學報》，1980 年第 2 期。

5. 〈論宋詩的歷史地位〉，朱大成，《社會科學輯刊》，1980 年第 4 期。

6. 〈宋詩小話（上）〉，程千帆，《長江》，1981 年第 1 期。

7. 〈李商隱對北宋詩壇的影響〉，吳調公，晉陽學刊，1981 年第 2 期。

8. 〈略論宋詩的發展〉，胡念貽，《齊魯學刊》，1982 年第 2 期。

9. 〈《西崑酬唱集》爭議〉，楊牧之，《讀書》，1982 年第 4 期。

10. 〈北宋古文運動的曲折過程〉，曾棗莊，《文學評論》，1982 年第 5 期。

11. 〈對《試論王禹偁與宋初詩風》的意見〉，尹恭弘，《中國社會科學》，1983 年第 1 期。

12. 〈略論宋詩的成就及其特點〉，周少泉，《廣州師院學報》，1983 年第 4 期。

13. 〈詩歌散文化原因淺探〉，張海明，《社會科學輯刊》，1983 年第 6 期。

14. 〈關於宋詩評價的討論綜述〉，劉乃昌，《文史知識》，1983 年 9 月；又收錄於高雄麗文文化出版公司 1993 年 10 月出版的《宋詩綜論叢編》中，題目改爲〈宋詩評價綜述〉。

15. 〈重評《西崑酬唱集》中的楊億詩〉，肖瑞峰，《文學遺產》，1984 年第 1 期。

16. 〈試論宋代古文運動中的兩條路線〉，梁道理，《陝西師大學報》，1984 年第 1 期。

17. 〈試論宋詩的現實主義和平淡自然風格與唐詩的繼承關係〉，林厚澂，《畢節師專學報》，1984 年第 2 期。

18. 〈王禹偁反對過西崑派嗎——與霍松林同志商榷〉，徐志嘯，《社會科學戰線》，1984 年第 3 期。

19. 〈略論林逋的思想與藝術〉，俞明仁，《浙江學刊》，1986 年第 1、2 期。

20. 〈宋初詩壇及『三體』〉，白敦仁，《文學遺產》，1986 年第 3 期。

21. 〈加強宋代文學研究之我見〉，吳庚舜，《文學遺產》，1986 年第 3 期。

22. 〈宋詩臆說〉，謝宇衡，《文學遺產》，陳植鍔，1986 年第 3 期。

23. 〈宋詩的分期及其標準〉，《文學遺產》，陳植鍔，1986 年第 4 期；又收錄於高雄麗文文化出版公司 1993 年 10 月出版的《宋詩綜論叢編》中。

24. 〈試論王禹偁與宋初詩風〉，陳植鍔，中國社會科學編輯部編《文學探討擷英》，陝西人民 1987 年 7 月。

25. 〈從鄭谷及其周圍詩人看唐末至宋初詩風動向〉，趙昌平，《文學遺產》，1987 年第 3 期。

26. 〈西崑體的盛衰與宋初詩風的演進〉，秦寰明，《南京師大學報》，1989 年第 1 期。

27. 〈西崑詩派〉，莫礪鋒，《古典文學知識》，1989 年第 4 期。

28. 〈幸歟不幸歟──從李商隱到西崑體〉，禾戈，《文史知識》，1990 年第 1 期。

29. 〈北宋黨爭與文學〉，鞏本棟，《文獻》（京），1991 年第 4 期。

30. 〈蘇軾所說的『元輕白俗，郊寒島瘦』指的是什麼？〉，吳小如，《文史知識》，1991 年第 7 期。

四、參考期刊論文

（一）

1. 〈論宋詩〉，繆鉞，《思想與時代》第七卷，民國 42 年 2 月。

2. 〈宋詩的特質〉，陳曉薔，《東風》（東海大學）第 2 期，民國 56 年 11 月。

3. 〈宋詩總評〉，李栩厂，《文學世界》第 27 期，民國 60 年 9 月。

4. 〈「味同嚼蠟」的宋詩〉，周寅賓，《新湘評論》，1978 年第 5 期。

5. 〈論宋詩〉，魏子高，《大陸雜誌》三五卷 6 期，民國 67 年 9 月。

6. 〈宋詩特徵試論〉，徐復觀，《中國文化復興月刊》十一卷 10 期，民國 67 年 11 月。

7. 〈宋詩怎樣一反唐人規律〉，蘇者聰，《武漢大學學報》，1979 年第 1 期。

8. 〈簡談宋詩中的議論〉，徐有富，《南京大學學報》，1981 年第 1 期。

9. 〈淺談宋詩的「議論」〉，趙齊平，《文史知識》，1981 年第 6 期。

10. 〈宋詩試評〉，高越天，《中國詩季刊》，一卷 4 期，民國 70 年 12 月。

11. 〈宋詩三論〉，寇養厚，《山西師院學報》，1982 年 2 月。

12. 〈宋初詩風續論──兼答尹恭弘同志〉，陳植鍔，《中國社會科學》，1983 年第 1 期。

13. 〈宋詩的評價及其特色淺談〉，匡扶，《光明日報》，1983 年 4 月 19 日。

14. 〈試論宋詩的現實主義和平淡自然風格與唐詩的繼承關係〉，林厚瀘，《畢節師專學報》，1984 年第 2 期。

15. 〈宋詩評價略論〉，周蕙，《江淮論壇》，1984 年 6 月。

16. 〈技進於道的宋代詩學〉，龔鵬程，《古典文學》第六集，台北學生，民國 72 年 12 月。

17. 〈宋詩特色〉，杜松柏，《國魂》第 475 期，民國 74 年 6 月。

18. 〈宋詩的特質及其發展〉，黃文吉，《復興崗學報》第 35 期，民國 75 年 6 月。

19. 〈宋詩臆說〉，謝宇衡，《文學遺產》，1986 年第 3 期。

20. 〈北宋詩歌革新的再認識〉，馬德富，《成都大學學報》，1986 年第 1 期。

21. 〈宋詩繁榮原因——兼論宋詩特點形成的原因〉，殷光熹，《西北師院學報》，1986 年第 4 期。

22. 〈宋代詩歌的藝術特點和教訓〉，王水照，《文藝論叢》，1987 年第 5 期。

23. 〈論宋詩特色〉，簡錦松，《成大宋詩研討會》，民國 77 年。

24. 〈宋代詩歌〉（上下），王建生，《中國文化月刊》第 128、129 期，民國 79 年 6 月、7 月。

25. 〈北宋詩文革新的曲折歷程〉，葛曉音，《中國社會科學》，1989 年第 2 期。

26. 〈論宋詩〉，曹松林、鄧小軍，《文史哲》，1989 年第 2 期。

27. 《北宋以文爲詩詩風形成原因及其風格之研究》，戴麗霜，政治大學中研所碩士論文，民國 80 年 6 月。

28. 〈宋詩特色之自覺與形成〉，張高評，《漢學研究》十卷 1 期，民國 81 年 6 月。

（二）

1. 〈唐宋詩派〉，王禮培，《船山學報》第 5 期，34 年 9 月。

2. 〈論宋代詩派〉，王禮培，《船山學報》第 9 期，35 年 9 月。

3. 〈宋詩之派別〉，陳延傑，《中國文學研究》，民國 63 年。

4. 〈略論宋詩源流及其派別〉，饒沙鷗，《藝術論壇》第 1 期，民國 64 年 1 月。

5. 〈唐宋詩人的派系和風格〉，盧元駿，《暢流》五十三卷 9 期，民國 65 年 6 月。

6. 〈宋詩源流論〉，陳泮藻，《革學月刊》142 期，民國 72 年 10 月。

7. 〈宋詩派別〉，陳植鍔，《文史知識》，1985 年第 6 期。

(三)

1. 〈宋代文學的時代特點和歷史地位〉，王水照，《文史知識》，1983 年第 10 期。

2. 〈北宋的「重武輕文」與「重文輕武」〉，楊志剛，《文史知識》，1987 年第 8 期。

3. 〈評北宋的革新思想〉，顧全芳，《中州學刊》，1988 年第 3 期。

4. 〈宋學通論〉，陳植鍔，《中國社會科學》，1988 年第 4 期。

5. 〈宋代的儒學和文學〉，陳植鍔，《文史知識》，1988 年第 11 期。

6. 〈北宋詩文革新的曲折歷程〉，葛曉音，《中國社會科學》，1989 年第 2 期。

7. 〈論北宋仁宗朝前期的士風與詩風〉，秦寰明，《求索》，1992 年第 3 期。

(四)

1. 〈《西崑酬唱集》雜考〉，葉慶炳，《書和人》第 195 期。

2. 〈西崑體之盛衰〉，王延杰，《師大月刊》26 期，36 年 4 月。

3. 〈宋初九僧詩考〉，梅應運，《中央日報》，民國 47 年 6 月 30 日。

4. 〈王禹偁與西崑體〉，曹旭，《學林漫錄》二，1981 年第 3 期。

5. 〈口語入詩成佳句——讀王禹偁《畬田詞》〉，楊磊，《春城晚報》，1982 年 5 月 11 日。

6. 〈「情中景　景中情」——讀王禹偁《村行》〉，楊磊，《春城晚報》，1982 年 5 月 18 日。

7. 〈王禹偁略論〉，墨鑄，《東岳論叢》，1982 年第 5 期。

8. 〈試論王禹偁的詩歌創作〉，墨鑄，《柳泉》，1983 年第 3 期。

9. 〈王禹偁農村田園詩淺議〉，墨鑄，《牡丹》（山東），1983 年第 6 期。

10. 〈西崑酬唱詩人生卒年考〉，陳植鍔，《文史》第二十一輯，1983 年 10 月。

11. 〈放達有唐唯白傅　縱橫吾宋是黃州——王禹偁與白居易的繼承關係〉，王延梯、林瑞娥，《文史哲》，1984 年第 3 期。

12. 〈王禹偁反對過西崑派嗎？〉，徐志嘯，《社會科學戰線》，1984 年第 3 期。

13. 〈王禹偁三次謫官緣由〉，墨鑄，《文史哲》，1984 年第 5 期。

14. 〈試論王禹偁的爲人及其政治思想〉，墨鑄，《山東師大學報》，1984年第 6 期。

15. 〈略論王禹偁的文學觀〉，墨鑄，《齊魯學刊》，1984 年第 6 期。

16. 〈王禹偁的政治經濟改革主張與文學改革實踐〉，陳正炎、林其錢，《蘭州學刊》，1984 年第 6 期。

17. 〈王禹偁文學思想簡論〉，徐志嘯，《中州學刊》，1985 年第 1 期。

18. 〈論王禹偁的詩文〉，金啓華，收入《中國古典文學論叢》第二輯，北京人民文學，1985 年 8 月。

19. 〈西崑體平議〉，吳小如，《文學評論》，1990 年第 5 期。

（五）

1. 〈談詩歌中的議論〉，劉慶福，《北京師大學報》，1979 年第 5 期。

2. 〈詩歌的議論〉，李振起，《天津師院學報》，1981 年第 2 期。

3. 〈關於以議論入詩〉，葉元章，《青海社會科學》，1982 年第 5 期。

4. 〈白居易以俗爲美的審美觀〉，陳銘，《學術月刊》，1985 年 11 月。

5. 〈論元祐體〉，曾棗莊，《成都大學學報》，1986 年第 1 期。

6. 〈唐詩與宋詩的橋樑——陸龜蒙詩歌藝術初探〉，李鋒，《華東師大學報》，1987 年第 1 期。

7. 〈元和文壇的新風貌〉，周勛初，收入《中華文史論叢》第四十七輯，上海古籍，1991 年 5 月。

8. 〈論石介〉，潘富恩、徐余慶，《文史哲》，1989 年第 1 期。